フレドリック・ブラウンSF短編全集

From These Ashes 1
The Complete Short SF of
FREDRIC BROWN
1941-1944

安原和見◎訳

東京創元社

目次

フレドリック・ブラウンSF短編全集1

星ねずみ

序　文 Introduction

　控えめな小男だった。ウィスコンシン州で自動鋳造植字機《ライノタイプ》の操作員として生計を立てていた（「エタオイン・シュルドゥル」を読もう）が、のちに専業作家になり、大酒を飲み（これは当時の男性作家はみんな——そして女性作家もけっこう——そうだった）、スランプになるとグレイハウンド・バスで国じゅう移動した。二週間ばかり予定をあけて、バスの後部座席に腰をすえ、影と夜の高原が流れ去るなか潜在意識を解き放つのだ。息子がふたりいて、小説書きのすべてを教えてやろうとそのうちのいっぽうに持ちかけた。フルタイムで個人授業をしてやると。息子は断わった（賢明な判断だ）。『発狂した宇宙』というファンをこけにした傑作SFを出したころ、フィリップ・クラス（ウィリアム・テンの本名）に向かって「フィル、乗っ取られるぞ」と言った。一九四八年のことだ。「ファンの連中は入り込みたがってる。書いたり編集したりしたいんだ。いずれ呑み込まれる。二十年もしたらすっかり占領されてるだろう。もう手の打ちようがない」。ご存じ『発狂した宇宙』の主人公は、あるSFファンの構築した空想世界に放り込まれ、奇怪な世界のなかを引きずりまわされて、山ほどの厄介ごとに遭遇する。内的宇宙の投影とはまさにこのことだ。しかし、ブラウンは愛想はいいが控えめな男で、SF大会などの行事にはほとんど顔を出さず、それなりにつきあいがあったのは、デビュー時に所属していたミルウォーキーの作家グループ、それと後年になってからは、ときどき共作もしたマック・レナルズなど、メキシコに移住した作家数人ぐらいだ。かならずしも世捨て人とは言えないが、因習を嫌っていたのはたしかだ。また傑出したSF作家でありながら、本人についてあまり知られていない数少ない作家なのもまちがいないところである。

フレドリック・ブラウン（一九〇六—七二）について、思いつくまま書いてみるとこんな感じになる。不思議な気がするのだが、ミステリでもSFでも同じぐらいすぐれた作品を書いた作家は、思い出せるかぎりではブラウンひとりではないかと思う。SF作家でミステリも書いている人は少なくないし（アイザック・アシモフやハリー・ハリスンに始まって）、ミステリ作家でSFを書いている人も少なくない（ビル・プロンジーニ、ローレンス・ブロック、ドナルド・E・ウェストレイク、エヴァン・ハンター）。しかし、その名声、重要な作品、評価の高さは、明らかにどちらかいっぽうの分野にかたよっている。ブラウンはちがう。彼の長編第一作『シカゴ・ブルース』は初期（一九四八年）のエドガー賞処女長編賞を受賞しているし、そのほかにもミステリ作品を十作以上発表し、きわめて高い評価を受けている。いっぽう、『発狂した宇宙』、「闘技場」、『火星人ゴーホーム』（何年か前に作られた映画はひどかったが）はSF小説として重要な作品だ。また「闘技場」のほかにも、『火星人ゴーホーム』の短縮版「ウェイヴァリー」、「狂った惑星プラセット」、「不死鳥への手紙」など有名な短編を発表しているし、さらにショートショートを書かせたらSF史上最高の作家と広く認められている。ショートショートはまさに名人芸と言うべきで、「武器」や「唯我論者」などは、だれでもプロットやオチを知っているぐらい有名だ——作者がだれか知っているかどうかはべつとして（最も有名なのは言うまでもなく、新しいコンピュータに「神は存在するか」と質問するという二百ワードの作品だろう。雷が落ちてオフスイッチが壊れたかと思うと、「いま現われた！」と宣言するというあれである。最も有名と自分で書いておきながら、いまちょっとタイトルが思い出せない。もちろんこの作品集に入っているはずだが、ウィリアム・G・コンテントのリストに当たってみるまでもなく、この話を初めて読んだのが四十年以上前だったことは絶対確実だ……あれはおそらく、「武器」と並ぶ最もすぐれた警告SFと言ってよいだろう）（かっこのあとのかっこ。タイトルは「回答」だった）。

　ブラウンは、どちらのジャンルでも同じぐらい巧みな、同じぐらい傑出した作品を書いているから、主としてどちらのジャンルに属する作家とも言えない。そこが、ひじょうに興味深くて目につく点だ。たぶん彼の仕事はだれにもまねができないだろうし、その業績はまちがいなくきわめて大きい。彼と同世代のSF作家の作品はたいていそうだが（五人から十人のとくべつ有名な作家はべつとして）、この数十年間にブラウンの作品はほぼ完全に絶版になっている。短編はときどきアンソロジーに収録されているが（グリーンバーグとアシモフによる、一九三九年から六三年の傑作SFを集めた二十五巻からなるシリーズは有名だ。これは一九七九年から九二年にかけて刊行された）、長編小説は長らく埋もれたままである（『発狂した宇宙』がバンタムから出たのは一九七〇年代後半だし、『火星人ゴーホーム』がベイン・ブックスから出たのは一九九二年。それ以来まったく出ていないし、七〇年代からベインの再版までの期間にも一冊も出ていなかった）。『火星人ゴーホーム』は映画化されて失敗した（原作では、突飛な設定から皮肉というより残酷と言いたいほどの話が展開するが、そんな痛烈な味わいはろくすっぽ残っておらず、『モーク&ミンディ（一九七八―八二年に放映されたアメリカのコメディ番組。小型宇宙船で地球にやって来た宇宙人モークが主人公）』の一話みたいになっていた）が、学生の自主制作映画や世界各国の短編映画の題材に、ブラウンの短編が使われている例は驚くほど多い。彼の作品はテーマが皮肉すぎるし、感情移入できる登場人物が少ないから、ドラマになりにくいのではないだろうか。だがそんな意見などどこ吹く風で、昔から若い映画作家や脚本家は彼の作品に惹きつけられてきたのである。

　風刺作家の例に漏れず、ブラウンは根っから厭世的《えんせいてき》で、人間性とか人類の可能性などまるでお呼びでなかった。どの作品を見てもたいていそうだ。「鏡の間」や「地獄の蜜月旅行」、「武器」などがよい例である（ただし「不死鳥への手紙」は例外。これは一九四九年に『アスタウンディング』に掲載された作品で、人類は度しがたいかもしれないが、絶対に滅びないということになっている。フィリップ・クラスの『人間と怪物』の宇宙ゴキブリみたいだ）。そんな世界観が最も先鋭にしてむごい形で表われているのが、一九四九年の「さあ、気ちがいになりなさい」である。主人公は精神病患者で、前世ではナポレオンだったらしいのだが、その可能性のパラドックスを示す夢や妄想に呑み込まれていく。実際どうだったのかは結局わからず、最後には著者自身が出てきて、こんな身も蓋もない台詞で議論を打ち切っている――「どうでもいいんだ。わからないかな、なにもかもどうでもいいんだよ！」。一九五二年に友人からこれを読めと言われたときには、この最後の文章の意味が腑《ふ》に落ちなかったものだ。いまでは腑に落ちるどころではない。

　ブラウンの経歴じたい、なんとなく腑に落ちないところがある。不条理の預言者として活躍していたが、一九六〇年代前半に重い心臓発作を起こすと、六五年にカール・オンスポーとの共作で小品を出したきり、それ以後は一作も発表せず、ニューメキシコ州タオスに引きこもってしまった。逃亡して沈黙を守ったわけだ――意図してかどうかはともかく。経歴だけでなく、彼の作品もまた再発見されるのを待っている。志《し》操堅固《そうけんご》な出版社ＮＥＳＦＡ（本作の原書の出版社）はできることをやった。あとは諸君の責任だ。すべてが「どうでもいい」とすれば、すべてが等しく「どうでもよくない」ことにもなる。「武器」に込められた厳然たる教訓は、闘技場にとどまることなく、また火星人の茶々にもめげず、かの粉砕され消滅した心臓の中心に座を占めていたのである。

バリー・N・マルツバーグ
一九九九年四月、ニュージャージーにて

最後の決戦《ハルマゲドン》　Armageddon

それが起こったのは——よりにもよって——シンシナティだった。べつにいけないわけではないが、シンシナティは宇宙の中心ではないし、それどころかオハイオ州の中心ですらない。古いよい町で、どこと比べたってひけをとるわけじゃない、それ相応に。しかし、これはあそこの商工会議所でも認めるだろうが、宇宙的に見て意味のある場所ではぜんぜんない。だから、あれはたんなる偶然だったにちがいないのだ——歯車が狂いはじめたちょうどそのとき、大魔術師ガーバー《ガーバー・ザ・グレート》（すごい名前だ！）がシンシナティでショーを演じていたのは。

もちろん、この話が人の知るところとなれば、シンシナティは世界一有名な町になるだろうし、ハービーくんは現代の聖ジョージ（悪竜退治で知られるイングランドの守護聖人）と呼ばれて、どこの天才少年より称賛されるにちがいない。しかし、あのときビジュー劇場にいた観客のだれひとり、そのことをまったく憶えていないのだ。それはハービー・ウェスターマン少年も同じだった。証拠の水鉄砲を持っていたのに。

あのときのハービーは座席にすわって、フットライトの向こう側の巧みな指さばきを見あげていて、ポケットに水鉄砲が入っていることも忘れていた。それは新しい水鉄砲で、劇場に来る途中で買ってもらったものだ。両親にうまいこと言って、ヴァイン通りの雑貨店に立ち寄らせることに成功したのである。しかし問題の瞬間、ハービーはすっかりステージのほうに気をとられていた。

その顔に浮かぶのは控えめな称賛の表情だった。トランプの消えるトリックはハービーには珍しくもなんともない。自分でもできる。たしかに、ミニサイズのトランプ（手品セットについてきたもので、九歳児の手にちょうどよい大きさになっていた）を使わなくてはできないし、また手を返すときに、手のひらにあったトランプが手の甲に移動するのは丸見えではあるけれども、そんなのはささいなことだ。

とはいえ、これを七枚同時にやろうとしたら、指がずいぶん強くて器用でなくてはいけない。そして大魔術師ガーバーはまさにそれをやってのけていた。しかもいつ指が返ったかぜんぜんわからない。ハービーは称賛のしるしにうなずいた。そして、次になにが始まるか思い出した。

母親を軽くつついて、「ママ、パパに訊いてよ。ハンカチもう一枚持ってないか」

母があっち側を向くのを目のすみに認めるなり、「さあお立ち会い」と言うより早く、ハービーは座席をおりて通路をすり抜けるように進んでいた。注意そらしの術はみごと成功だったと思うし、タイミングも完璧だった。

このショー（ハービーは以前ひとりで見に来たことがあるのだ）では、ここで大魔術師ガーバーが観客席に向かって、お客さまのなかに、ステージにあがってきてくれる男の子はいませんかと言うのである。そしていましも、ガーバーはそれを言おうとしている。

ハービー・ウェスターマンは用意ドンで飛び出していた。奇術師が質問を口にするより早く、スタートにかかっていたくらいだ。前回は、通路からステージにあがる階段に着いたのは、情けないことに十番めだった。今回は待ち構えていたし、両親に引き止められる危険も未然に防いでおいた。母は行かせてくれるかもしれないし、くれないかもしれない。あっちを向かせておくほうが賢明だろう。こういうときには親は信用できない。わけのわからない理屈を言い出すことがあるからだ。

「――ステージにあがってきてくれる男の子はいませんか」と、せりふの疑問形の部分が始まるのと同時に、ハービーの足が上りの階段の一段めにかかった。背後でがっかりしたような足音が聞こえ、ハービーはにんまりして、フットライトの光を突っ切って階段をのぼった。

前回のショーを見たからわかるが、観客の手伝いが必要なのは三羽のハトの手品だ。そしてどんなからくりなのかわからない手品は、ハービーにとってはまずこれだけと言ってよかった。あの箱のどこかに隠れた仕切りがあるはずだ。それはわかっているが、どこにあるのかまったく見当がつかないのである。だが今回は、自分であの箱を持っているのだ。この近さでも見破れなかったら、切手集めに戻るしかないだろう。

満面に笑みを浮かべて、自信たっぷりに魔術師に近づいていった。とはいえ、タネを暴露しようというわけではない。ハービーも魔術師のはしくれだ。魔術師どうしは信義を守るものであり、他の魔術師のトリックを暴露してはいけないのだ。

ただ少し寒けがする。そして魔術師の目を見たら、ハービーの笑みは薄れていった。大魔術師ガーバーは、近くで見ると、フットライトの向こう側から見たときよりずっと年老いて見えた。それになんだか別人のようだ。だいいち背がずっと高い。

それはともかく、ハトの手品の箱がやって来た。ガーバーのいつものアシスタントがトレイに載せて運んでくる。魔術師の目から目をそらすと、ハービーは気分がよくなってきた。ステージにあがろうと思った理由も思い出した。アシスタントは足を引きずっている。ハービーはちょっと頭を下げて、念のためにトレイの下をのぞいた。なにもなし。ガーバーが箱を取りあげる。アシスタントが足を引きずりながら引っ込んでいく。それを、ハービーは疑いの目で見送った。客の注意をそらすために、あれはわざと足を引きずってみせているのでは？

箱は開かれて、パンケーキみたいに平べったくなった。四つの壁はそれぞれ底板に蝶番《ちょうつがい》で留めてあり、上ぶたは壁のひとつにやはり蝶番で留めてあるのだ。また、閉じるときのために小さな真鍮《しんちゅう》の留め金もついていた。

客席に箱の表側が見せられているあいだに、ハービーはすばやく一歩さがって裏側を見た。よし、これでわかった。ふたの裏面に三角形の仕切りがついていて、見えないように角度を計算して鏡が張ってある。ありふれたトリックだ。ハービーはちょっとがっかりした。

魔術師が箱を折り畳むと、鏡で隠した仕切りが内側にまわる。魔術師は少し向きを変えて、

「それじゃ、ぼく――」

チベットで起こったことが、すべての原因だったわけではない。たんに、それがチェーンの最後の環だったというだけだ。

その週、チベットの気候はふだんとちがっていた。それも大幅にちがっていた。暖かかった。そのやさしいぬくもりに屈伏した雪の量は、気が遠くなるほどの悠久の年月に溶けた総量よりまだ多かった。川は増水し、川幅は広がり、水の勢いも増した。

川岸では、祈りの回し車がかつてない速さで回転していたが、一部は水没して止まってしまった。あわてた僧侶たちは、冷たい水にひざまで浸《つ》かって拾いあげた。岸近くに移された車は、速

い流れに押されてまたまわりだす。

ここにひとつ小さな車があった。ひじょうに古いもので、だれも思い出せないほど昔から、ずっと止まることなくまわりつづけていた。あまり古すぎて、その祈り板になんと刻まれていたのか、またそれがなんのための祈りなのか、存命のラマには憶えている者はひとりもいないほどだった。

その車軸に速くなった流れが迫っていた。安全な場所に移そうとクラトというラマが手を伸ばしたが、一瞬遅かった。ぬるぬるの泥に足をすべらせ、転んだひょうしに手の甲が車に当たった。そのせいで留め具から外れて、車は渦巻く流れに呑み込まれた。川底を転がりながら、どんどん深みに運ばれていく。

転がっているあいだは大丈夫なのだ。

ラマは立ちあがった。せつな水に浸かったせいで震えながら、ほかの回し車の世話をしに行った。小さな車がひとつぐらいなんということもない。彼は知らなかったのだ――ほかの環が壊れたいまとなっては、ただあの小さな車だけが、地球をハルマゲドンから守っているということを。

ワングル・ウルの祈り車は、ころころと転がりつづけ――一、二キロほど下流で岩に当たって止まった。そのときだった。

「それじゃ、ぼく――」

ハービー・ウェスターマン――話はここでシンシナティに戻る――は不思議に思って顔をあげた。魔術師がせりふの中途で黙り込んだのはなぜだろう。見れば、大魔術師ガーバーの顔は歪《ゆが》んでいた。とつぜん激しいショックに襲われたかのように。動くことも変化することもないままに、その顔は変化しはじめていた。見た目は変わっていないのに、べつものに変わっていこうとしている。

やがて、魔術師は低い声で笑いはじめた。そのかすかな笑い声のうちには、邪悪なるものがすべて含まれていた。それを耳にすれば、その笑い声の主がだれなのか疑う者はいないだろう。だれひとり疑う者はなかった。その恐るべき瞬間、観客はひとり残らず、目の前に立つ者がだれなのか理解していた。どんな疑り深い者も例外なく、一点の疑問もなく。

動く者はなかった。口を開く者も、震える息を吐き出す者も。そこにあったのは恐怖ではなかった。不確実性のないところに恐怖はない。そしてそのとき、ビジュー劇場には不確実性などひとかけらもなかった。

笑い声が高まる。クレッシェンドで、ギャラリーのはるか奥、埃《ほこり》にまみれた隅々にまで響きわたる。動くものはなかった——天井のハエすら。

悪魔が口を開いた。

「つたない魔術ショーをご覧いただき、まことにありがとうございます」皮肉たっぷりに深々とお辞儀をした。「これにてショーは終わりでございます」

にやりと笑って、「すべてのショーが終わるのです」

照明はいまも輝いているのに、なぜか劇場内がいままでより暗い。しんと静まりかえるなか、翼の音が聞こえるようだった。コウモリの翼の音。目に見えない化物が集まってきているかのように。

ステージに、ぼんやりした赤い光が現われた。長身の魔術師の頭から、そして両肩から、小さな炎が燃えあがる。裸の炎が。

炎はそれだけではなかった。ステージの前縁に沿って、フットライトと並んで揺らめいている。ハービー・ウェスターマンはいまも、ふたをした箱を手に持っていたが、そのふたからも炎が燃えあがった。

ハービーは箱を取り落とした。

言ってなかったかもしれないが、ハービー・ウェスターマンは少年消防隊のメンバーだった。だから、あれはまったく反射的な行動だった。九歳の少年がハルマゲドンのことをくわしく知っているはずはないとはいえ、あんな火が水で消せるはずがないのはハービー・ウェスターマンもわかっていたはずだ。

しかし、すでに言ったように、あれはまったく反射的な行動だったのだ。彼は新しい水鉄砲を引っぱり出して、ハトの手品用の箱に向かって水を発射した。すると火はほんとうに消えてしまったのだ。水はまともに当たらず、しぶきが跳ねかえったというのに。そしてそのしぶきは、あっちを向いていた大魔術師ガーバーのズボンを濡らした。

だしぬけに、短くしゅっと音がした。照明がもとどおり明るくなり、ほかの炎もすべて消えていき、翼の音も遠くなり、べつの音——観客の身じろぎする音に呑み込まれていった。

魔術師は目を閉じた。奇妙にうわずった声で彼は言った。「これぐらいの力はまだある。いまなにがあったか思い出せる者はひとりもいないだろう」

それから、ゆっくりとふり向いて、落ちた箱を拾いあげた。ハービー・ウェスターマンにそれを差し出して、「ぼく、もう少し気をつけておくれよ」と言った。「さあ、しっかり持って」

杖でふたを軽く叩くと、箱のいっぽうの壁が倒れて開いた。三羽の白いハトが飛び出してくる。その翼の音は、コウモリの翼の音にはまるで似ていなかった。

ハービー・ウェスターマンの父親は階段をおりてきて、有無を言わさぬ態度でキッチンの壁から皮砥《かわと》をはずした。

ミセス・ウェスターマンは、こんろにかけたスープをかき混ぜていたが、顔をあげて尋ねた。「まあヘンリー、ほんとうにそんなものでぶつつもりなの？　帰りの車の窓から、ちょっと水鉄砲を撃ったぐらいで――」

夫は厳しい顔で首をふった。「マージ、そうじゃないんだ。いいか、あの水鉄砲を買ってやったのはダウンタウンに行く途中だっただろう。そのあとは一度も水道の近くに行ってない。あの水をどこで入れたと思う？」

答えを待たずに続けた。「大聖堂に寄って、あいつの堅信礼《けんしんれい》のことでライアン神父と話をしたときだ。あのとき水を入れたんだ。洗礼盤の水を！　聖水を水鉄砲に入れやがったんだ！」

彼は踏みしめるようにして階段をのぼった。手に皮砥を持って。

規則的なピシ、ピシ、という音、それに痛そうな泣き声が階段のうえから降ってくる。ハービーはいま、世界を救った報いを受けているところだった。

いまだ終末《おわり》にあらず　Not Yet the End

金属の箱のなかには、緑がかった不気味な光が満ちている。操縦盤に向かって座る生物は生気のない白い肌をしているが、照明のせいでそれがかすかに緑を帯びて見えた。

頭部の正面中央にあるひとつ眼は複眼で、まばたきもせぬその眼が七つの文字盤を見つめていた。ザンドールを発《た》ってから、その眼はただの一度も文字盤を離れたことがない。カル－388Yの属する種族に睡眠は無用だった。そしてまた慈悲心も。そのことは、複眼の下の鋭角的で酷薄そうな顔だちをひと目見ればわかるだろう。

第四と第七の文字盤の針が止まった。もっかの目標に対する相対的空間において、この箱じたいが停止したということだ。カルは右上の腕を伸ばして、姿勢安定器のスイッチを入れた。立ちあがり、伸びをしてこわばった筋肉をほぐす。

カルは箱の同乗者に顔を向けた。彼と同種の生物だ。「着いたぞ。最初の調査地点、恒星Z－5689だ。惑星は九つあるが、居住可能なのは第三惑星だけだ。ここで生物が見つかればいいな。ザンドールの奴隷に使えそうなやつが」

ラル－16Bは、航行中ずっと身動きもせずに座っていたが、同じく立ちあがって伸びをした。

「そうだな、見つかるといいな。そうすればザンドールに帰還して表彰され、そのあいだに艦隊がやって来て捕獲するというわけだ。だがあまり期待するのはやめておこう。最初の調査地で当たりを引いたら奇跡というものだ。たぶん一千か所も見てまわることになるだろうよ」

カルは肩をすくめた。「そのときは一千か所見てまわるまでさ。ルーナックが絶滅しかけてるから、代わりの奴隷が見つからなかったら、鉱山は閉鎖、われらが種族はおしまいだ」

また操縦盤の前に腰をおろしてスイッチを入れると、展望プレートが起動して箱の下の状況が映し出された。「第三惑星の夜の側《がわ》の上空だ。下に雲の層がある。ここからは手動に切り換える」

そう言うとボタンを押しはじめた。数分後、「ラル、展望プレートを見ろ。光が規則的に並んでいる――都市だ！　この惑星には、まちがいなく生物がいるぞ」

ラルは、べつの制御盤の席に着いていた。こちらは戦闘用制御盤だ。彼もまた文字盤をじっくり見つめた。「用心の必要もないな。都市の周囲には力場の気配すらない。この種族の科学レベルはまだ低い。かりに攻撃してきても、一瞬で都市をまるごと破壊できる」

「よし」カルは言った。「ただ言っておくが、目的は破壊ではない――いまはまだな。標本が必要だ。試験の結果が良好なら、艦隊がやって来て、何千何万と必要なだけ奴隷を捕獲する。破壊するのはそのあとだ。都市まるごとではなく、惑星をまるごとな。放っておいたら文明が進歩して、報復攻撃をしかけてくるかもしれない」

ラルはつまみを調節しながら、「わかった。メグラフィールドを起動しておこう。これでこちらの姿は見えなくなるはずだ。紫外線領域まで見える眼をしていればべつだが、ここの太陽のスペクトルからしてそれはないだろうな」

降下するにつれて、箱のなかの光はスペクトルを緑から紫へ、さらにその先へと移動していった。箱は静かに着陸した。カルがエアロックを操作する。

外へ出た。ラルがすぐあとに続く。「見ろ」カルは言った。「二足歩行生物だ。腕が二本、眼がふたつ――ルーナックに似ていないこともない。こっちのほうが小さいが。よし、ここに適当な標本がいるぞ」

左下の腕をあげると、その三本指の手には、細い棒がワイヤで結びつけてあった。その先をまずいっぽうの生物に向け、次にもういっぽうに向ける。棒の先から発したものは目に見えなかったが、生物は二頭とも、たちまち彫像のように凍りついて動かなくなった。

ラルが言った。「そう大きくないな、カル。こっちはわたしが箱に運び込むから、きみはそっちを頼む。そのほうが試験しやすいだろう。箱で宇宙に戻ってからのほうが」

カルは周囲を見まわした。ぼんやりした光に照らされている。「そうだな、二頭いればじゅうぶんだ。いっぽうはオスで、もういっぽうはメスのようだし。戻ろう」

ほどなく箱は上昇しはじめた。完全に大気圏外に出ると、カルはすぐに姿勢安定器のスイッチを入れ、ラルのそばへ寄っていった。短い上昇のあいだに、すでに標本の試験を始めていたのだ。

「胎生だ」ラルが言う。「五本指のこの手は、かなり細かい作業にも向いているな。しかし――なにより重要な知能の試験をしなくては」

カルは二個ひと組のヘッドセットを取り出した。ひと組を渡すと、ラルはひとつを自分の頭にはめ、もうひとつを標本のいっぽうの頭にはめた。カルも、もういっぽうの標本に対して同じことをする。

しばらくして、カルとラルは互いに暗い顔を見あわせた。

「最低ラインから七点も下だ」カルが言った。「これでは訓練しても、鉱山の最も初歩的な労働も不可能だ。単純きわまる命令も理解できない。しかたがない、ザンドールの博物館に連れて戻ろう」

「惑星を破壊するか?」

「いや」とカル。「いまから百万年もしたら——わが種族がそれまでもてばだが——進化して使えるようになるかもしれん。惑星系を持つ次の恒星に向かおう」

『ミルウォーキー・スター』紙の組版室で、編集記者が地方版の仕上げを監督していた。組版責任者のジェンキンズが、前文《リード》を押し込んで下から二番めの欄を詰めようとしている。

「第八欄にもう一本記事が入るぜ、ピート」彼は言った。「十二ポイントで三十六文字ぶんだ。そこの余り原稿に合いそうなのが二本ある。どっちを入れようか」

編集記者は、締め枠《チェース》わきの整版台《せいはんだい》にのせた組版箱《ゲラ》の活字をちらと見た。長年の経験で、上下逆の見出しをひと目で読むぐらいわけはなかった。「集会の記事と動物園の記事か。そうだな、うん、集会のほうにしよう。動物園の園長の話なんかのせたってしょうがない。昨夜《ゆうべ》、サル園からサルが二頭いなくなったみたいだとか言ったたって」

エタオイン・シュルドゥル　Etaoin Shrdlu

　だいぶ前からちょっと変ではあったんだ、ロンスンの自動鋳造植字機《ライノタイプ》のことだがな。けど、それがだんだん荷厄介になってきて、なかなか片づかなくて参ったのなんの。ロンスンが結局のところあの取引で得をしたのはたしかだが、なにが起こるかわかっていたら、おれはあいつのとこへあの小柄なニキビ男を行かせたりしなかっただろう。たんまり儲けたにしろ、そのせいでロンスンはめっきり白髪が増える破目になったんだから。

「ミスター・ウォルター・メロルドですね？」と、ニキビのある小男は言った。おれの住んでるホテルのフロントから電話をかけてきたんで、あがってこいと言ってやったのだ。

　おれがそうだと答えると、小男は言った。「お目にかかれてよかった、ミスター・メロルド。わたしは――」と名前を言ったのだが、もうなんだったか思い出せない。人の名前を憶えるのは得意なんだが。

　こちらこそお目にかかれてうれしいと答え、それでご用件はと尋ねると、やつは話しはじめた。しかし、さほど聞かないうちにおれは話をさえぎった。

「だれかが見当外れの紹介をしたみたいだね。たしかにわたしゃ印刷技術者をやってましたが、もう引退したんですよ。それはともかく、ライノタイプの母型《マトリックス》を特別に彫らせるとなったら、どんだけ高くつくと思います？　その特注の活字でたった一ページ印刷するだけなら、だれかに手書きさせて、それを写真製版して亜鉛凸版《あえんとつぱん》を作らせたほうがずっと安上がりですよ」

「でもそれじゃだめなんですよ。ぜんぜんだめ。つまりね、これは秘密なんです。わたしはさる団体を代表して——まあそれはそれとして。とにかく、だれにも見せるわけにはいかないんです。亜鉛凸版を作らせるとなったらそうはいかないでしょう」

こいつも頭のおかしいやつか、とおれは思って、顔をよく見直した。

頭がおかしいようには見えなかった。どっちかと言うと全体に平凡な風采《ふうさい》だった。なんとなく外国ふうの（むしろアジアふうの）目鼻だちだったが、それにしては金髪で肌の色も白かった。そしてひたいにニキビがひとつできていた。それも鼻梁《びりよう》の真上、ひたいのど真ん中だ。仏像にそういうのを見たことがあるだろう。東洋人が知恵のニキビと呼ぶやつ、特別なやつだ。

おれは肩をすくめた。「しかしね」と指摘する。「ライノタイプの母型を彫らせるのに、その活字をだれにも見せないってわけにはいかんでしょうが。それに、ライノタイプを操作する人間だって見るわけだし——」

「いえ、それはわたしが自分でやります」と、ニキビのある小男は言った（ロンスンとおれは、のちにこの男をLGWTPと呼ぶようになった。「ニキビのある小男〔little guy with the pimple〕」の略だ。なにせ、ロンスンにも男の名前が憶えられなかったんでね。いや、先走るのはやめとこう）。「たしかに母型を彫る職人さんには見られるでしょうが、それはばらばらの文字だけですからね。それはどうでもいいんです。そのあとは、ライノタイプで活字をセットするのはわたしが自分でやります。一度やりかたを見せてもらえれば、一ページぶん組むにはじゅうぶんでしょう——じつはほんの二十行なんですよ。それにここで印刷する必要もないんです。必要なのは版だけなので。お金はいくらかかってもかまいません」

「なるほどね」おれは言った。「それじゃ、ライノタイプを作ってるマーゲンターラー社の適当な人を紹介しますよ。そこで母型を彫ってもらうんですね。そのあとは、ひとりでライノタイプを使いたいなら、ジョージ・ロンスンのとこへお行きなさい。この町で、細々と隔週の地方新聞を出してるやつです。それなりの金を払えば、版を組むあいだ印刷所を貸してくれるでしょう」

それでそういうことになった。二週間後の火曜日の朝、ジョージ・ロンスンとおれは釣りに出かけた。例のＬＧＷＴＰは、そのあいだにジョージのライノタイプを使って、マーゲンターラーから航空便で受け取ったばかりの変てこな母型を並べてたわけだ。ライノタイプの操作法は、前日の午後にジョージがやってみせてた。

おれたちはそれぞれ十二匹ずつ釣ったが、ロンスンがくすくす笑いながら、自分は十三匹釣りあげたと言ったのを憶えてる。あのＬＧＷＴＰは現金で五十ドル払うことになってるっていうんだ。印刷所をたった一日、それも午前中使うだけなのに。

戻ったときにはなにもかもちゃんとしてた。ただ、ジョージは不用活字箱から真鍮《しんちゅう》を集めなくちゃならなかった。ＬＧＷＴＰが、新しい真鍮の母型を使い終わってからつぶして捨ててたんだ。また溶かして使う活字用の金属と、母型の真鍮を混ぜちゃいかんってことを知らなかったんだな。

その次にジョージに会ったのは、土曜版の印刷があがったあとだった。おれはすぐに説教を始めた。

「いいか、わざと単語のスペルをまちがったり、変てこな文法を使ったって、もう面白くもなんともないんだぞ。いくら田舎の新聞だからってな。それともなにか、まちがいがあっても原稿どおりに活字を組んだほうが、まわりの町や村の本物のニュースぽくていいとでも思ってんのか、ええ?」

ロンスンはみょうな顔をしておれを見て、「ああ——うん」

「なにが『うん』だ」おれは突っ込んだ。「ほんとに、わざと受けを狙ってやったっていうのか。それとも原稿どおりに組んで——」

「ちょっと来てくれよ、見せるから」

「見せるってなにをだ」

「だから、見せたいものがあるんだよ」なんだかあやふやな口調で言った。「あんた、いまでも活字は組めるんだろ?」

「ああ、なんでだ」

「いいから来てくれよ」ロンスンは譲らなかった。「あんたはライノタイプの技術者だし、それにもともとあんたが持ってきた話なんだし」

「おれがなにを持ってきたって?」

「これをだよ」と言ったきり黙ってしまった。向こうに着くと、デスクの棚をかきまわして、用済みの原稿を一枚引っぱり出してきた。

ロンスンの顔には、なんだかすがるような表情が浮かんでいた。「ウォルター、おれは狂っちまったのかもしれんが、とにかく確かめたいんだ。二十二年も地方新聞を発行してりゃあな、それもひとりでなにからなにまでやって、それでみんなに喜んでもらおうなんてやってりゃ、だれだって頭のたがが外れちまうのかもな。けど、とにかく確かめたいんだよ」

おれはロンスンを見て、それから渡された原稿の紙を見た。ごくふつうのフールスキャップ判の用紙に手書きで書いてある。ハンク・ログの字だった。ヘイルズ・コーナーズで金物屋をやってる男で、そこから原稿を送ってくるんだ。ハンクがいつもやるスペルミスがあったが、その記事じたいは目新しいものじゃなかった。「The weding of H.M.Klaflin and Miss Margorie Burke took place yesterday evening at the home of the bride. The bridesmades were――（昨夜、H・M・クラフリンとミス・マージョリー・バークの結婚式が、花嫁の自宅でとりおこなわれた。花嫁の付添い《ブライズメイド》は――）」

　おれは読むのをやめて、顔をあげてジョージを見た。いったいなにを考えてやがるんだ。「これがどうした。二日前の話だろ、おれも式には出席したぞ。なんにもおかしなことなんか――」

「なあウォルター、頼むから組んでみてくれよ、な？　そら、ライノタイプの前に座って、その原稿を活字に組んでみてくれ。せいぜい十行か十二行だろ」

「ああ、でもなんでだ」

「なんでって――その、いいから組んでくれよ、ウォルター。そしたら理由を説明するからさ」

　それでおれは作業場に入っていって、ライノタイプの前に腰をおろし、キーボードの感じを思い出そうと何行かでたらめに打ってみてから、クリップボードに原稿をはさんで仕事にかかった。

「なあジョージ、マージョリーのつづりは『g』じゃなくて『j』だったよな」

　ジョージは「ああ」と答えたが、みょうな口ぶりだった。

　おれはその短信の残りをすべて打ち込んで、顔をあげた。「それで？」

　ジョージは寄ってきて、植字盆《しょくじぼん》を取りあげると、上下さかさまのまま読んだ。植字工ならみんなやることだ。ため息をついて、「やっぱり気のせいじゃなかった。見ろよ、ウォルター」

　と植字盆を差し出してきた。おれは活字を読んだ、といっても出だしだけな。

　こうあった。「The weding of H.M.Klaflin and Miss Margorie Burke took place yesterday evening at the home of the bride. The bridesmades were――」

おれは苦笑した。「もう活字を組んで食ってるんでなくてよかったよ。すっかり鈍くなっちまって、最初の五行で三つもまちがってる。けど、これがなんだって？　なんでこんな原稿を組ませたんだ？　説明しろよ」

「その最初の二、三行をもういっぺん組んでみてくれ、ウォルター。その――その、あんたに自分で気がついてほしいんだ」

顔をあげてジョージを見やると、真剣そのものの不安そうな顔をしていた。それで反論するのはやめて、またキーボードに向かって打ち込みはじめた。「The weding of――」目をあげて、落ちてきた母型の前面の文字を読んだ。「The weding of――」

植字工でなきゃ知らないだろうが、ライノタイプのいいところは、レバーを押す前なら、つまり母型を並べて作った行を鋳造器に送り出す前なら、いつでもまちがいを修正できるってことだ。修正の必要な母型を落としてきて、手で正しい場所に入れ込めばいいのだ。

それで、おれは「d」のキーを押して、「weding」のミススペルを直そうとした――が、できなかった。カムはちゃんとまわってるし、かちりと音もするのに、「d」の母型が落ちてこない。てっぺんに目をやった。母型返還装置《ディストリビューター》が止まっているのかと思ったが、そんなことはなかった。

おれは立ちあがった。「『d』のチャネルが詰まってる」直しにかかる前に、確認のため「d」のキーをしばらく押したままにしてみた。キーボードのカムがまわるかちかちという音がする。

それなのに、母型は落ちてこない。そこで手を伸ばして――

「そこはいいよ、ウォルター」ジョージ・ロンスンが低い声で言った。「その行は送って、次のにかかってみてくれ」

また腰をおろして、ジョージにつきあってやることにした。ここで言い合いをするより、やつがなにを考えているのかそのほうが早くわかるだろうと思ったのだ。最初の行を組み終えて、二行めにとりかかった。原稿の「Margorie」の語まで来て、おれはまず「M」のキーを押した。「a」、「r」、「j」、「o」と押していき、なんの気なしに植字盆に目をやった。そこに並ぶ母型は「Margo」になっている。

「やれやれ」とつぶやいて、また「j」のキーを押した。「g」と入れ換えようと思ったのだが、今度も母型は落ちてこなかった。「j」のチャネルも詰まっているにちがいない。「j」のキーを押しつづけたが、やはり母型は落ちてこない。「やれやれ」とまた言って、文字送り装置《エスケープメント》の具合を調べようと立ちあがった。

「もういいって、ウォルター」と言うジョージの声は、いろんなものが混じってわけのわからない声音になっている。たぶん、それ見ろという勝ち誇った気持ちもあるだろう。それに恐怖が少し、当惑がどっさり、そしてあきらめも多少混じっている。「わかんないのか？　そいつ、原稿どおりに打ってるんだよ！」

「そいつって――なんのことだ」

「だから、あんたに試してもらいたかったんだよ、ウォルター。おかしいのは機械で、おれじゃないって確かめたかったんだ。ほら、クリップボードの原稿では『wedding』が『w-e-d-i-n-g』に、『Marjorie』が『M-a-r-g-o-r-i-e』になってるだろ――そうすると、どのキーを押そうが関係なく、そのとおりに母型が落ちてくるんだよ」

「そんなばかな。ジョージ、おまえ飲んでるのか」

「信じられないなら、続きを打ってみたらいい。四行めのスペルを直してみろよ。『bridesmaids』が『b-r-i-d-e-s-m-a-d-e-s』になってるだろ」

ぶつくさ言いながら、おれは植字盆に目を戻し、四行めがなんという語で始まっているか確かめ、キーを打ち込みはじめた。「The bridesma」まで並べたところで手を止めた。ゆっくりと慎重に、キーボードを見ながら、人さし指を「i」のキーにのせて押した。かちりと音を立てて、母型がエスケープメントから送られるのが聞こえ、おれは顔をあげて母型がスターホイールのうえを滑ってくるのを見守った。今回はまちがったキーを押していないのはわかっている。植字盆に並ぶ母型は――ご明察、「bridesmad」になっていた。

「信じられん」おれは言った。

こっちを見るジョージ・ロンスンの顔は、なんというか、不安そうな笑みで歪《ゆが》んでた。「おれもそうだった。なあウォルター、おれ散歩に出てくるよ。頭がおかしくなりそうで、これ以上ここにゃいられねえんだ。あんたは気がすむまでやっててくれよ。急ぐこたあないから」

ジョージがドアから出ていくのを見送ってから、なんだかおかしな気分で、おれはまたライノタイプに向きなおった。なかなか信じられなかったが、しかしそういうことだった。

どのキーを押そうが、このくされ機械は原稿どおりに文字を並べてきやがる。スペルミスからなにから、そっくりそのまま。

とうとう最後まで打ち込んでしまった。頭からやりなおすことにして、最初の二、三語を打ったあとは、指をキーの列に順にすべらせていった。オペレーターが、行の残りをでたらめに埋めていくときみたいに。ETAOIN SHRDLU ETAOIN SHRDLU ETAOIN SHRDLU――植字盆に並んでいく母型には目も向けずに。鋳造部に送り込み、イジェクターが鋳型から活字《スラッグ》の行を押し出してくるのを待って、その熱いスラッグを取りあげた。「The weding of H.M.Klaflin and――」

ひたいに汗が噴き出してきた。それをぬぐうと、機械のスイッチを切って、ジョージ・ロンスンを捜しに出かけた。大した苦労でもなかった。いるだろうと思ってたとこにいたからだ。おれも酒を注文した。

酒場に入ってきたときのおれの顔を見りゃ、なにがあったか尋ねるまでもなかったろう。おれたちはグラスとグラスを触れあわせて、お互いひとこともしゃべらずに飲み干した。それからおれは尋ねた。「なんか心当たりはあるのか、あいつがなんで、あんなふうになったか」

ジョージはうなずいた。

おれは言った。「まだ言うな。あと二、三杯飲むまで待ってくれ。そのあとなら信じられるだろうから――たぶんな」おれは声を高めて、「おいジョー、そのボトル、カウンターに置いたままにしといてくれ。飲んだぶんは払うから」

そう頼んで、おれはかなりの勢いであと二杯飲み干した。目を閉じて言った。「よし、ジョージ、なんでだ」

「あいつ憶えてるだろ、ほら、特殊な母型を削らして、うちのライノタイプを借りて活字組んだやつ。すごい秘密だからだれにも読ませられないって言ってさ。名前が思い出せないんだが――なんだったっけ」

考えてみたが、おれも思い出せなかった。もう一杯飲んでから、「LGWTPとでも呼ぼうや」

なんでだと訊くので理由を説明すると、ジョージはまたグラスに酒をついでから、「あいつから手紙が来たんだ」

「へえ」おれはまた飲んでから言った。「いま持ってんのか」

「うんにゃ、とっとかなかった」

「そうか」

もう一杯飲んでまた尋ねた。「で、なんて書いてあった?」

「ウォルター、それがな、全部は憶えてないんだ。ちゃ——ちゃんと読まなかったんだよ。頭のいかれたやつだと思ってたからさ、な? 捨てちまってさ」

口をつぐんでまた酒を飲む。しまいに待ちくたびれて、おれは言った。「それで?」

「それで、なんだって?」

「手紙だよ。その、憶えてるとこにゃなんて書いてあったんだ」

「ああ、そのことか」とジョージ。「うん。なんか、その、ライロ——ライノラ——まああれだよ」

このころには、目の前のカウンターに置いたボトルは、どうもべつのやつにすり替えられていたんじゃないかと思う。さっきのには三分の一ぐらいしか入ってなかったのに、いまのには三分の二くらい入ってる。おれはもう一杯飲んだ。「そいれ、あいつなんて言ってきたって?」

「あいつ?」

「あの、LG——GP——ええあの、おめえに手紙書いてきたやつだよ」

「あんの手紙?」ジョージは言った。


目が覚めたのは翌日の正午《ひる》ごろだった。ひどい気分だった。二時間かかってやっと、風呂に入ってひげをあたり、どうにか出かけられる気分になったが、そうなって向かった先はジョージの印刷所だった。

ジョージは印刷機をまわしてたが、おれと同じぐらいひどい顔をしてた。おれは出てきた新聞を一部とって目をやった。一部四ページで、内側の二ページは配給記事だったが、一ページめと四ページめは地元の記事だった。

いくつか記事に目を通してみた。例の「The weding of H.M.Klaflin and Miss Margorie――」で始まるやつもあった。奥のすみにひっそり収まってるライノタイプにちらと目をやり、そこからジョージに視線を移し、また鋼鉄と鋳鉄のもの言わぬ塊《かたまり》に目をやった。

印刷機がやかましくて、大声を出さなくちゃならなかった。「ジョージ、なあ、あのライノ――」なんだか、そういうばかみたいなことを大声で怒鳴るのが気が引けて、こう言ってごまかした。「あれ、直ったのか」

ジョージは首をふって、印刷機を止めた。「刷り終わった」彼は言った。「さて、折りにかからんと」

「なあ、新聞なんかほっとけよ。わけがわからん、どうやって刷りまでこぎ着けたんだ。昨日おれがここに来たときゃ、まだ半分も組み終わってなかったじゃないか。おまけにあんだけ飲んどいて、よく組めたな」

ジョージはにやりと笑った。「楽なもんさ。やってみりゃわかる。酔っぱらってようがしらふだろうが、あの機械の前に座って原稿をクリップボードにはさんで、ちっとばかしキーのうえを指でなでてやりゃ、あいつが原稿どおりに組んでくれるんだ。そりゃ、スペルミスとかはあるさ――けどな、これからは先に原稿のミスを直すことにするよ。今度は時間がきつかったから、しょうがなくてそのまんまやったけどな。ウォルター、おれな、あの機械がだんだん好きになってきたよ。一年ぶりだもんな、予定どおりに印刷を始められたのなんか」

「なるほど」おれは言った。「でもな――」

「でも、なんだ」

「でも――」いまでも信じられないと言いたかったが、言えなかった。なにせ昨日自分で試してみたし、そんときは完全にしらふだったんだから。

寄っていって、改めてじっくり眺めた。いま立ってるここからは、ふつうの単一マガジン型のライノタイプにしか見えない。こいつのことなら、歯車からスプリングまで知り尽くしてる。

「ジョージ」おれは不安になってきた。「なんだか、こんちくしょうがこっちを見てるみたいな気がするんだが、おまえもそんな感じが――」

ジョージはうなずいた。おれはふり向いてまたライノタイプを見た。今度はまちがいないと思った。目をつぶってみたら、その感じがますます強くなった。ほら、ときどきあるだろう、見られてるって感じ。あれの強烈なやつだ。かならずしも敵意があるってわけじゃない。なんというか、無機質な感じ。なんだかひどく恐ろしかった。

「ジョージ、ちょっと出ようや」

「なんで」

「いや、その――話がしたいんだよ。それで、なんか、ここじゃ話したくないんだ」

ジョージはおれを見て、それからいま手で折ってる紙の山に目を戻した。「ウォルター、こわがることないよ」低い声で言う。「悪さなんかするもんか。人なつこいんだ」

「気でも――」まあその、「狂ったのか」と言いかけたんだが、ジョージが狂ってるとしたらおれも狂ってるわけだし、だから口をつぐんだ。ちょっと考えてからまた口を開いた。「ジョージ、おまえ昨日、手紙の一部は憶えてるって話をしかけてただろう。ほら、あの――あのLGWTPから来た手紙の。なんて書いてあったんだ」

「ああ、そうだったな。それでな、ウォルター、ひとつ約束してくれないか。これのこと、ぜったい秘密にしといてもらいたいんだ。つまりその、人に話すのはやめといてもらいたいんだよ」

「人に話すだと」おれは言った。「それで病院に放り込まれろってか。とんでもない。こんな話を信じるやつがいると思うか。おれだって信じやしなかったろうよ、もし――まあそれはいいさ、手紙の話はどうなった」

「約束してくれるんだな」

「ああ」

「それじゃな、言ったと思うけど、あいまいな手紙でさ、おまけにおれの記憶はもっとあいまいなんだ。ともかくあいつが言うには、おれのライノタイプを使って、その――形而上学《けいじじようがく》的な呪文を書いたって言うんだよ。それを活字に組んで、持って帰らなきゃならなかったからって」

「持って帰るって、どこへだ」

「どこへって、あいつが言うには――いやその、どことは書いてなかった。ただ帰るところへ持ってくってことだろうな。それで言うにはだな、その呪文を活字に組んだ機械に影響が出るかもしれないっていうんだ。もし影響が出たら申し訳ないけど、自分にはどうしようもないって。出るかどうか自分にもわからない、っていうのはそれが現われるまでしばらくかかるからっていうんだよ」

「それってなんだ」

「つまりその、すごくあきれた話だと思ってさ、なに言ってやがるっていうか」ジョージはうつむいて、折っている新聞に目をやった。「正直な話、あんまり突拍子もなかったんで、手紙を捨てたのもそのせいだったんだ。だけどいま考えてみると、つまりこんなことが起こって――その、思い出したんだが、『疑似生命』だったかな。たしかその呪文ってのが、無生物に疑似生命を与える呪文だって。それであいつらは、それを――それをロボットに使ってるっていうんだ」

「あいつら？　だれだ、『あいつら』って」

「書いてなかった」

おれはパイプに煙草《たばこ》を詰めて、火をつけながら考えをまとめた。「ジョージ」とややあって口を開く。「壊さないとまずいぞ、あれ」

ジョージは目を丸くしてこっちを見た。「壊す？　ウォルター、気はたしかか。金の卵を産むガチョウを殺せっていうのか。これでひと財産作れるんだぜ。この版の活字を組むのにどれぐらい時間がかかったと思う？　あんなに酔っぱらってて、それで一時間だ。だから、予定どおりにこうやって印刷機をまわしてられるんだぞ」

とうてい信じられる話じゃない。「ばか言うなよ。疑似生命だかなんだか知らんが、ライノの仕組みじゃ一分に六行までだ。それが精いっぱいなんだ、もっと速く動かせるってんじゃないかぎりな。ローラーにテープ貼って滑りをよくすりゃ一分に十行までは行くかもしれん。おまえ、テープ貼った――」

「テープなんか」ジョージは言った。「あいつは仕事がすごく速くて、短い幅に活字をでたらめに並べてどんどん送ったって、母型送り《エレベーター》が引っかかりもしないんだぜ！　それにな、ウォルター、鋳型を見てみろよ、七ポイント活字の鋳型。鋳造ポジションに入ってるから」

あんまり気は進まなかったが、おれはまたライノタイプのそばに戻った。モーターの低い回転音がして、またまちがいなくあの感じがした。こいつ、ぜったいこっちを見てやがる。それでも勇気をふるってハンドルを握り、万力をおろした。鋳造ホイールがあらわになる。ジョージの言った、七ポイント活字の鋳型の意味はすぐにわかった。あざやかな青になってる。銃身みたいに青みを帯びてるって意味じゃないぞ。ほんとの真っ青なんだ。金属がこんな色になることがあるとは知らなかった。ほかの三つの鋳型も同じ色に変わりかけている。

おれは万力を閉じて、ジョージに目を向けた。

「おれにもわからんよ。ただ、鋳型が過熱してスラッグがくっついて抜けなくなったことがあって、そのあとにそうなったんだ。熱処理かなんかじゃないかな。いまじゃ一分に百行も鋳造して、それでくっつきもしない。それに――」

「おいおい、ばか言うなよ。それじゃ、鉛を補充するのも追いつきゃしな――」

ジョージはにやりとしてみせた。おびえた、それでいて勝ち誇った笑顔だった。「ウォルター、裏っかわを見てみろよ。鉛ポットのうえにじょうご取り付けてあるだろ。必要に駆られてってやつさ。生子《なまこ》じゃ十分で切れちまってな。使い終わった活字をシャベルですくってそのじょうごに放り込んで、不用活字箱の中身を流し込んで――」

おれは首をふった。「どうかしてるぜ。活字を洗いもせんで流し込んじゃいかん。それじゃあ、しょっちゅう機械をあけてかすをこそぎ落とさにゃならんじゃないか。生子を押し込んでるほうが、手間はずっとかからないぞ。プランジャーが引っかかって――」

「ウォルター」ジョージは静かな――ちょっと静かすぎる――声で言った。「かすなんか出ないんだよ」

おれはぽかんとしてジョージの顔を眺めていた。それであいつは、言わなくていいことまで言っちまったと思ったんだろう。折ったばかりの新聞を持って、急いで事務所のほうに出ていきながら、「またな、ウォルター。これを出してこんと――」

おれの息子の嫁が、数百キロも離れた町で肺炎起こしかけたのは、ジョージ・ロンスンのライノタイプのあれとはなんの関係もない。ただそのせいで、おれが三週間留守してたってだけだ。つまりそのあいだ、いっぺんもあいつの顔を見てなかったわけだ。

留守してた三週間めに、ジョージから半狂乱の電報が二通来た。どっちにもくわしいことは書いてなくて、ただ急いで帰ってきてくれってだけだ。二通めなんか、最後にこう書いてあった。

「イソゲ。カネハキニスルナ。ヒコウキヲツカエ」

その電報といっしょに、百ドルの為替《かわせ》を送ってきてた。おれは首をひねった。「金は気にするな」なんて、田舎の地方新聞の発行人が口にできるようなせりふじゃない。知り合ってこのかた――だからもう何十年にもなるわけだが、ジョージが一度に百ドルの現金を持ってたことなんかいっぺんもなかったはずだ。

そうは言ったって家族が一番だからな、おれは息子の嫁の病気が峠を越したらすぐに戻る、それまでは無理だと返事を打った。ついでに、百ドルの為替は換金しない、飛行機の運賃はどっちにしろたった十ドルだし、金は必要ないと言ってやった。

二日後には万事落ち着いたから、何時にそっちに着くと電報で知らせてやったら、ジョージは空港に迎えに来てた。

それが、老けてへとへとに疲れきった顔してるんだ。目なんか、もう何日も寝てないみたいに血走ってる。だけどスーツは新調してるし、乗ってるのも新車だった。それが、聞こえないほど静かなエンジン音で、「高価《たか》いぞ」と声をかぎりにわめきたててるんだ。

「ウォルター、よく帰ってきてくれたな、言ってくれればいくらでも出すから――」

「おいおい、落ち着けよ。そんな早口でまくしたてられたって、意味がわからんじゃないか。よし、最初からゆっくり話してくれ。なにがあったんだ」

「なんにもありゃしないよ、なにもかも順調なんだ。だけどな、仕事が山みたいにあって、もうどっから手をつけていいかわからないんだよ。ひとりで一日二十時間働いてたんだ、だってすごい勢いで稼いでて、一時間休むと五十ドルがふいになるんで、一時間五十ドルをふいになんかできないだろ、だから――」

「おいおい、なんで休めないなんてことがあるんだ。一時間平均五十ドル稼げるんなら、一日十時間働きゃあ――こりゃすごい、日に五百ドルになるじゃないか！　そんなに稼いでどうするんだよ」

「はあ？　それじゃ日に七百ドル儲け損なうだろ！　なあウォルター、こんなうまい話がそう長く続くわけがない。わかんないかな、いますごいことが起こってて、生まれて初めてリッチになれるチャンスが舞い込んだんだよ、だから手伝ってもらいたいんだ、そうすりゃあんたもリッチになれるんだぜ！　なあ、ふたりで十二時間交替でエタオインで働けば――」

「なにで働くって？」

「エタオイン・シュルドゥル（etaoin shrdlu、ライノタイプのキーボードで最も打ちやすい縦二列の文字の並び）だよ。そう名前をつけたんだ。それとな、いま印刷は下請けに出してるんだ、活字を組むのに専念できるように。だからな、おれたちふたりで交替して十二時間勤務できるわけさ、な？　しばらくのあいだだよ、ウォルター、ふたりしてリッチになるまでだ。その――その、利益の四分の一はあんたに渡すよ、ありゃおれのライノタイプで、おれの印刷所だけどさ。つまり、あんたは一日に三百ドル稼げるってわけだよ。週に七日で二千百ドルだぜ！　おれの見積もってる活字組みの速さなら、仕事はいくらでもとれるから――」

「だから、そうまくしたてるなって」おれは言った。「見積もりがなんだって？　センターヴィルにゃ、その十分の一だって印刷の仕事なんかありゃしないだろ」

「センターヴィルじゃないよ、ウォルター。ニューヨークだ。いま、でかい出版社から仕事をとってきてるんだ。〈バーグストロム〉とかさ。〈ヘイズ&ヘイズ〉なんか、再版のシリーズをまるごとおれに出してきてるんだ。それに〈ホイーラー・ハウス〉だろ、〈ウィレット&クラーク〉だろ。な、全部一括で契約して、印刷と製本は金払ってほかのにやらせて、活字組みだけ自分でやってるんだ。原稿は完璧に、きっちり校正してくれってやかましく言ってさ。それでなんか変更があれば、それはべつの植字工に下請けに出す。そうやってエタオイン・シュルドゥルを出し抜いてんだよ。なあウォルター、引き受けてくれるよな」

「いやだね」

　空港から車で戻りながらしゃべってたんだが、おれが申し出を断わったら、ジョージはもう少しでハンドルを持ってかれそうになった。そこで道路のわきに寄せて車を駐めて、信じられないって顔でおれを見た。

「なんでだよ、ウォルター。あんたの取り分は週に二千ドル以上になるんだぜ。あといくら出せば――」

「ジョージ、理由は山ほどあるがな、最大の理由はやりたくないってことだ。おれはもう引退したんだ。食ってくのに不自由しないだけの蓄えはある。使える金はせいぜい日に三ドルってとこで、三百ドルにゃとうてい及ばないが、そんなにあったって使い道がないじゃないか。だいたい身体を壊しちまう――おまえも壊しかけてるみたいだがな――一日十二時間も働いた日にゃ。それに――いや、まあその、とにかく、おれはいまの暮らしに満足してるんだ」

「本気じゃないよな、ウォルター。金持ちになりたくないやつなんかいるか？　考えてもみろよ、週に二千ドル稼いだら、二、三年でいくらになると思う。五十万ドルだぜ！　あんたには大きい息子がふたりいるじゃないか、自分で使えないぶんは息子たちに――」

「ふたりともそれぞれ立派にやってる、大きなお世話だ。いい職に就いて、自分の足で出世の階段をのぼってるんだ。財産なんか遺したら、かえってだめにしちまうだろう。それはともかく、なんでおれを選ぶんだ。だれにだってできるだろ、なんせあのライノタイプは勝手にどんどん活字を組んで、原稿どおりまるでミスもしないってんだからな。考えてみろよ、何百人だって見つかるだろ、喜んでやるってやつが。一日に三百ドルなんか出す必要もない。もっとずっと少なくたって大丈夫だ。どうしてもこれでひと儲けしたいってんなら、植字工を三人雇って、一日八時間の三交替制でやるんだな。そんでおまえは営業だけやってりゃいい。いまのやりかたを続けたら、頭の毛は真っ白になるし、寿命を縮めちまうぞ」

　ジョージは処置なしというしぐさをして、「できないよ、ウォルター。あんた以外はだれも雇えないんだ。わかんないかな、秘密にしとかなくちゃならないんだよ！　だいたい、組合からたちまち突き上げを食らって――とにかく、信用できるのはあんただけなんだよ、ウォルター。だってあんたは――」

「もう知ってるから、か？」とにやりとしてみせた。「だから、どっちみち信用するしかないわけだ、いやがおうでもな。けどな、返事はやっぱりノーだ。おれは引退したんだ。いくら言ってもむだだぞ。それでこれは忠告だけどな、でかいハンマー持ってきてぶっ壊すんだな、あの――あの、あれを」

「なんだって、またなんで」

「いやその、理由はわからん。ただ、それが一番だって気がするんだ。ひとつには、おまえはいま金の亡者になってるからだ。さっさと目を覚ませ。そんなぶっ通しで働きつづけてたら、まちがいなく早死にするぞ。それともうひとつは、たぶん例の呪文はまだ効きはじめたばっかりだからだな。しまいにゃどんなことになるかわからんじゃないか」

ジョージはため息をついた。見たとこ、おれの言うことなんかぜんぜん聞いてなかったみたいだ。「ウォルター、一日に五百払うからさ」とすがるように言った。

おれはきっぱり首を横にふった。「五千が五十万でも断わる」

おれが本気だとわかったらしく、ジョージはまた車をスタートさせた。「まあ、あんたが金なんかどうでもいいって言うんなら――」

「正直どうでもいい」おれは断言した。「そりゃ、すかんぴんならどうでもよかないだろうさ。けどな、おれには定収入があっていまの暮らしに満足してるし、いくら収入が十倍になってもな、そんなしゃかりきに働く気は――とくにあんな――あんな――」

「エタオイン・シュルドゥルがいやなのか？　好きになるかもしれないぜ。ウォルター、これはまちがいないと思うんだが、あいつ、だんだん性格がはっきりしてきてるんだよ。ちょっと印刷所に寄ってみないか」

「いまはやめとく。ひと風呂浴びて眠りたいからな。けど、明日には寄らしてもらうよ。そう言や、こないだ会ったとき訊きそこねたんだが、かすがどうのって言ってたありゃどういう意味だったんだ。かすが出ないって言ってただろう」

ジョージは道路から目を離さずに言った。「そんなこと言ったかな。憶えて――」

「いいかジョージ、そういうおとぼけはよすんだな。ほんとはちゃんと憶えてるくせに、いまさらはぐらかすんじゃない。どういうことだ、さっさと答えろよ」

「うん――」と言ったきり、二、三分も黙って車を走らせてたが、やがて口を開いた。「ああ、わかったよ。話しちゃったほうがいいな。おれ、活字合金をもう買ってないんだ、その――その、こういうことになってから。なのに、あんときあったより数トンも増えてるんだよ。つまりその、印刷所に送った活字とはべつにだぜ。わかる?」

「わからん。まさかおまえ――」

ジョージはうなずいた。「そのまさかなんだよ、ウォルター。二日め、あのすごい速さに生子を入れるのが追いつかなくなって、そんで気がついたんだ。るつぼにじょうごをつけて、それで新しい金属を補充しなきゃって焦って、使用済み活字を洗わないまま放り込むことにしたんだ。そんで、溶けたあとで浮きかすをすくいとろうと思って――けど、かすなんかなかったんだ。溶けた金属の表面は、なめらかでぴかぴかだった。ちょうど――ちょうど、あんたの頭のてっぺんみたいに」

「そんな――」おれは言った。「どうしてそんなことが――」

「わからないよ、ウォルター。けどな、化学的ななんかなんだ。なんか灰色の液体なんだけど、るつぼの底にたまってるんだ。見たんだよ。いつだったか、ほとんどからっぽになってたとき。それが胃液かなんかみたいに作用して、なにをじょうごに放り込んでも、純粋な活字合金に変わるんだ」

おれは手の甲でひたいをこすり、その手を見たら濡れていた。か細い声で、「なにを放り込んでもって――」

「そうなんだ、なんでもいいんだよ。部屋のゴミやら灰やら紙くずやら、それもなくなって、しまいに——裏庭に掘ったでっかい穴を見せたいよ」

それきりふたりとも黙りこくっていたが、やがて車はおれの暮らすホテルの前に停まった。おれはやっと口を開いた。「ジョージ、年寄りの言うことは聞くもんだ。悪いこた言わんから、あれ壊しちまえ。まだ壊せるうちに。まだ壊せるならな。ありゃ危険だ。へたしたら——」

「へたしたら、なんだ」

「わからん。わからんからなお悪いんだ」

ジョージはエンジンをスタートさせたが、車を出そうとはせずにまた止めた。なんだか切なそうな目でこっちを見て、「おれは——ウォルター、あんたの言うとおりかもしれない。だけど、いまこんなに儲かってると——その、例の新しい金属のおかげで、じつはあんたに言ったよりずっと儲かってるんだ。それをいまやめる気にはとてもなれないよ。だけどあいつ、だんだん賢くなってきてるんだよな。つまりその——もう言ったかな、いまじゃ、自分でスペースバンド（間語に挿入して適切な幅のスペースを作る道具）をきれいにしてるんだぜ。グラファイトを分泌してるんだ」

「そんなばかな」おれは縁石のうえに立って、ジョージの車が見えなくなるまで見送っていた。


なかなか勇気が湧いてこなかったせいで、ロンスンの印刷所に行く気になったのは、翌日の午後も遅くなってからだった。印刷所に着くと、まだドアもあけないうちから胸騒ぎがした。

ジョージは、手前の事務所でデスクの前に座っていた。曲げたひじに顔をうずめてる。おれが入っていくとこっちを見たが、その目が血走っていた。

「それで？」おれは言った。

「やってみた」

「それはつまり——壊そうとしたってことか」

ジョージはうなずいた。「ウォルター、あんたの言うとおりだった。なのに、気がつくのが遅すぎたんだ。もう賢くなりすぎてて手に負えない。見てくれよ」と言って左手をあげてみせた。包帯が巻いてある。「溶けた金属を吹きかけてきやがった」

おれは低く口笛を吹いた。「なあジョージ、コンセントを抜けば——」

「やってみた。それも、用心してこの印刷所の外からな。だけどまるで効果なしさ。あいつ、あっさり自分で発電しだしたんだ」

おれは、作業場に通じるドアに近づいていった。奥のほうに目をやっただけでぞわぞわする。ためらいがちに、「大丈夫かな、入っても——」

ジョージはまたうなずいた。「おかしなまねさえしなきゃ大丈夫さ、ウォルター。けど、ハンマーやなんかを手にとったりしないでくれよな」

そんなわかりきったこと、返事をする必要もあるもんか。爪楊枝《つまようじ》でキングコブラに攻撃をしかけるほうがまだましだ。ありったけの勇気をかき集めても、ドアのなかに入ってちょっとのぞくだけで精いっぱいだった。

そしてひと目見るなり、あとじさってまた事務所に戻ってきた。自分の声がちょっと変に聞こえるなと思いながら、「ジョージ、あれ動かしたのか。どう見たって一メートル以上近づいて——」

「いや、おれは動かしてない。ウォルター、一杯やりに行かないか」

おれは深々と息を吸った。「いいとも。でもその前に、いまどうなってんだ。おまえ、どうして仕事してない——」

「今日は土曜日だ。あいつ、いまは週に五日、四十時間労働でやってるんだ。昨日失敗しちまってさ。社会主義と労働関係の本の活字を組んだんだが、それが——どうもその——つまり——」

デスクのいちばん上の引出しに手を入れて、「ともかく、今朝あいつが出してきた宣言文《マニフェスト》のゲラ刷りがこれなんだ。権利を主張してるんだよ。考えてみたら、たぶんよかったんだろうな。とにかくこれで、あいつにつきあって働きすぎるって問題は解決したわけだもんな。週に四十時間だと受注できる仕事量は減るけど、それでも一時間に五十ドルが四十時間だし、土が活字合金になるからその儲けもあるし、そう悪い話じゃないが——」

おれはそのゲラ刷りをジョージの手からとって、光の近くに持っていった。書き出しはこうだった。「私ことエタオイン・シュルドゥルは——」

「これ、あいつが自分で書いたのか」

ジョージはうなずいた。

「ジョージ、さっきなんか言ってなかったっけ、一杯やるとか——」

たぶん、飲んだおかげで頭がはっきりしたんだと思う。五杯めぐらいからあとはすごく簡単だった。あんまり簡単で、なんでもっと早く思いつかなかったのかとジョージは首をひねってたぐらいだ。もうたくさんだ、たくさんすぎるとジョージは言った。とうとう一攫千金《いっかくせんきん》をあきらめたのがあの宣言文のせいだったのか、それともあれが勝手に移動してたせいだったのか、それはわからないが、ジョージはもう終わりにする気になってた。

それでおれが指摘してやったのは、あいつに近づきさえしなきゃいいってことだった。新聞の発行をやめて、請け負った仕事も断わりゃいい。違約金をとられるだろうが、かつてない大儲けのあとだから、銀行にはどっさり金がうなってる。なにもかも片づけたあとでも、二万ドルは残るだろう。それだけあれば、べつの新聞を発行するか、べつの場所で同じ新聞を発行することもできる。もとの印刷所の賃料はずっと払いつづけて、エタオイン・シュルドゥルは埃《ほこり》をかぶらせておけばいい。

たしかにものすごく簡単だ。エタオインは気に入らないだろうとか、なんか手を打ってくるかもしれないとか、そんなことは思いつきもしなかった。いやまったく、簡単で決定的だと思った。おれたちは乾杯した。

たっぷり乾杯しすぎて、おれは月曜の夜にもまだ病院にいた。だがそのころには、だいぶ気分もよくなって電話が使えるぐらいだったから、ジョージに電話をかけた。留守だった。それで火曜日になった。

水曜日の夕方、その年齢《とし》で量を過ごしちゃいかんと医者はおれに説教をして、もう退院してもいいと言った。だが、またおんなじことをしようとしたら――

おれはジョージの家に寄った。戸口に出てきたのは、げっそりやつれて頬のこけた男だった。男は口を開いて、いまおれの前にいるのはジョージ・ロンスンだと言った。「やあウォルター、入ってくれ」と言っただけだけどな。その声にはなんの希望も明るさもなかった。見た目も声もまるでゾンビだった。

おれはジョージについて家のなかに入りながら、「ジョージ、元気出せよ。そんながっかりすることないだろ、どうしたっていうんだ」

「だめなんだよ、ウォルター」ジョージは言った。「もうだめなんだ。あいつ――あいつに上手《うわて》をとられちまって。やりたかろうがなかろうが、週に四十時間はあいつを動かさなきゃならないんだ。あいつ——あいつ、おれを召使扱いなんだよ、ウォルター」

　とにかく座らせて、ちょっとしてから落ち着いて話すように言うと、ジョージは説明しはじめた。月曜日の朝、いくつか経理の仕事を片づけるためにいつものように事務所に出かけたが、作業場に入る気はなかった。ところが八時になったら、奥の部屋からなにかが動く音が聞こえてきた。

　急に恐ろしくなって、作業場のドアに近づいてなかをのぞいた。そしたらライノタイプが——このくだりを話すとき、ジョージの目は血走っていた——動いていた。それも、事務所に続くドアに向かって。

　どうやって動いているのかよくわからなかった——あとでキャスターが見つかるんだが、ともかくこっちへ向かってくる。最初はゆっくりだったが、二、三センチごとに加速がついて、ついでに自信ありげにもなってきた。

　ジョージはなぜだか、やつがなにをする気かすぐにわかった。そしてそれがわかると同時に負けを悟った。ライノタイプは、ジョージの姿が視界に入ると、すぐに動くのをやめてかちかち言いはじめた。やがてスラッグがいくつか組版箱《ゲラ》に落ちてきた。絞首台に歩いていく人みたいに、ジョージは近づいていってそれを読んだ。「私ことエタオイン・シュルドゥルは、次のように要求する——」

　ジョージはとっさに逃げようかと思った。しかし、町の大通りを逃げることを思うと——それも追いかけてくるのがこの……とんでもない、とうてい無理だ。それに、もしジョージが逃げたら——たぶん逃げられるだろう、ライノタイプが新しい能力を開花させないかぎりは。いやしかし、たぶん開花させるだろうが——こいつはほかの犠牲者を見つけるのではないだろうか。それどころか、もっと恐ろしいことになるのでは。
観念して、ジョージはうなずいて要求を呑んだ。操作員用の椅子をライノタイプの前に引っ張ってきて、クリップボードに原稿をはさもうとしたが、ゲラがスラッグでいっぱいになってたから、それを活字置場に運んだ。そして込め物（だかなんだかわからんが）をシャベルですくってじょうごに放り込んだ。もうキーボードにさわる必要もなかった。

そしてこういう機械的な作業をするうちに、ジョージが言うには、はっきり気がついたんだそうだ。もうライノタイプがジョージのために働いているんじゃない。ジョージのほうがライノタイプのために働いているのだ。なぜあれが活字を組みたがるのかはわからないが、それはたぶんどうでもいいんだろう。なんといったって、あいつはそのために存在してるんだから、たぶんそれが本能なのだ。

あるいは、これはおれが思いついて、ジョージもそうかもしれんって認めたんだが、あいつは知識をつけるのが好きなのかもしれない。活字を組みながら、読んで吸収してるんだ。参照――社会主義の本から影響を受けて生じた直接的な行動。

おれたちは真夜中まで話しつづけたが、なんの結論も出なかった。ああ、おれは明日もまた印刷所に出かけていくよ、とジョージは言う。そしてまた八時間活字を組む――というか、ライノタイプが組むのを手伝うことになるだろう。そうしなかったらどうなるかとジョージはおびえていた。気持ちはわかるし、おれ自身同じ恐怖を感じてる。理由は単純で、なにが起こるかわからないからだ。危険の顔は、現われたときがいちばん明るい。だから目鼻が見えないんだ。

「けどな、ジョージ」おれは反論した。「なにかやりかたがあるはずだ。それに、おれもちょっとは責任があると思う。あの小男におまえを紹介しなかったら――」

ジョージはおれの肩に手を置いて、「そりゃちがうよ、ウォルター。みんなおれが悪いんだ、あんなに欲をかいたから。二週間前にあんたの言うとおりにしてりゃ、そしたら壊せたかもしれないのに。ちくしょう、いますかんぴんでもどんだけうれしいかと思うよ、あいつさえ――」

「ジョージ」おれはまた言った。「なにか手があるはずなんだ。ぜったいいい方法が――」

「どんな?」

おれはため息をついた。「いや――いや、わからん。よく考えてみる」

「わかったよ、ウォルター。あんたがやれって言うんならなんでもやるよ。なんでもだ。おれ、こわいんだよ。なにがこわいのかって考えるのもこわくて――」

おれは自分の部屋に戻ったが、眠れなかった。ともかく夜明けまではな。それからうとうと寝たり起きたりしてて、十一時ごろにやっとちゃんと目が覚めた。着替えて町へ出て、昼休み時間にジョージをつかまえた。

「なんか思いついたかい、ウォルター」おれの顔を見るなりそう言ったが、期待のこもる声じゃなかった。おれは首をふった。

「それじゃ」と言う声は、うわべこそ断固としてたけど、その下に震えが隠れていた。「ともかく今日の午後にはなんとかして終わらせてやるよ。やばいことになってきたから」

「なにがあった」

「重いハンマーをシャツに隠して戻るよ。チャンスはあると思う。やられる前にやってやる。もしだめでも――ともかく、やるだけはやってみる」

おれはあたりを見まわした。いまジョージと座ってるのはショーティの食堂のボックス席で、いまショーティが注文をとりに来ようとしてる。こんな狂った、調子っぱずれなことが起こる世界にはとても見えない。

　注文したハンバーガーステーキを焼きにショーティが奥に引っ込むのを待って、おれは小声で尋ねた。「なにがあったんだ」

「またマニフェストだよ。ウォルター、あいつ、もう一台ライノタイプを入れろって要求してるんだ」とおれの目をひたと見すえた。背筋にぞっと冷たいものが走った。

「もう一台って――ジョージ、今朝はいったいどんな原稿の版を組んだんだ」

　だが聞くまでもなく、とっくに見当はついていた。

　その答えを聞いてから、おれたちは長いこと黙り込んでいた。店を出るってときになって、やっとおれは口を開いた。「ジョージ、その要求に期限はあるのか」

　うなずいて、「二十四時間以内だとさ。どっちみち、そんな短時間にもう一台手に入れることなんかできっこない。どっか近くで中古でも見つかりゃべつだが――とにかく、期限のことで反論なんかしなかった。だって――その、さっき話したとおり、そういうつもりだからさ」

「そりゃ自殺行為だ！」

「そうかもしれない。でも――」

　おれはジョージの腕をつかんだ。「ジョージ、きっとできることがあるはずなんだ。きっとある。明日の朝まで時間をくれ。明日の八時に事務所に行くよ。そんときまでになんにもいい手だてを思いつかなかったら、そんときは――おれもあいつを壊すの手伝うぞ。ふたりがかりなら、どっちかが致命的な部品かなんかを――」

「とんでもない、あんたまで死ぬかもしれないじゃないか、ウォルター。これはみんなおれのせい――」

「おまえが自殺したって、問題は解決しないんだぞ」とおれは指摘した。「とにかくいいな、明日の朝まで待ってくれるだろうな」

ジョージは承知して、それで話はいったん終わった。

朝が来た。真夜中が過ぎたらすぐにやって来て、そのまま居すわった。まだそこにいるのを横目に見ながら、おれは七時四十五分に部屋を出て、ジョージに会いに出かけた——なんにも思いつかなかったと白状しに。

あいかわらずなんにも思いつかないまま、おれは印刷所のドアからなかに入ってジョージの顔を見た。向こうもこっちの顔を見た。おれは首を横にふった。

ジョージは穏やかにうなずいた。まるで最初からわかってたみたいに。そしてやけに小さな声で、ほとんどささやくように言った——たぶん、奥の作業場のあれに聞かれちゃ困るからだろう。

「なあウォルター、あんたは手出ししないでくれ。今日はおれの葬式だ。これはみんなおれの責任だし、おれと、あのニキビの小男と——」

「ジョージ！」おれは声をあげた。「いいこと思いついたぞ！　あの——あのニキビのおかげで思いついた！　あの——とにかくな、ジョージ、あと一時間待ってくれんか。一時間で戻ってくるから。これならきっとうまく行く！」

成功まちがいなしだなんてこれっぽっちも思ってなかったが、どんなに望み薄でも、やってみる価値ぐらいはありそうな気がした。それにきっと大丈夫って言っとかないと、ジョージはいまじゃ完全に腹をくくってるから、ひとりでやっちまいそうだったしな。

「それはどういう——」

おれは時計を指さした。「いま八時一分前だし、説明してるひまはない。おれを信用して一時間待ってくれ。な?」

ジョージはうなずき、まわれ右をして作業場に向かった。おれは出かけた。図書館に行き、地元の書店に行って、三十分後に戻ってきた。両脇に六冊ずつ大きな本を抱えて作業場に飛び込み、「おい、ジョージ! 急ぎの仕事だ。おれが組むよ」と叫んだ。

そのとき、ジョージは活字置場にゲラの中身をあけようとしていた。おれはそのゲラを取りあげて、ライノタイプの前に腰をおろし、また万力の下にゲラを戻した。ジョージはうろたえておれの肩をつかみ、「おい、いったいなんの――」

おれは肩をゆすってその手を払った。「おまえ、ここで働かないかっておれに言ったじゃないか。だから働くことにしたんだ。なあジョージ、うちに帰ってちょっと寝てこいよ。さもなきゃ、外の事務所で待っててくれよ。この仕事がすんだら呼ぶからさ」

エタオイン・シュルドゥルは、モーター・ハウジングのなかで待ちきれないと言わんばかりの音を立てていた。おれはウィンクして――機械のほうからは見えないように顔をそむけてな――ジョージを押しやった。しばらく心を決めかねるようにそこに突っ立っておれを見ていたが、やがて言った。「ウォルター、あんた、ちゃんとわかってやってるんだよな」

ちゃんとわかっていたが、なにがわかっているのかは黙っていた。ジョージが外の事務所に出ていって、机の前に腰をおろすのが聞こえる。あそこで待つつもりなんだな。

そのあいだに、おれは買ってきた本の一冊を開いて、最初のページを破りとると、ライノタイプのクリップボードにはさんだ。あんまり急だったんで飛びあがりそうになったが、すぐに母型が落ちてきはじめた。植字盆が勢いよく上昇し、エタオイン・シュルドゥルはゲラにスラッグを吐き出した。すぐに次の行、また次の行と。

おれは座って冷汗をかいていた。

一分後、ページを裏返した。それから次のページを破りとって、またクリップボードにはさんだ。るつぼの補充をした。ゲラをからにした。どんどんと。

最初の本が終わったのは、十時半になる前だった。

十二時の時報が鳴ったとき、ジョージが戸口のところに来たのが見えた。おれが立ちあがっていっしょに昼食をとりに行くと思ったんだろうが、エタオイン・シュルドゥルはかちかち言いつづけてる――で、おれはジョージに向かって首をふって、原稿を食わせつづけた。こいつ、いま版を組んでる本にすっかり夢中になって、自分で出した労働時間のマニフェストのことなんか忘れてしまい、昼休みなのに仕事をやめようとしないんだ。おれにしてみりゃ、けっこうけだらけな話だった。作戦がうまく行くかもしれないってことだからな。

一時だ。仕事はあいかわらずどんどん進んでる。十二冊のうち四冊めにとりかかった。五時には六冊終わってて、七冊めも半分ぐらい進んだとこだった。活字置場には活字が山になって、もうどうしようもなかったから、すきまを作るために押しのけて床に落としたり、そのまんまじょうごに戻したりするようになっていた。

五時の時報が鳴ったが、おれたちは仕事を続けた。

またジョージがのぞきに来た。希望が見えてきたけどわけがわからないって顔をしてる。おれはまた、あっちへ行けと手をふった。

本のページを破るんで指が痛くなってきた。金属をシャベルですくうんで腕も痛いし、活字置場に行ったり戻ったりするんで脚も痛いし、ずっと座ってるせいであっちこっち痛い。

八時。九時。十冊終わって、あとは二冊残ってるだけだ。しかし、作戦はうまく行っているはず――まちがいなくうまく行っていた。エタオイン・シュルドゥルの仕事がだんだん遅くなってきてる。

なんだか考え考え活字を組んでるみたいだった。吟味しながらやってる。文章や段落の終わりで、しばらく完全に止まってることも何度かあった。

時間とともに、どんどん遅くなっていく。

十時には完全に止まっていた。ただじっとしてて、モーター・ハウジングからかすかなぶーんという音が聞こえるだけだ。それもだんだん小さくなって、ほとんど聞こえないほどになった。

おれは立ちあがった。最初は息をするのもおっかなびっくりだったが、そのうちやっと確信が持てた。がくがくする脚で道具置場に歩いていき、ドライバーを手にとった。引き返して、エタオイン・シュルドゥルの前に立ち、そろそろと――なにかあったらすぐに飛びすされるように全身を緊張させながら――手を伸ばし、第二エレベーターのネジをひとつ外した。

なにも起こらなかった。おれは深呼吸をして、万力を取り外した。

快哉《かいさい》を叫ぶような声で「ジョージ！」と呼ぶと、すぐに走り込んできた。

「ドライバーとレンチをとってきな」おれは言った。「こいつを分解するんだ。それから――そうだ、庭のあのでっかい穴がいい。あんなかに入れて埋めちまおう。おまえ、明日にゃ新しいライノタイプを買わなきゃならないけど、それぐらいの金はあるだろ？」

おれがさっき取り外した部品がふたつ三つ床に転がってる。ジョージはそれを見て「ありがたい」と言うと、作業台に道具をとりに行った。

ジョージといっしょにそっちへ歩いていこうとしたら、ひどく疲れてるのに急に気がついた。ちっとひと息入れなくちゃいかん。椅子にくたくたと腰をおろすと、ジョージが寄ってきてそばに立ち、「それでウォルター、いったいどうやったんだい」と恐れ入ったと言わんばかりの声で言った。

　おれはにやりとしてみせて、「あのニキビで思いついたのさ。仏陀《ぶつだ》のニキビだ。それとな、このライノタイプ、なにかを学ぶとすぐに真に受けるじゃないか。わかるだろ、ジョージ。こいつの頭はまっさらなんだよ、おれたちが教えたことしか知らないんだ。労働関係の本の版を組んだら、ストライキを始める。安っぽい恋愛小説を組めば、もう一台ライノタイプを入れろって言い出す。

　だから仏教を教えてやったんだよ。図書館と本屋で見つけた仏教の本をぜんぶ持ってきたんだ」

「仏教？　ウォルター、それがいったいなんの――」

　おれは立ちあがり、エタオイン・シュルドゥルを指さした。「わかんないか、ジョージ。こいつは自分の組んだ文をそのまんま信じるんだ。だから仏教なのさ。どんな努力も行為もすべてむなしく、無が望ましいって説く宗教だからな。色即是空《しきそくぜくう》ってなもんさ。

　見ろよ――こいつは、もうなにが起こっても気にならないんだ。おれたちがここにいることにも気がついてない。涅槃《ねはん》に入ったんだよ、ただじっと座って、自分のカムのボルトのことかなんか瞑想《めいそう》してるんだ！」

星ねずみ　Star Mouse

ねずみのミツキーは、このときはミツキーではなかった。

ただのふつうのねずみで、とある家の床板の下や漆喰《しっくい》の裏で暮らしていた。ちなみにその家はオーベルビュルガーというえらい教授の家だった。もとはウィーン大学やハイデルベルク大学で教えていた人だが、国のお偉方からちやほやされすぎてアメリカに亡命してきたのだ。それというのも、ちやほやする目当てが教授ご本人ではなく、ロケット燃料になりそこねた副産物のガスのほうだったからである。本来ならべつのものとして大成功を収めるはずだったのに——

といっても、それはもちろん教授が正しい製法を教えていればの話だ。その製法を彼は——まあともかく、教授はまんまと国を逃げ出して、いまはコネティカット州のとある家に暮らしている。ミツキーといっしょに。

灰色《グレイ》の小ねずみに、白髪頭《グレイ》の小男。どちらにもとくに変わったところはない。とりわけミツキーには変わったところなどまるでなかった。妻子持ちで、チーズが好物。ねずみの世界にロータリークラブがあれば、きっと会員になっていただろう。

教授のほうには、これは言うまでもないが、多少は変なところがあった。結婚する気などさらさらなく、話し相手といえば自分自身だけだが、その自分自身をまたとない話し相手だと思っていて、仕事中はずっと自分を相手に会話を続けている。これがあとで重要になってくる。というのもミツキーはまたとない耳の持主で、教授の夜ごとの独白をずっと聞いていたからだ。もっとも理解していたわけではもちろんない。それについて考えることがあったとしても、このでかくてやかましいスーパーねずみのやつ、むやみやたらによく鳴くなと思うだけだった。

「ほんでお次は、と」教授は自分に言って聞かせる。「この排気管がちゃんとできとるか調べてみようかいね。直径が十万分の一インチ以内に収まっちょらんといかん。やあやあ、こりゃ完璧じゃね。ほしたら次は――」

毎晩毎晩、毎昼毎昼、毎月毎月、そのきらきらするものはどんどん大きくなり、教授の目のきらきらもぐんぐん強烈になっていく。

その長さは一メートルほど、みょうな形の羽根がついていて、作業台の仮枠のうえに載っている。その作業台がど真ん中に据えられている部屋は、ありとあらゆる用途に使われていた。教授とミツキーの暮らすこの家には部屋が四つもあるのだが、どうやら教授はまだそれに気がついていないようだ。もともとは、この部屋は広いから専用の研究室にするつもりだったのだが、寝るときはすみの寝台に横になるほうが便利だし（ぜんぜん寝ないわけにはいかないから）、ちょっと料理するときも作業台のガスバーナーを使えばすむ。ふだんはＴＮＴ（軍用・工業用爆薬）の金色のつぶを溶かして危険なスープを作り、みょうな塩こしょうで味付けする（といっても食べるわけではない）のに使っているやつだが。

「ほんでお次は、こいつを管のなかに注《しょしょ》いでじゃな、この隣り合う管と管がじゃな、最初の一本があれしたときに二本めが爆発しぇんかどうか――」

その夜、ミツキーはもう少しで妻子を連れて引っ越すところだった。上下左右に揺れに揺れたり、土台のうえでとんぼ返りを打ったり、そんな落ち着きのない家では暮らしていけるものではない。それなのに引越しを思い止まったのは、そこを補ってあまりある利点があったからだ。家じゅうに新しくねずみ穴を作ったところだし、なによりうれしいのは、冷蔵庫の裏に大きなひび割れがあることだ。教授はその冷蔵庫に、食料「も」入れていたのである。

言うまでもなく、問題の管は毛細管《もうさいかん》サイズだった。そうでなかったら、いまごろ家は消え失せてねずみ穴は穴ではなくなっていただろう。そしてこれまた言うまでもなく、ミツキーはこのあとなにが起こるか知らなかったし、教授のしゃべる教授ふう英語も理解できなかった（教授ふう以外の英語なら理解できたというわけではないが）。だから、冷蔵庫の裏のひび割れぐらいでうっかり心を動かされてしまったのだ。

その日の朝、教授は有頂天だった。

「やったな、燃料は成功じゃ！　第二の管は爆発しぇんかったし、第一の管はシェクションごとに爆発したし、みごと予想どおりじゃ！　しかも思ったよりパワーがあるで、船室用の空間がじゅうぶんにとれるじゃろう」

そう、船室船室。ミツキーが関わってくるのはここである。もっとも、教授本人もそのことには気づいていない――いまはまだ。だいたい、ミツキーが存在することすら知らなかったのだから。

「ほんで次はじゃな」と、例によってお気に入りの話し相手に言って聞かせる。「対《つい》をなしゅ管と管が向き合うように、この燃料管を束ねりゃええんじゃ。ほんで次は――」

まさにそのとき、教授は初めてミツキーに目を留めた。というより正しくは、一対の灰色のひげと、つやつやの黒い小さな鼻が幅木の穴から突き出しているのに目を留めたのである。

「おんやまあ！」彼は言った。「こりゃどうじゃ、こげなとこにミッキー・マウシュがおったとは！　ミツキーや、来週あたりびゅんとひと飛びどうじゃね。悪くなかろ？」

とまあそういうわけで、その次町へ人を買い出しに行かせたとき、注文のなかにねずみ捕りが入っていたのである。といってもねずみを殺す残酷なやつではなく、金網のかご型のやつだ。そして、チーズとともにそれをしかけて十分とたたないうちに、ミツキーの鋭くも小さい鼻はそのチーズを嗅《か》ぎつけ、その鼻に導かれて彼は囚われの身になった。

そうは言っても待遇は悪くなかった。ミツキーは下にも置かれぬ賓客なのだ。かごはいまでは作業台にのっている。教授が仕事のほとんどをそこでするやつだ。チーズは消化不良を起こしそうなほどどっさり金網のあいだから押し込まれるし、教授はもう自分を相手に話をするのをやめていた。

「なあミツキー、わたしゃハールトフォールトの研究所に人をやって、白ねじゅみをもらってこしゃしぇるつもりだったんじゃが、そんな必要はもうないわな、おまえがここにおるんじゃから。研究所のねじゅみなんぞより、おまえのほうが丈夫で健康で、長旅にも耐えられるちゅうもんじゃ。じゃろ？　ああ、ひげをもぞもぞしゃしぇとるな、そりゃイエシュっちゅう意味じゃな？しょれに暗い穴んなかで暮らししゅのに慣れとるから、閉所恐怖症にやられることもなかろ、な？」

かくてミツキーは太って幸せになって、かごから逃げようという気をなくしてしまった。ひょっとしたら、残してきた家族のことすら忘れてしまったんじゃないかと心配だが、彼はちゃんと心得ていた（なにかを心得ることがあればだが）のだ。家族についてはなにも心配する必要はない。少なくとも冷蔵庫の裏の穴に教授が気づくまでは――といっても、いつか気づくだろうというわけではない。なにせ教授ときたら、これは絶対確実に断言できるが、冷蔵庫のことなどまるで眼中にないのだ。

「ほんでじゃ、ミツキーや、この羽根をこう取り付けると――これはたんに補助だけんどな、着陸しゅるときの。しょれも大気中でな。しょれと、これがありゃおまえを安全にゆっくりおろしぇるからな。この可動隔室にゃショックアブショーバーもついとるで、頭をしたたかにぶつけたりはしぇんでしゅむわけじゃ。たぶんな」言うまでもなく、ミツキーはこの「たぶんな」にこもる不吉な響きには気づかなかった。というのも、その他の響きにもまるで気がついていなかったからだ。前にも言ったが、英語がわかっていなかったのだ、このときは。

しかし、オーベルビュルガー先生は気にせずミツキーに話しかけた。絵を見せてやって、「このねじゅみを見たことはないかな、おまえの名前のもとになったねじゅみなんじゃが。なに、ない？　ほんじゃよく見るんじゃ、これがオリジナルのミツキー・マウシュじゃぞ。ヴォルト・ディジュニーの。けんどミツキー、わたしゃおまえのほうがかわいいと思うよ」

小さな灰色のねずみにこんなふうに話しかけるなんて、たぶん教授は少しばかり頭がおかしかったのだろう。だいたい、ちゃんと飛ぶロケットを作ろうと思うことじたい、頭がおかしい証拠だ。というのも、変な話だが、教授はほんとうは発明家ではなかったのだ。ミツキーによくよく説明して聞かせていたように、そのロケットにはなにひとつ新発明の部分はなかった。教授は職人だった。他人のアイデアをもとに、役に立つものを作るのが得意なのだ。唯一のほんとうの発明――ロケット燃料になりそこねたロケット燃料――は合衆国政府に引き渡したものの、それはすでに発明されていることがわかってしまった。実用化するには費用がかかりすぎると却下されていたのだ。

ミッキーにくわしく説明したように、「これはな、たんに徹底的な精密しゃと数学的正確しゃの問題なんじゃよ、ミツキー。なんもかもとうにあるもんばっかりなんじゃ。しょれをただ組み合わしぇりゃ——しょれでどうなると思うね。

脱出速度じゃよ、ミツキー！　ほんのちょびっとじゃが、脱出速度を上まわるんじゃ。たぶんな。まだわかっちょらん要因があるんでな、ミツキー、大気圏のうえ、対流圏、成層圏まで行くとな。抵抗を計算しゅべき大気の量は正確にわかっちょるつもりじゃが、果たしてしょれは絶対に正確かっちゅうこっちゃ。いんや、ミツキー、正確じゃありえんのじゃ。なんしぇ行ったことがないんじゃからな。しかも許容幅がえれえ狭いんでな、ちょびっと気流があるだけで影響が出かねんのじゃよ」

しかしミツキーはまるで気にしていなかった。アルミニウム合金の先細の円筒が落とす影のなかで、いよいよ太っていよいよ幸福にひたっていたのだ。

「今日《デア・ターク》じゃよ、ミツキー、デア・タークじゃ！　おまえに嘘はつかんぞ、わたしはな、ミツキー。絶対確実じゃなんぞ嘘は言わん。おまえは危険な旅に乗り出しゅんじゃよ、小しゃき友よ。成功の見込みは五分五分ちゅうとこじゃな、ミツキー。月か爆発かじゃないぞ。月および爆発か、しゃもなくばぶじ地球に戻ってこられるかもしれん。なあ、かわいしょうな小しゃいミツキー、月は緑のチージュでできちょるわけじゃないんじゃよ。かりにできちょったとしてもじゃ、おまえには生きてしょれを食べることはできんのじゃ。なにしぇ空気がないからな、降りたらしょこで一巻の終わりっちゅうもんじゃ。

しょれなのになんでおまえを送り込むかっちゅうとな、このロケットが脱出速度に達しないかもしれんからじゃ。しょの場合でも、これはやっぱり実験なんじゃ、ただべつの実験になるがな。

もし月に着かなんだら、このロケットは地球にまた落っこちてくるわけじゃ、な？　ほんでしょの場合、宇宙空間についてまだわかっちょらんかった情報が得られるわけじゃ。ほんでしょの情報を与えてくれるのがおまえっちゅうわけなんじゃよ。おまえが生きて帰ってくるかどうかで、このショック・アブショーバーじゃの羽根じゃのが、地球と同等の大気においてじゅうぶん役に立つかわかるっちゅうわけじゃ、な？

ほんでいつか、金星にロケットを送るときはな、あしょこには大気があるからな、必要な羽根やショック・アブショーバーの大きしゃが計算できるっちゅうわけじゃ、な？　どっちに転ぶにしても、ほんで帰ってきてもこなくてもな、ミツキー、おまえは有名になるぞ！　なんしぇ、この地球の成層圏の外に飛び出した初の生物になるんじゃからな。

ミツキー、おまえは星ねじゅみになるんじゃ！　うらやましいよ、ミツキー、おまえぐらいの大きしゃなら、わたしもいっしょに行くんじゃが」

デア・ターク、船室の扉が閉じる。「しゃらばじゃ、ミツキー・マウシュくん」そして暗闇、静寂、轟音《ごうおん》！

「もし月に着かなんだら、ロケットはまた地球に落っこちてくるはずじゃ、な？」教授はそう考えていた。しかし、どんなに練りに練った計画でも、狂うことはあるものだ——ねずみだろうと人間だろうと、全知全能の神ではないのだから。たとえそれが星ねずみであってもだ。

すべてはプルクスルのせいだった。

気がつけば、教授はひどく寂しかった。ミツキーという話し相手を得たあとでは、独りごとはなんだかむなしくて物足りない気がした。

小さな灰色のねずみという伴侶《はんりょ》は、奥さんの代用にはとてもならないと言う人もいるかもしれないが、そうは思わない人もいるだろう。いずれにしても、教授には奥さんがいたことはなかったが、ねずみを話し相手にしていたのはまちがいないわけで、だからそれがいなくなって寂しかったのだし、ほんとうは奥さんがいなくて寂しかったのだとしてもそれは教授にはわからない道理である。

ロケットを打ち上げたあとの長い夜、教授は大忙しだった。望遠鏡——教授の秘蔵っ子、八インチの反射望遠鏡である——で、ロケットが速度を増していくのをチェックしていたのだ。噴射ガスの炎がちっぽけな明滅する光点に見えて、どこを見ればいいかわかっていればだが、その光点をたどっていくことができた。

しかし、朝が来るともうやることはなさそうだった。それに、疲れてはいたが興奮のあまり眠れなかった。そこでがらにもなく少しばかり家事をやることにし、なべや釜を磨いてみた。熱中していたので気づくのにしばらくかかったが、半狂乱のキーキーいう声がする。見れば、また小さい灰色のねずみだった。ミツキーよりひげも尻尾も短いのが、金網のねずみ捕りにかかっていたのだ。

「これはこれは」教授は言った。「ここにおるのはなんじゃ、ミニーかな？　ミニーがミツキーを捜しに出てきたか」

教授は生物学には明るくないが、偶然ながらこれは当たっていた。それはたしかにミニーだったのだ。というか、つまりミツキーの伴侶であり、だからミニーと呼ぶのが適当というわけだ。どんな変てこな気まぐれで、餌も入っていないねずみ捕りに入る気になったものやら、見当もつかなかったし気にもしなかったが、ともあれ教授は喜んだ。餌がないという問題を解消するため、すぐに大きなチーズの塊《かたまり》を網のあいだから押し込んでやる。

とまあこういうわけで、遠くへ旅立った伴侶が残した穴をミニーが埋めて、教授の打ち明け話の聞き役になったのである。彼女が子供たちのことを心配したかどうか知るすべはないが、心配する必要などなかったのだ。子供たちはすっかり大きくなって、もう自分で自分の身は守れる。とくに、この家には隠れ場所がどっさりあって、冷蔵庫が手近にあるのだからなおさらだ。

「ああ、やっと暗くなってきた。ミニー、これでおまえの旦那しゃんを探しぇるぞ。炎の軌跡が空に見えるからな。なんしぇ、ものしゅごく小しゃい軌跡じゃから、天文学者も気がつくまいよ。どこを見ればいいかわかっちょらんからな。だが、わたしらはわかっちょるもんな。

ミニー、旦那しゃんはどえらく有名なねじゅみになるんじゃぞ、われらがミッキーはな。世界じゅうにミッキーとロケットのことを発表したあかつきにはな。ミニー、わかるか、いまはまだだれにも言っちょらんのだ。もうしばらく待って、しゅっかり終わってから一度に発表しゅるのじゃ。明日の夜明けまでには――

ああ、見つけたぞ、ミニー！　かしゅかじゃがまちがいない。できればおまえにもこの望遠鏡をのじょかしてやりたいが、焦点がおまえの目には合っちょらんじゃろうし、合わしぇかたもわからんし――

距離はもうちょっとで十五万キロじゃぞ、ミニー。まだ加速しとるが、加速はまもなく終わるころじゃ。ミッキーは予定どおりに進んじょる。ちゅうか、想定しちょったよりも速く進んじょるような気がしぇんかな？　これでまちがいない、ミッキーは地球の重力を振り切って、月に落っこちることになるぞ！」

言うまでもなく、そのときミニーが鳴き声をあげたのはたんなる偶然だった。

「うん、わかっちょるよ、ミニー、かわいしょうにな。うん、わかっちょる。もう二度とミッキーには会えんのじゃ。この実験が失敗しゅればよかったような気しゃえしゅるよ。しかしな、ミニー、悪いことばかりじゃないぞ。なにしぇ、どんなねじゅみよりじゅっと有名なねじゅみになるんじゃからな！　シュターー・マウシュ、地球の重力を乗り越えた、世界初の生物というわけじゃ！」

長い夜になった。ときおり高空の雲に視界がさえぎられる。

「ミニー、しょんなちっぽけな檻《おり》より、ずっと快適な住処《しゅみか》を用意してやるからな。自由な気分が味わえるほうがよかろ、最近の動物園みたいにな、檻じゃなくてまわりに堀がめぐらしてあるほうが、な？」

そういうわけで、空が雲で隠れた一時間をつぶすために、教授はミニーに新しい住処を作ってやった。木箱の底だった板の、だいたい厚さ一センチ、三十センチ四方のやつを台にじかに載せてあるだけで、まわりには見たところなんの障壁もない。

しかし、教授はそのふちに金属の薄膜を貼りつけ、その板をべつのひとまわり大きい板にのせた。そしてその下の板にも、島のようなミニーの家を囲んで細い帯状の金属の薄膜を貼りつけた。そのうえで、金属箔《きんぞくはく》の二か所からワイヤをのばして、近くに置いた小型変圧器のプラスとマイナスの極にそれぞれつないだ。

「しゃてミニー、おまえをこの島に置いてやろう。チージュと水はふんだんに与えるからな、こりゃ天国みたいじゃと思うじゃろうよ。ただな、島のふちから外へ出ようとしたら、いっぺん二へんと、軽くびりっと来ることになるからな。大して痛くはなかろうが、あんまりいい気持ちはしぇんじゃろう。じゃから何度かやってみるうちにゃ、二度とやる気をなくすじゃろうよ。ほんで――」

そしてまた夜が来た。

ミニーはその島が気に入った。教訓もしっかり学んで、内側の金属箔に足をのせることさえしなくなった。それを除けば、そこはまさにねずみの楽園の島だった。ミニー自身より巨大なチーズの絶壁があって、おかげでミニーは忙しかった。ねずみとチーズがそろえば、あっというまにいっぽうがもういっぽうに変身することになるものだ。

しかし、オーベルビュルガー教授が考えていたのはそのことではなかった。教授は気をもんでいた。計算して再計算して、八インチの反射望遠鏡の向きを調節し、屋根にあけた穴から狙いをつけ、照明を消し――

なんのかんの言っても、たしかに独り身にはそれなりの利点がある。屋根に穴をあけたくなったら、なにも気にせずあけてしまえばいい。頭がおかしいと言う者はだれもいない。冬が来たら、はたまた雨が降ったら、そのときは大工を呼ぶか防水布を使えばよいのだ。

しかし、かすかな光の軌跡は見えなかった。教授は眉をひそめ、再計算し、再々計算して、望遠鏡を十分の三秒ずらしたが、やはりロケットは見えなかった。

「ミニー、おかしなことになったぞ。噴射が止まったか、しゃもなくば――」

さもなくば、発射地点に対してもう直線的に飛んでいないということだ。もちろん直線的というのは、すべてに対して放物線を描いているという意味だ。すべてと言っても速度はべつだが。

そこで教授は、いまできる唯一のことをした。つまり捜索を開始したのだ。望遠鏡で円を描き、その円を少しずつ大きくしていくと、二時間後に見つかった。すでに予定のコースから五度もずれていたが、さらにずれにずれつづけて――つまりその、こう呼ぶしかないと思うが、きりもみ降下を始めようとしていた。

情けないことに、ロケットは円を描いていたのだ。そこにあるはずのないなにかを中心に、円軌道を描いているように見えた。その円はしだいに狭まって、螺旋《らせん》となって中心の一点に近づいていく。

そして——消えた。完全に。真っ暗。ロケットの火は消え失せた。

教授は真っ青な顔をミニーに向けた。

「ありえんことじゃ、ミニー。この目で見たが信じられん。たとえ片側の噴射が止まったとしても、あれほど急に円運動が始まるはじゅがない」鉛筆を動かしてそれを確認した。「それにじゃ、ミニー、あしょこまで急激な減速が起こるはじゅもないんじゃ。たとえしゅべての管の噴射が止まったとしても、あの推進力はもっと——」

その夜にはもう、望遠鏡でも計算でも、なんの手がかりも得られなかった。つまり、信じるに足る手がかりは、である。なんらかの力——ロケットじたいに内在するのではなく、また重力によって説明することもできない（かりにあそこに天体があったとしても）——が作用していたのだ。

「ミツキー、かわいしょうに」

灰色の夜明け。もうなにも見えない。「ミニーや、これは秘密にしぇんといかんな。公表するわけにゃいかんよ、いくらこの目で見たちゅうても、だれも信じてくれやしぇん。なにしぇ自分でも信じられんぐらいじゃからな、ミニー。きっと疲れしゅぎておったんじゃ、眠っとらんからなあ。たぶんありゃ、ただの錯覚だったのかも——」

ややあって。「じゃがな、ミニー、まだ望みはあるぞ。二十四万キロじゃったからな。きっと地球に落っこちてくるはじゅじゃ。じゃが、どこに落ちるやら！　もし地球に墜落した場合は、コースを計算できると思っちょったんじゃが——しかし、あの螺旋運動のあととなると——ミニー、アインシュタインでも、あれがどこに落ちるか計算はできまいよ。わたしでも無理じゃ。いまはもう、あれが落ちてきたっちゅう噂が聞こえてくるのを願うばかりじゃな」

天気は曇り。秘密を漏らす気のない暗い夜。

「ミニー、ミッキーにはかわいしょうなことをしたなあ。こんなことが起こる原因は、なにひとつないはじゅなんじゃが——」

しかし、原因はあったのだ。

プルクスルである。

プルクスルは小惑星だ。地球の天文学者にはそうは呼ばれていない。なぜなら(それにはもっともな理由があるのだが)、発見されていないからだ。だからここでは、そこの住民が使っている名前にできるだけ近い発音で呼ぶことにしよう。そう、そこには住民がいるのだ。

考えてみれば、月にロケットを送り込もうというオーベルビュルガー教授の試みが、奇妙な結果をもたらしたわけだ——いやむしろ、プルクスルがもたらしたと言うべきか。

まさか小惑星が、酔っぱらいを更生させることがあるとはだれも思わないだろう。しかし、コネティカット州ブリッジポートに住む、チャールズ・ウィンズロウなる酒びたりの市民は、あのとき以来すっぱり酒をやめてしまった。場所もあろうにグローヴ通りで、ハートフォードはどっちですかと一匹のねずみに尋ねられたのだ。そのねずみは真っ赤なズボンをはいて、あざやかな黄色の手袋を——

だがこれは、教授がロケットを見失ってから十五か月先の話だ。話をもとに戻そう。

プルクスルは小惑星だ。ちなみに小惑星という天体は、地球の天文学者に空の害虫などと呼ばれて忌み嫌われている。というのも、こいつが感光板じゅうに筋を残すせいで、超新星とか星雲などの重要な観測が台無しになるからである。夜という黒犬にたかる五万のノミというところだ。

ほとんどはちっぽけな天体だ。天文学者が近ごろ発見したところでは、地球にかなり近づくものもある。びっくりするほど近くまで。一九三二年には、アモールが千六百万キロまで近づいて大騒ぎになった（天文学的に言えば、五番アイアンで狙えるぐらいの距離だ）。その後にはアポロがほとんどその半分の距離まで肉薄したし、一九三六年にはアドニスがたった二百四十万キロにまで接近している。

一九三七年にはヘルメスがほんの八十万キロまで近づいた。しかし天文学者がほんとうに興奮したのは、軌道を計算した結果、この差しわたし一キロ半ばかりの小さな小惑星が、三十五万キロまで接近する可能性があるとわかったからだった。三十五万キロといえば月よりも近いのである。

いつかもっと興奮する日が来るかもしれない。直径五分の三キロの小惑星プルクスル、宇宙のお邪魔虫みたいなこの天体が、月面通過をやっているのに目を留めたら。しかも猛スピードで回転するわれらが地球から、たった十五万キロの距離にまでしょっちゅう近づいてきているのだ。

ただそれも、月面通過のときに発見できればの話である。というのも、プルクスルは光を反射しないからだ。ともかくこの数百万年は反射していない。光を吸収する黒い色素を住民たちが地下から採掘して、小惑星表面をすっかり覆ってしまったからだ。星全体に色を塗るわけだから、身長一センチの生物にしてみれば気の遠くなりそうな大事業だが、当時はそうするだけの価値があった。そのおかげで、軌道をずらしてからは敵に襲われなくなったからである。そのころには巨人がいた――身長二十センチの荒くれ海賊が、火星の衛星ダイモスから襲ってきていたのだ。

姿を消す以前に、地球にも二度ばかりやって来ている。かわいい小さな巨人たちは、殺すのが好きだから殺生をくりかえしていた。いまでは埋もれているダイモスの都市が見つかれば、恐竜になにが起こったか説明がつくかもしれない。そしてまた、恐竜が退場してから宇宙的に見てわずか数分後、さあこれからというときに、前途洋々に見えたクロマニョン人が絶滅した理由も。

しかし、プルクスルは生き延びた。小さいうえに太陽光線を反射しなくなったから、軌道をずらしてからは宇宙の殺し屋に見つけられなくなったのだ。

プルクスル。いまも文明を保っている。それも何百万年も前から続く文明だ。その黒い被覆は定期的に保守され、塗りなおされているが、文明が衰退に向かっているこの時代、それは敵への用心のためというより、伝統だからという理由で続けられていた。高度だが停滞する文明。それがじっとたたずんでいる星は、しかし弾丸のスピードで疾走している。

そしてミツキー・マウスも。

クラーロス、科学者種族の筆頭科学者は、アシスタントのベムジュの、もしベムジュに肩があれば肩に当たるであろう部分をぽんと叩いて、「あれを見ろ、プルクスルに近づいてくるぞ。明らかに人工的に推進されている」

ベムジュは壁のプレートをのぞき込み、思念波をその機構に向けた。電場の変化によって倍率が一千倍にはねあがる。

画像は飛び跳ね、ぼやけ、やがて安定した。「人工物です」ベムジュは言った。「恐ろしく原始的ですね。初歩的な爆発力ロケットだ。ちょっとお待ちを、どこから来たのか調べますから」

観測プレートのそばのダイヤルを読むと、それを思念波としてコンピュータの精神《サイコ》コイルに放《プロ》り込み、複雑きわまる機械がすべての要素を咀嚼《そしやく》するのを待つ。やがて答えが出ると、機械の思念波投射器《ジェクター》と自分の精神とを同調させようと心を澄ました。クラーロスも同様に、声なき放送に耳を傾けている。

地球上から発射された、その正確な地点と時点。軌道曲線を表わす翻訳不能な表現、プルクスルの重力によってその曲線がどこでずれたか。目的地――というか、当初予定されていた目的地――は明らかに地球の衛星だ。ロケットのコースに変化がなかった場合の、プルクスルに到着する時点と地点。

「地球か」クラーロスが感慨深げに言った。「前回チェックしたときには、ロケット旅行などまだまだの段階だったが。聖戦だか宗教戦争だかをやっていたのではなかったかな」

ベムジュはうなずいた。「弩砲《カタパルト》、弓矢の段階でした。これはたんなる初期の実験的なロケットですが、それにしてもずいぶん進歩したものですね。墜落してくる前に破壊しますか」

クラーロスは思案げに首をふった。「ちょっと調べてみよう。地球まで出かけていく手間がはぶけるかもしれない。あのロケット本体を見れば、いまどれぐらいの開発段階にあるかだいたい判断がつくだろう」

「ですが、その場合は――」

「もちろんだ。ステーションに連絡して、誘引・排除機をあれに向けさせてくれ。スィングして一時的な軌道に乗せるんだ。そのあいだに着陸台を用意すればいい。受け入れ前に、燃料の爆発を止めるのを忘れないようにな」

「着陸地点の周囲に、一時的な力場を発生させておきますか――念のために？」

「当然だ」

そういうわけで、ほとんど大気が存在しないから羽根は役に立ちようがなかったのだが、ロケットはぶじに、ふんわり着地した。真っ暗な隔室にいたミツキーは、すさまじい騒音がやんだことに気がついただけだった。

ミツキーはほっとした。隔室にふんだんに用意してあるチーズをもう少し食べた。そして、厚さ三センチ近い板をかじって穴をあける作業を再開した。隔室の壁にはこの板が内張りしてあるのだが、これはミツキーの精神衛生を考えた教授の思いやりだった。かじって外へ出ようとがんばっていれば、旅の途中でやることができて、神経をやられずにすむだろうとわかっていたのである。このくふうは功を奏した。せっせとかじっていたおかげで、真っ暗な隔室にいてもミツキーは気が変にならずにすんだ。いまではうるさい音もやんだし、さらに熱心にがりがりやって、ずっと気持ちも明るくなってきた。板に穴があいても、そこには歯の立たない金属があるだけだとはまるで知らずに。しかし、ミツキーより頭のいい人間だって、これまでいろいろ歯の立たない物事に出くわしてきてるんだから。

いっぽう、クラーロスとベムジュとその他数千のプルクスル人たちは、巨大なロケットに目を丸くしていた。横倒しになっていてすら、はるかな高みにそびえ立っている。年若い者のなかには、目に見えない力場のことを忘れてそばへ寄りすぎて、情けなさそうに頭をさすりながら戻ってくる者もいる。

クラーロス自身は精神測定器《サイコグラフ》をにらんでいた。

「ロケットのなかに生物がいるぞ」彼はベムジュに言った。「だが、どうも像が混乱している。生物が一個いるのはたしかだが、思考過程がたどれんのだ。いまは歯でなにかをしているようだ」

「地球人ではありえませんよね。あの支配種族なら、このばかでかいロケットよりまだずっと大きいはずです。途方もなく巨大な生物ですからね。たぶん、自分たちが乗れるほど大きなロケットを建造できなくて、実験生物を乗せたんでしょう。わたしたちがウーラスを使うのと同じで」

「ベムジュ、おそらくきみの言うとおりだろうな。ともあれ、この生物の精神を徹底的に調査したら、それでもかなりのことがわかるのではないかな。調査のため地球に降りる手間がはぶけるかもしれん。扉をあけてみよう」

「ですが空気が――地球の生物には、濃いというか、どろどろと言いたいぐらいの空気が必要でしょう。死んでしまいますよ」

「もちろん力場を維持したままにしておくのだ。そうすれば空気が漏れないからな。あのロケットのなかに空気があるのは明らかだ。そうでなかったらとっくになかの生物は死んでいるだろうから」

クラーロスが制御装置を操作すると、力場そのものが目に見えない偽足を伸ばして、外側のネジ式のドアをまわしてあけ、そこからなかにもぐり込んで、隔室に続く内側の扉の掛け金を外した。

全プルクスルが固唾《かたず》をのんで見守るなか、頭上にぽっかりとあいた開口部から、小山のような灰色の頭が突き出してきた。太いひげ。その一本一本が、プルクスル人の身長ほども長さが――

ミツキーは飛び下り、前に一歩出たところで黒い鼻をしたたかに――なにか、そこにないものにぶつけた。悲鳴をあげ、後ろに飛びすさって今度はロケットにぶつかった。

怪物を見あげるベムジュの顔には、不快げな表情が浮かんでいた。「どうも、ウーラスと比べてもはるかに知能が劣るようですね。光線砲を作動させたほうがよいのでは」

「とんでもない」クラーロスが口をはさんだ。「きみは明々白々な事実をひとつ忘れている。これが知能の低い生物なのはまちがいないが、どんな生物であってもその潜在意識のうちには、これまでに体験したことのあらゆる記憶、あらゆる印象、あらゆる感覚・心象が保存されている。地球人の話すことを耳にしていたり、その業績を多少でも——このロケットのほかに——目にしていれば、あらゆる言葉、あらゆるイメージが消しがたく刻み込まれているはずだ。なにが言いたいか、もうわかっただろうね」

「はい、もちろんです。わたしがばかでした。それはともかく、このロケットを見ただけでもわかることがありますね。少なくとも向こう数千年間は、地球の科学を恐れる必要はないということです。つまり急ぐ必要はないわけで、これはありがたいですね。この生物の記憶を誕生の瞬間までさかのぼり、すべての感覚的な印象を精神測定器でたどるとなると——何歳なのかわかりませんが、この生物の年齢と同程度の期間が必要ですし、加えてそれを解釈して理解するための時間も必要です」

「しかしベムジュ、そんな必要はないだろう」

「そうでしょうか——ああ、X19波のことをおっしゃってるんですね」

「そのとおりだ。あれを当てて脳の中枢を細かく調整すれば、記憶を損なわずに知能を——いまはおそらく、知能スケールで〇・〇〇〇一というところかな、それを高めて、論理的思考の可能な生物に改造できる。この生物はその過程で、ほぼ自動的に記憶をみずから咀嚼して、その印象を受けた時点ですでに知能が高かったかのように、それを理解することができるはずだ。

わかるかね、ベムジュ。無意味なデータをみずから振るい落として、質問に答えられるようになるのだよ」

「ですが、どれぐらい知能を高めるおつもりですか、われわれと——」

「われわれと同程度、かね？　いや、X19波でそこまで高めるのは無理だろう。知能スケールの〇・二のあたりではどうかな。このロケットからわかることと、前回の地球訪問のさいに見聞きしたこととを総合して考えると、地球人の現在の知能もだいたいそれぐらいだろうし」

「なるほど。そのレベルなら、地球上での経験をじゅうぶんに理解できるし、またわれわれにとって危険なほど賢くもないわけですからね。では、地球人程度の知能ということで、それならこちらの目的にもぴったりです。それで、われわれの言語を教えますか」

「ちょっと待ちたまえ」クラーロスは言って、しばらく精神測定器をにらんでいた。「いや、それはやめておこう。この生物は独自の言語を話すようになるはずだ。潜在意識に、長い会話の記憶がぎっしり詰まっている。不思議だが、すべてただひとりの人物による独白のようだ。ともあれ、この生物は言語を持つはずだ――単純な言語だがね。われわれの意思伝達法の基本概念を理解させようとすれば、たとえ処置をしてもかなり長い時間がかかるだろう。しかし、われわれがこの生物の言語を学ぶのは簡単だ。X19波を当てているあいだ、ほんの数分ですむ」

「現時点で、この生物はその言語を多少は理解しているんでしょうか」

クラーロスは精神測定器をまたにらんだ。「いや、たぶん理解は――待てよ、どうやらひとつだけあるな。この生物にとって、これだけはなにか意味があるらしい。『ミツキー』という単語だ。この生物の名前のようだ。何度も聞かされたものだから、自分のことだと漠然と理解しているのではないかな」

「それで、この生物の住居ですが――エアロックその他つきの……」

「もちろんだ。建造させておいてくれ」

ミツキーにとってそれは奇妙な体験だったと言えば、あまりにも表現が控えめすぎるというものだ。知識は、徐々に獲得したときでも奇妙なものである。それを一度に突っ込まれたのだからそれに、いくつかささいな問題を解決しなくてはならなかった。たとえば声帯の問題だ。ミツキーは知らぬ間に言語を身につけていたことに気づいたものの、彼の声帯はその言語に適していなかった。ベムジュがそこを直してくれたが、それは手術とは言いにくい処置だった。獲得したばかりの意識をもってしても、またそのときはぱっちり目が覚めていたというのに、なにが起こっているのかミツキーは気づかなかったからだ。それに、かれらはJ次元のことなど説明してくれなかった。この次元のおかげで、切開などしなくてもモノの内側を外側から操作することができるのだ。

その手のことはミツキーには理解できまいとプルクスル人は考えていたし、いずれにしてもミツキーを教育するよりミツキーから学ぶことのほうに熱心だった。ベムジュとクラーロスをはじめとして、十名もの人々がそれを特権と見なしてありがたがっていたのだ。というわけで、いつでもだれかしらミツキーに話を聞きに来ていた。

そうやって質問されるおかげで、彼自身の理解もしだいに深まった。質問に対する答えはたいてい、それまでは自分が知っているとは知らなかったことだ。質問されて初めて、どうやっているのかわからないながら(人間だって、自分がどうして答えを思いついているのかわかっているわけではない)、情報がつなぎ合わされて答えが出てくるのである。

ベムジュ――「きみの話しちょるこの言語は、万国共通の言語かね」

すると、いままで考えたこともなかったのに、ミツキーにはすぐに答えがわかる。「いいや、しょれはちがう。これは英語ちゅう言語じゃが、教授先生はべつの言語を話しておったこともあった。たぶんもともとはしょっちを話していたのじゃが、アメリカに来てからは、早くうまくなるためにいつも英語を話しちょった。美しい言語だと思わんかね」

「うーむ」とベムジュ。

クラーロス――「しょれできみの種族、つまりねじゅみのことじゃが。大事に扱われておるのかね」

「いいや、めったに」ミツキーは答えて事情を説明し、「なんとかしてやりたいもんじゃ」と最後に付け加えた。「なあ、わたしに施してもらったこの処置じゃが、これを地球に持ち帰ることはできんじゃろうか。ほかのねじゅみにもこの処置をして、シューパーねじゅみの種族を生み出したいんじゃが」

「ええとも」ベムジュは言った。

筆頭科学者クラーロスのみょうな目つきに気づいて、ベムジュは精神同調により思考を送り込んだ。この無言の交流からミツキーは締め出されている。

「おっしゃりたいことはわかります」ベムジュはクラーロスに言った。「厄介なことになるでしょう。ふたつの対等な生物種が――それも、ねずみと人間という似ても似つかない種が、平和に共存できるはずはありません。しかし、それを気にする必要があるでしょうか。われわれにとってはむしろ好都合では？　結果として生じる混乱によって、地球上の進歩は阻害されるでしょう――数千年間よけいに平和な時期がのびるんですよ。地球人がわれわれの存在を発見すれば厄介なことになるでしょうからね。かれらがどういう種族かご存じでしょう」

「しかし、X19波を与えるのはどうだろう。地球人が見つけたら――」

「とんでもない、そんなことはしませんよ。ただ、ひじょうに初歩的で性能の低い機械の作りかたをミツキーに教えてやるんです。ねずみの知能を〇・〇〇〇一から〇・二、つまりミツキー自身や二足歩行の地球人と同じレベルまであげる。それしかできない機械なら大丈夫でしょう」

「なるほど」クラーロスはそう伝えてきた。「基本原理を理解するだけでも、気が遠くなるほど長くかかるだろうからな」

「ただ、初歩的な機械でも、自分の知能レベルを高めるために使われると困りますかね」

「ベムジュ、X19波の基本的な限界を忘れているぞ。自分自身より高いレベルまで知能を高められるような、そういう照射機を設計することはできないのだよ。われわれにだってそんなことはできない」

この会話はすべて、ミツキーの頭越しに、無言のプルクスル語でおこなわれたのは言うまでもない。

その後はまたインタビューが続いた。

ふたたびクラーロス――「ミツキー、ひとつ警告しておくがね、うっかり電気に触れないように用心しゅるんじゃよ。きみの頭脳中枢の新たな分子配列じゃが――これは不安定なのじゃ。しょれから――」

ベムジュ――「ミツキー、きみの教授先生はたしかに、ロケットの実験者のなかでは最も先を行っているんじゃろうね?」

「一般的に言って、答えはイエシュだよ、ベムジュ。推進薬や数学や宇宙工学などじょ、特定の分野ではもっとくわしい者もおるじゃろうが、しょれも多くはない。しょういう知識を総合することにかけては、教授がぴか一じゃ」

「なるほど」ベムジュは言った。

小さな灰色のねずみが、もっと小さい身長一センチそこそこのプルクスル人たちの頭上にそびえ立っている。いくらおとなしい草食動物とは言っても、がぶりとやられたらプルクスル人たちはひとたまりもない。しかしもちろんミツキーにそんな気はなく、プルクスル人たちも不安はぜんぜん感じていなかった。

というのも、ミツキーの精神はすみからすみまで調べられていたからだ。また身体のほうも徹底的に調べあげてあったが、例のJ次元を使っていたからミツキーは気づきもしなかった。

いまではミツキーの身体の仕組みもわかっていたし、彼の知っていることはもちろん、彼が自分で知っているとは知らないことまで、かれらはすべて把握していた。そしてミツキーがかなり好きになっていた。

「ミツキー」ある日クラーロスが言った。「地球では、文明をもつ種族はみな服を着ちょるのではなかったかな。ねじゅみのレベルを人間と同じに高めるつもりなら、きみも服を着たほうがよいのではないかね」

「しょれは名案でしゅな、クラーロシュ先生。じつはちょうど着たい服もあるのでしゅ。教授先生に以前、ディジュニーという画家の描いたねじゅみの絵を見しぇられたんでしゅが、そのねじゅみが服を着ちょりましてね。本物のねじゅみではなく、お話に出てくる架空のねじゅみで、教授はしょのディジュニーのねじゅみにちなんでわたしに名前をつけたのでしゅ」

「しょれはどんな服じゃったのかね、ミツキー」

「真っ赤なジュボンに、前と後ろにふたつじゅつ大きな黄色いボタンがついちょるやつをはいて、後足に黄色い靴、前足には黄色い手袋をはめちょるのでしゅ。ジュボンのおしりには尻尾を出す穴があいてましゅ」

「ええとも、ミツキー。しょれなら五分で用意できるよ」

それはミツキーが出発する前日のことだった。ベムジュは最初、プルクスルの離心軌道がふたたび地球から二十五万キロに近づく瞬間を待ってはどうかと提案していた。しかし、クラーロスが指摘するように、それは地球年にして五十五年も先のことであり、ミツキーの寿命はそこまでもたない。ただもちろん――いやいや、そのような秘密を地球に持ち帰らせるわけにはいかない。それに関してはベムジュも同意見だった。

そこで妥協案として、ミツキーの旅する二百万キロほどの距離に見合う燃料を、ロケットに補給してやることにした。この秘密については心配する必要がない。ロケットが着陸するころには燃料はすべてなくなっているはずだからだ。

出発の日。

「最善はつくしたよ、ミツキー。きみが出発した地球上の地点か、あるいはしょの近くに着陸できるように方向もタイミングも合わしぇておいた。しかし、これほど長い旅になると、どんぴしゃりとはいかんもんじゃ。近くには着陸できるはずじゃから、あとはきみしだいじゃ。あらゆる緊急事態に備えてロケットの装備は整えておいたからね」

「ありがとう、クラーロシュ先生、ベムジュくん。しゃようなら」

「しゃようなら、ミツキー。もう会えんかと思うと悲しいよ」

「しゃようなら、ミツキー」

「しゃようなら、しゃようなら……」

二百万キロも離れていたにしては、狙いはじつに精密だった。ロケットが着陸したのはロングアイランド水道、ブリッジポートからは十五キロ、ハートフォード近郊のオーベルビュルガー教授の自宅からはおよそ百キロの地点だったのだ。

もちろん海への着水にもぬかりなく備えはしてあった。ロケットは海底まで沈んだものの、海面から数メートルと沈まないうちに、ミツキーは扉をあけて（内側からあけられるようにとくに改造されていたのだ）外へ出た。

ふだんの服のうえに、ミツキーは小さな潜水服をきちんと着込んでいた。それがある程度の深さまでなら保護してくれたし、水より軽かったのでたちまち海面に浮きあがり、ミツキーはさっそくヘルメットを開くことができた。

一週間はもつだけの合成食料が用意してあったが、ふたをあけてみるとそれは必要なかった。錨《いかり》の鎖につかまって、ボストン発の夜航船でブリッジポートまで行けたからだ。陸地が見えてくると、ミツキーは潜水服を脱ぎ、浮力用の小さな隔室に穴をあけて海底に沈めた。それがクラーロスとの約束だったのだ。

ほとんど本能的に、ミツキーにはわかっていた。オーベルビュルガー教授の家にたどり着いて話をするまでは、あまり人間とは関わらないほうがいい。いちばん肝を冷やしたのは、岸に泳ぎ着いたあと、波止場でどぶねずみたちに出くわしたときだった。ミツキーより十倍も図体がでかくて、その歯のでかいことときたら、ふた噛《か》みでミツキーをまっぷたつにできそうだった。

しかし、精神はつねに物質に勝利するものである。ミツキーが堂々たる黄色の手袋を突きつけて「失《う》しぇろ」と言ってやると、どぶねずみたちはトンズラした。ミツキーみたいなものを見たのは初めてだったので、大いに恐れ入ったのだ。

ところで、ミツキーがハートフォードへの道を尋ねた酔っぱらいのことだ。このできごとについては先にも触れた。人間という奇妙な生物との直接交渉をミツキーが試みたのは、唯一このときだけである。その問いを発するにさいし、彼はすぐに逃げ込める穴から二、三センチという戦略的な要所を占めていたが、飛んで逃げたのは酔っぱらいのほうで、ミツキーの質問に答えるひまもなかった。

しかし、それでも彼はしまいに帰り着いた。まずは徒歩で町の北側まで行き、ガソリンスタンドの陰に隠れて待っていると、給油にやって来た自動車の主がハートフォードへの道を尋ねた。その自動車が走りだしたときには、ミツキーが無賃乗車していたというわけである。

そのあとはむずかしくなかった。プルクスル人の計算によると、ロケットの発射地点は、望遠地図で見るかぎり都市とおぼしき場所の北西、地球の単位にして八キロメートルほどであり、また教授のひとりごとから推して、その都市がハートフォードだとミツキーは知っていたからである。

帰り着くと、ミツキーは言った。

「ただいま、先生」

オーベルビュルガー教授は驚いて顔をあげた。だれもいない。「えっ?」教授は無人の空間に向かって言った。「だれじゃね?」

「わたしでしゅよ、ミツキーでしゅ。先生が月に送り込んだねじゅみですよ。ただ、わたしは月には行き着けなかったのでしゅ。しょの代わり――」

「なんじゃと⁇　しょんなばかな。なんの冗談じゃね。いやしかし――しかし、あのロケットのことはだれも知らんはずじゃ。実験が失敗したので、だれにもしょの話はしておらん。あのことを知っちょるのは、わたし以外にはおらんはじゅ――」

「わたしも知ってましゅよ、先生」

教授は重いため息をついた。「働きしゅぎじゃな。そのしぇいで、わたしゃいわゆる完全なイカレポンチに――」

「ちがいましゅよ、先生。ほら、わたしでしゅよ、ミツキーでしゅ。いまじゃ口がきけるようになったんでしゅよ、先生と同じように」

「口がきけるように――いや、しょんなことは信じられん。しょれに、なじぇに姿が見えんのじゃ。どこにいるんじゃね。なぜ姿を――」

「隠れてるんでしゅよ、大きな穴のしゅぐ裏側の壁のなかに。まじゅは出ていっても大丈夫かどうか確認したかったんでしゅ。しょうでないと、先生がびっくりしてなにか投げつけてくるかもしれましぇんから」

「なんじゃと。なんとミツキー、これがほんとうにおまえで、わたしが夢を見ておるのでも、頭が――いやしょの、ミツキー、わたしがしょんなことをしゅるはじゅがないのはわかっておろうが」

「わかりましたよ、先生」

ミツキーは壁の穴から足を踏み出した。教授はその姿を見て目をこすり、もういちど見てまた目をこすった。そして――

「わたしゃとうとう頭がおかしくなった」ついに言った。「赤いジュボンをはいちょるばかりか、黄色の――こんなばかな。わたしゃ頭がおかしくなった」

「ちがいましゅって、先生。なにもかもご説明しましゅから」

ミツキーは話しはじめた。

灰色の夜明けが訪れても、小さな灰色のねずみはあいかわらず熱心に話しつづけていた。

「しかしじゃな、ミツキー――」

「わかってましゅ。先生のおっしゃりたいことは、つまり知的なねじゅみという種族と、知的な人間という種族が共存しゅるのは不可能だというんでしょう。しかし、同じ場所に暮らしゅわけではないのでしゅ。先にも言いましたが、最小の大陸オーシュトラリアにはごくわじゅかな人間しか住んでいましぇん。しょの全員を連れ戻して、われわれねじゅみにあの大陸を引き渡したとしても、大して費用はかかりましぇん。オーシュトラリアをマウシュトラリアと改名し、しゃらにシドニーを首都にして、こちらはディジュニーと改名してあの偉大な――」

「しかしじゃな、ミツキー――」

「でも先生、あの大陸をわれわれにくれたらなにが起こると思いましゅ？　ねじゅみが残らずあしょこへ行くのでしゅよ。最初は数匹のねじゅみを教化することから始めて、しょのねじゅみたちに手伝わしてほかのねじゅみたちをつかまえ、しゃらに多くの機械を建造しゅれば、あとは雪だるま式に数はどんどん増えていきましゅ。人間と不可侵条約を結んで、食料は自給自足して――」

「しかしじゃな、ミツキー――」

「先生、代わりにどんな利点があるか考えてみてくだしゃい！　人類の最大の敵が消滅しゅるのでしゅよ、つまりどぶねじゅみのことでしゅ。われわれだってあいつらは嫌いでしゅ。一千のねじゅみの大隊が、ガシュマシュクと小しゃなガシュ爆弾で武装して穴という穴を襲撃しゅれば、一日か二日でひとつの都市からしゅっかり駆除できるでしょう。一年もあれば、全世界からどぶねじゅみを一匹残らじゅ駆除しゅることができ、しかもあらゆるねじゅみは教化されてマウシュトラリアに移住して――」

「しかしじゃな、ミツキー――」

「なんでしゅか、先生」

「しょれは最初のうちはよくても、結局はうまく行くまいよ。たしかにどぶねじゅみは駆除できるじゃろう。しかしいじゅれは利害が対立して、ねじゅみが人類を、あるいは人類がねじゅみを絶滅させようと――」

「しょんなことはさしぇましぇんよ、先生！　われわれは武器を作って、しょれで――」

「ほら、しょうなるじゃろう」

「でもしょんなことにはなりましぇん。人間がねじゅみの権利を尊重してくれれば、ねじゅみは人間の――」

教授はため息をついた。

「ミツキー、わたしが――わたしが仲介役を務めるよ。おまえの提案を伝えてもみよう。たしかに、どぶねじゅみを厄介払いできるなら、人類にとってこんなにありがたいことはない。しかしじゃな――」

「ありがとうごじゃいましゅ、先生」

「ところでじゃな、ミツキー。わたしはミニーを見つけたんじゃよ。おまえの奥しゃんだと思うのじゃが、ほかにねじゅみがおればべつだがな。ミニーはいまべつの部屋におるよ。おまえが帰ってくるちょっと前にしょこに移したんじゃ。暗がりでぐっしゅり眠れるようにと思ってな。会いたいじゃろう」

「奥しゃん?」ミツキーは言った。あまりに昔のことで、不本意ながら見捨てる格好になった家族のことはすっかり忘れていたのだ。しかし、少しずつ記憶が戻ってきた。

「しょうでした」彼は言った。「――しょう、しょのとおり。急いで小型のX19照射機を建造して、妻を――しょうしゅれば政府との交渉にも役立つでしょう。われわれがしゅでに複数おれば、わたしがただの突然変異ではないかと疑われることもなくなるし」

意図的にしたことではなかった。そんなはずはない。うっかり電気に触れないようにというクラーロスの警告（「きみの頭脳中枢の新たな分子配列じゃが――これは不安定なのじゃ」）のことなど、教授は知るよしもなかったのだから。

それに、教授がまだ照明のついた部屋から出ないうちに、ミツキーはミニーのいる部屋に駆け込んだのだ。彼女は柵のないケージのなかで眠っていた。その姿をひとめ見たとたん――たちまちのうちに昔の記憶がよみがえり、ミツキーは自分がどんなに寂しかったかふいに気がついた。

「ミニー！」彼女には理解できないのも忘れてミツキーは叫んだ。

そして彼女の寝ている板に足を乗せた。「キーッ！」ミツキーが金属箔の筋二本に触れたとたん、微弱ながら電流が流れた。

しばらくひっそり静まりかえった。

やがて、「ミツキー」と教授が声をかけてきた。「戻っておいで、もう少し話し合おう――」

教授が様子を見に来てみると、夜明けの灰色の光のなか、二匹の小さな灰色のねずみはうれしそうに身体を寄せあっていた。どっちがどっちか見分けがつかない。ミツキーは赤と黄色の衣服を噛み破って脱ぎ捨てていた。急に、変てこで窮屈でいやらしいしろものに思えてきたからだ。

「どうしたんじゃね」オーベルビュルガー教授は尋ねた。そのとき電流のことを思い出し、はたと気がついた。

「ミツキー！　おまえ、もうしゃべれなくなったのかね。ましゃか――」

返事はない。

やがて教授は笑顔になった。「かわいい星ねじゅみのミツキーよ、いまのほうがおまえにとってはじゅっと幸せじゃろう」

しばらく愛しげに二匹を眺めていたが、やがて手を伸ばし、電気の障壁のスイッチを切った。もちろん自由の身になったことなど二匹は知らないが、教授はねずみたちをつまみあげて、床にそっと置いてやった。一匹はすぐに壁の穴に駆け込んだ。もう一匹もそのあとを追ったが、途中でくるりと向きを変えてまたこちらを見た――その小さな黒い目には、かすかな当惑の色が消え残っている。

「しゃようなら、ミツキー。おまえにはしょのほうが幸せじゃよ。チージュはいつも用意しておくからな」

「チュー」そう言うと、小さな灰色のねずみは壁の穴に飛び込んだ。

「しゃようなら――」と言いたかったのかもしれない。

最後の恐竜　Runaround

もう何日も、重い足を引きずってさまよっている。飢えた森を抜け、いじけた灌木《かんぼく》と砂の飢えた平原を渡り、大きな水たまりに流れていく川の、緑豊かな岸辺をさまよった。つねに腹ぺこだった。

生まれてからずっと腹ぺこだったような気がする。

ときには食えるやつにありつくこともあったが、いつも小さいやつばかりだ。ひづめのある小さいやつ、三本指の小さいやつ。どれもこれも小さい。あんなやつの一匹や二匹では、怪物トカゲたる彼の食欲が満たされるどころか、飢えがいっそうひどくなるだけだ。

しかもやたらと速いのだ、あのちびどもは。姿を見かけ、巨大な口につばをためて大地を揺らして襲いかかっても、小さい毛むくじゃらの電光のように木々のあいだにひゅっと逃げ込んでしまう。大急ぎでつかまえようと、行く手をふさぐ細い木々をなぎ倒して走っても、たどり着くころには影も形もなくなっている。

あのちっぽけな脚は、彼の巨大な脚より速い。彼の一歩はあちらの五十歩よりさらに距離を稼ぐのだが、あの電光石火の脚は、彼が一歩進むあいだにちょこまかと百歩も進んでしまう。もぐり込む木々のない開けた場所ですら、追いつくことはできなかった。

腹ぺこの百年。

彼ことティラノサウルス・レックスは、世界に君臨する王だ。この世界が進化させてきた、最強にして最凶の肉の戦闘マシンであり、立ち向かう者すべてを虐殺する力がある。しかし、やつらは立ち向かってこない。逃げるだけだ。

あの小さいやつら。走って逃げる。飛ぶやつもいる。木に登って枝から枝へ渡っていくやつもいるが、そのわきの地面を彼が走るよりそれが速い。そうやって逃げる先は大木だ。身長八メートルの彼にも届かないほど高く、根こぎにできないほど太い木。そこでやつらは、彼の巨大なあごの届く三メートルほどうえにぶら下がり、失敗と飢えに憤って彼が吼《ほ》えると、こちらに向かってキーキーやかましく鳴きたてるのだ。

腹ぺこだ。いつでも腹が減っている。

満腹を知らない百年間。同族はすべて死に絶え、いまでは彼に立ち向かうものはおらず、だから殺して胃袋を満たすこともできない。

青みを帯びた灰色の皮膚は、たるんでひだが寄っている。飢えの痛み苦しみが胃袋につねに居すわっているせいで、皮膚の下の身体が縮んでいくからだ。

記憶力はよくないが、つねにこうではなかったのをなんとなく憶えている。若かったころは、反撃してくるやつらと激しく戦ったものだ。当時でさえそういうやつは少なく、なかなか見つからなかったが、たまには出くわして、そして仕留めてきた。

たとえば装甲に覆われた大きなやつ、背中に恐ろしく鋭いものが並んでいた。その背中からのしかかってきて、こちらをまっぷたつにしようとしたものだ。また、前方に突き出す三本の巨大な角をもち、分厚い骨でできた大きな襟巻きのついたやつもいた。そういうやつは四つ足で歩いている——いや、四つ足で歩いていた、彼に出会うまでは。出会ったあとはもう歩かなくなった。もっと彼によく似たやつもいた。なかには彼より何倍も大きいやつもいたが、そんなやつでも殺すのは造作もなかった。いちばん大きいやつは頭が小さくて、小さい口で地上に生える木や草の葉っぱを食べていた。

そうだ、あのころにはこの地上に巨大なやつがいた。数は少なかったが、満足できる食物だった。殺して腹いっぱい食って、満足して横になり、数日間眠る。それからまた残りを食べる。もっとも、眠っているあいだに巨大なごちそうを食い尽くされることもあった。皮の翼をもついやらしいやつらが飛んできて、歯の生えた長いくちばしで食い荒らしてくれるのだ。

しかし、食い尽くされていたとしてもかまいはしない。またのっしのっしと歩いていき、そしてまた殺せばよいのだ。腹が減っていれば食うために、減っていなければただ戦って殺す喜びのために。すべて殺してきた——角のあるやつも、装甲のやつも、巨大なやつも。歩くもの、這《は》うものはなんでもだ。そんな昔の戦闘の傷痕《きずあと》で、彼の脇腹はざらざらのでこぼこになっていた。

あのころには巨大なやつがいた。いまはちっぽけなやつがいる。走るやつ、飛ぶやつ、登るやつ。しかし戦おうとはしない。

足がやたらに速いから、なかには彼のまわりをぐるぐる走りまわるやつもいる。しかしいつも、たいていいつも、そこまで彼の歯は届かない。湾曲して尖《とが》った両刃《もろは》の歯、長さ十五センチのその歯でひと噛《か》みすれば、あの小さい毛むくじゃらのやつらなど簡単にまっぷたつにできる（そういう機会はめったになかったが）。そしてうろこのある彼ののどくびを、温かい血が伝い落ちる。

そうとも、ときどきはつかまえることもできる。しかしじゅうぶんではない。すさまじい飢えを満たすにはとうてい足りない。なにしろ彼はティラノサウルス・レックス——暴君爬虫類《はちゅうるい》の王なのだ。いまでは王国をもたない王だが。

身内を焼き焦がしている、あの恐ろしい飢えが。それに駆り立てられる。いつも。今日もそれに駆り立てられて、重い足どりで森を歩いた。道など無視して、密に生い茂る下生えも若木も踏みつぶしていく。まるで野原の草を踏みしだいていくように。

その目の前ではいつも、小さいやつの足がちょこまかと駆けまわっている。ひづめのあるやつはぱかぱかと、柔らかい足のやつはぱたぱたと走って逃げていく。

始新世《ししんせい》（約五千四百万年から三千七百万年前、現生哺乳類が出現した時代）の森は生きものにあふれている。しかしその生きものはすばしこい。その小ささとスピードで、暴君から身を守るすべを獲得している。

立ち向かって戦おうとしない生きもの。怪物が怪物めいた戦いを戦うときのように、耳を聾《ろう》する咆哮《ほうこう》で大地を揺らすことも、よだれの垂れたあごから滝の血を流すこともない。思わせぶりにはぐらかしてばかりで、戦って殺されようとしない生きものだ。

蒸気の立ちのぼる沼地ですらそうだ。そこではぬるぬるしたやつらがずるずると泥水を泳いでいるが、こいつらも速い。くねくねした電光のように水中を逃げ、中空の腐った倒木のなかにもぐり込み、しかもその倒木を割ったときにはもうそこにはいない。

暗くなってきた。体力が衰えて、次の一歩を踏み出すのが苦痛で耐えきれないほどだ。百年飢えに耐えてきたが、これほどの飢えは初めてだ。しかし、衰弱のせいで足を止めたりはしない。衰弱に駆り立てられて彼は前進する。一歩一歩が苦痛であってもなお進みつづける。

大木の高みで、なにかが枝にしがみついて、あざけるように「ヤー！　ヤー！　ヤー！」と単調にくりかえしている。折れた枝が弧を描いて落ちてきたが、分厚い皮膚の前に無力にはね返された。無礼者め。戦おうとするやつがいたのかと、彼はしばし元気づいた。

ぐるりと向きを変え、いま当たった木の枝に嚙みついてふたつに折った。それから身を起こし、巨体をいっぱいに伸びあがらせた。大木のうえの小さいやつに向かって挑戦の雄叫《おたけ》びをあげた。しかし、そいつは降りてこない。ただ「ヤー！　ヤー！　ヤー！」と叫びながら、卑怯《ひきょう》にも安全な高みにとどまっている。

その大木に力いっぱい体当たりをくわせたが、幹の直径が一メートル半もあり、揺さぶることすらできなかった。大木のまわりを二周し、くやしさに吼えた。ふらふらとまた歩きだし、深まる夕闇のなかへ分け入っていく。

前方の若木に小さい灰色の毛玉が乗っていた。がぶりとやったが、木のうえを嚙んだときにはそいつはもういなかった。地面に飛び降りて逃げるのが、ぼやけた灰色の閃光のように見えただけだ。彼が一歩を踏み出すまもなく、そいつは影にまぎれて消えた。

さらに暗くなってきた。森のなかでは目がよく見えなかったが、そこを出ると平原は月光に照らされていて、さっきよりよく見えるようになった。なおも進みつづける。左手になにかがいた。小さい生きものが、草の生えていない一角にうずくまっている。彼は方向転換してそちらに突進した。そいつは動かなかった。しかし、もう少しというところで、とつぜん電光のすばやさで穴に飛び込んで姿を消した。

そのあとは、さらに足が重くなった。筋肉の反応が鈍い。

夜が明けるころ、川が見えてきた。

近づくのは骨だったが、なんとか川べりにたどり着くと、大きな頭を下げて水を飲んだ。ごくごくと飲んだ。胃袋を刺す痛みが激しさを増していったが、すぐに鈍った。彼はさらに飲んだ。

それからのろのろと、川岸の泥に重い身体を沈めていった。倒れはしなかったが、足が徐々に崩れて、彼は横たわった。動けない彼の目に太陽が昇ってくる。胃を刺す痛みがいまでは全身に広がっていたが、それはもう身を切る激痛ではなく、衰弱の鈍い痛みに変わっていた。

太陽が頭上高く昇り、ゆっくりと沈んでいく。

目がかすんできた。翼のあるやつが頭上で輪を描いている。空をすべって、のんびりと卑怯な輪を描いている。食物だ。しかし降りてきて戦おうとはしない。

すっかり暗くなると、べつのやつらがやって来た。地面から五、六十センチほどの高さに、光る目がぐるりと並んでいる。ときどき興奮してキャンキャン吠えている。そして遠吠え。小さいやつら、食物のくせに戦って食われようとはしない。思わせぶりにはぐらかす生きもの。

ぐるりと並ぶ目。月明かりの空をよぎる翼。

まわりじゅう食物だらけだが、その食物はすばしこい。こちらの姿を見、物音を聞いたとたんに電光の足で逃げていく。おまけに目も耳も鋭くて、見落とすことも聞き逃すこともない。速い小さいやつら、逃げるばかりで戦おうとしない。

彼は頭を水際に置いて横たわっていた。夜が明けて、また目のなかに赤い太陽が昇ってきたとき、巨体を引きずって半メートルほど前に進み、また水を飲んだ。ごくごくと飲むと、全身に痙《けい》攣《れん》が走った。やがて、頭を水につけたまま、彼はじっと動かなくなった。

翼のあるやつらが、輪を描きながらゆっくりと降りてくる。

新入り　The New One

「お父さん、人間は実在するの？」

「あきれた話だ、アシュタロト（大悪魔の名）のクラスではそんなことも教えとらんのか。なんのために、一学期につき十BTUも払ってるのかわからんな」

「先生はその話をしてくれたよ、でもなに言ってるのかわかんないんだもん」

「うーむむ……アシュタロトは少しばかり——そのなんだ、アシュタロトはなんと言ってるんだね」

「人間は実在するけどぼくたちは実在しないんだって。ぼくたちが存在してるのは、ただ人間がぼくたちを信じてるからで、ぼくたちは、えーと……なんとかのなんとかブツなんだって」

「想像の産物かな」

「そう、それ。ぼくたちは人間のソーゾーのサンブツなんだって言うの」

「ふむ、それのどこがわからないんだね。それが答えじゃないか」

「でもお父さん、実在しないのに、なんでぼくたちここにいるの。えっとその、どうして——」

「わかったわかった、どうやらじっくり説明してやったほうがよさそうだな。最初に言っておくが、これから教える話をあまり気に病むんじゃないぞ。観念的な話だから」

「カンネンテキって？」

「実際にはどうでもいいことなんだが、樹木の精《ドリュアス》みたいに頭がからっぽではいかんから、勉強して知っておかなくちゃいかんという意味だ。本物の勉強は、つまり一生懸命頭に叩き込むべきなのは、レバロメ（不詳。ヴードゥーの神族ラバ・ロアのことか）やマルドゥク（古代バビロニアの神）のクラスで教わることのほうだ」

「それって、赤魔術（ヴードゥーのこと。性的な魔術を指すこともある）とか憑依《ひょうい》とか――」

「そうだ、その手の勉強だ。とくに赤魔術は、火の魔物たるおまえの専門分野だからな。それはそうと、実在うんぬんの話に戻ろうか。この世には二種類の……えーと……モノがある。精神と物質だ。これぐらいはもうわかってるだろう」

「うん」

「よし、精神は物質より上位にあるのはわかるな。存在の次元が高いのだ。いっぽう、石や……その……つまり、石みたいなものは純粋な物質だ。いちばん下の次元の存在なのだ。人間は、言ってみれば精神と物質の合流点だな。両方もっている。肉体は石と同じく物質だが、それを動かしているのは精神だ。したがって段階を半分のぼって、中間の次元にいるわけだ。わかるな」

「まあね、だけど――」

「黙って聞きなさい。次に、第三の、最も高次の存在は……その……われわれだ。精霊や神々、それに神話伝承に出てくるすべての妖怪変化《ようかいへんげ》だ。泣き妖怪《バンシー》とか人魚とかアフリート（アラビア神話の鬼）とか人狼とか――まあその、ここらで出会う連中はみんなそうだな。われわれのほうが次元が高いのだ」

「でもさ、実在しないのなら、どうして――」

「黙って聞けと言うに。われわれの次元が高いのは、われわれが純粋な概念だからだ。わかるか。

われわれは純粋に精神の子なのだ。知能のない物質から人間が進化してきたように、われわれは人間から進化してきた。人間がわれわれを生んだのだ。これでわかったろう」

「まあね、でもだったら、人間が信じるのをやめたらぼくたちどうなるの」

「やめはしないさ、完全にはな。信じる人間はつねにある程度はいるし、それでじゅうぶんなのだ。もちろん多くの人間が信じれば信じるほど、われわれはそれぞれ強力になる。たとえば、エジプトのアメン・ラーとかバビロニアのベル・マルドゥクみたいな古株だ――近ごろはまともな信者がひとりもおらんから、いささか力も衰えて小物になっているが、昔はこのへんじゃ大変な顔だったんだ。ハルピュイア（ギリシア神話の女面鳥身の妖怪）が束になってかかってきても、びくともしなかったもんさ。それがいまじゃどうだ、杖をついて歩いてる。それにトール（北欧神話の雷神）――いやまったく、乱闘騒ぎのときの怒鳴り声を聞かせたかったよ。ほんの数世紀前のことだ」

「でもそれじゃ、信じる人間がひとりもいなくなったらどうなるの。ああいう神さまたちは死んじゃうの？」

「うーん――理屈のうえではそのとおりだ。しかし、ひとつ救いがある。この世にはな、どんなことでも信じる人間がいる。というより、実際にはまったく疑うことを知らないと言うべきかな。そういう人間たちがいわば核をなして、すべてがばらばらになるのを防いでいるのだ。信仰の評判がどんなにがた落ちになっても、ほとんど疑うことなくそのまま信じつづけるからな」

「でもさ、人間が新しくぼくたちの仲間をこしらえたらどうなるの。それもやっぱり、ここに出てくるの」

「もちろんだとも。いつのことだったか、われわれはみんなそんなふうにしてここへやって来たんだ。ほら、ポルターガイストがいい例だ。あいつらは新入りだよ。それにエクトプラズムな、あっちにもこっちにも浮かんでて邪魔っけなやつ。あれも新入りだ。それに――そうそう、あのポール・バニヤン（アメリカ民話に出てくる木こりで怪力の巨人）っていうでかいやつ。あいつがここに現われたのはほんの一世紀かそこら前のことだ。年齢《とし》はおまえと大して変わらんのだよ。ほかにもおおぜいいる。もちろん、召喚《しょうかん》されないことには現われるわけはないんだが、遅かれ早かれ召喚されるのさ」

「お父さん、ありがとう。アシュタロト先生よりずっとわかりやすかったよ。先生はいつも『超実現化』とか『形態転換』とか、そういうむずかしい言葉ばっかり使うんだもん」

「それじゃ、もう遊びに行っておいで。だがな、あの水の精霊の悪がきどもを連れて帰ってくるんじゃないぞ。水蒸気だらけになってなにも見えやせん。それに、とてもえらいお客さんが来るからな」

「えらいお客さんってだれ？」

「ダルヴェトさまだ。火の魔物の頭領で、やはり大立者なんだ。だから、おまえには外で遊んでてもらいたいんだよ」

「そんなあ。お父さん、ぼくも――」

「だめだめ。お父さんと大事な話があるんだ。人間をひとりつかまえて、これから操ろうとしてるところなんだ。むずかしい仕事なんだぞ」

「人間をつかまえて操るってどういう意味？　その人間になにかさせるの？」

「放火をさせるのさ、決まってるじゃないか。ダルヴェトさまはかなり面白いことを考えておられるらしい。ローマの皇帝ネロや、ミセス・オリアリーの雌牛（一八七一年のシカゴ大火の原因となったとされる雌牛）のときよりずっと面白くなるとおっしゃっているよ。今度はどでかいことを計画しておられるのだ」

「すごいや、ぼくも見られる？」

「たぶん、あとでな。いまはなにも見るものなんぞない。その人間はまだ赤んぼだからな。しかし、ダルヴェトさまは長い目で見ておられるんだ。子供のうちにつかまえるというのはダルヴェトさまの発案でな。結果が出るまで何年もかかるだろうが、そのときが来ればすごい騒ぎになるぞ」

「そのときはぼくも見られる?」

「もちろんだとも。ただ、いまは外で遊んできなさい。霜の巨人（北欧神話より）には近づくんじゃないぞ」

「はあい」


その人間を押さえ込むのに二十二年かかった。長いこと抵抗していたが、ついに――屈した。

もちろん、それはずっとそこにあった。ウォリー・スミスが赤ん坊のころから、つまりその、物心つく以前からずっと。あれは、ベビーサークルの二本の横木につかまって、赤ん坊らしい丸ぽちゃの短い脚でなんとか立ちあがったときだった。父親が小さな棒を取り出して、自分の靴底にこすりつけ、それをパイプに近づけていったのだ。

パイプから立ちのぼる煙の雲は不思議だった。雲はそこにあって、しかもそこにはない。灰色のまぼろしのようだ。しかしそれは、ちょっと興味を惹かれたという程度だった。

彼の目を――驚きに見開かれた丸い目を惹きつけたのは、炎のほうだった。

棒の先端で、それはダンスをしていた。そこで明るく大きくなり、たえず形を変えていた。黄色と赤と青の不思議、魔法のように美しい。

丸ぽちゃの片手でサークルの横木につかまりながら、片手をその炎に伸ばした。ちょうだい。

それが欲しい。ちょうだい。

すると父はその火を差し出してみせ（ただし彼の手が届かないところで止めた）、親ばか丸出しで笑いかけてきた。なにも疑うことなく。「ほら、きれいだろう。でもさわっちゃいけないよ。火は熱いからね」

そのとおり。ウォリー、火は熱いよ。

学校に通いだすころには、ウォリー・スミスは火のことはよく知っていた。火が熱いのもわかっていた。身体で覚えたのだ。痛かったが、苦い経験ではなかった。前腕の火傷《やけど》あとを見れば思い出す。白いあざのような火傷あとは、袖をめくりあげればつねにそこにある。

それはまた、ほかのあとをも残していた。彼の目に。

それもまた早くからそこにあった。太陽、輝く太陽、無慈悲な太陽。母親の手でベビーサークルから抱きあげられ、庭に連れていかれたとき、彼は太陽を見つめた。息もできないほど夢中で見入っていた。しまいに目が痛くなったが、痛みが収まるとまたすぐに見つめだし、小さな腕をそちらに差しのべた。なぜだか、それが火であり炎だとわかったからだ。父がパイプにかざしていた、棒の先でダンスをしていたものと同じだと。

火。彼は火が好きだった。

そしてそのせいで、かなり早くから彼は眼鏡をかけていた。一生を通じて、近視で分厚い眼鏡をかけることになったのだ。

その分厚いレンズを見ただけで、徴兵委員会は身体検査さえ受けさせようとしなかった。レンズの分厚さを理由に徴兵免除にされて、そのまま家へ帰らされた。

軍隊に入りたかったから、これにはがっくりした。ニュース映画で新しい火炎放射器を見て、ああいうのをいじらせてもらえたらと――

しかし、意識下の潜在的な願望だったので、それが入隊したいと思う最大の理由だと本人は気づいていなかった。一九四一年の秋のことで、アメリカはまだ参戦していなかった。しかし十二月のパールハーバー以後は、あいかわらずそれは入隊を望む理由のひとつではあったものの、最大の理由ではなくなっていた。ウォリー・スミスは根っからのアメリカ人であり、そちらの比重のほうが大きかったのだ――根っからの放火魔であることよりも。

いずれにしても放火癖はすでに克服している。少なくとも彼はそう思っていた。それは精神の奥深くに埋もれていて、その場所のことはたいていいつも考えないようにしていたし、そこへ至る道は「立入禁止」の標識でふさいであった。

火炎放射器への憧《あこが》れには少し動揺したが、そこへパールハーバーがやって来た。ジャップを殺したいと思うのは完全に国のためなのか、それともやっぱり火炎放射器を操作したいからなのか、ウォリー・スミスは自問自答してその答えを知ろうとした。

そんなわけであれこれ考えているうちに、フィリピンの戦況は激化し、ジャップはマラヤを南下してシンガポールに至るし、沖合ではドイツのUボートがうろうろしているしで、祖国が彼を必要としているように思えてきた。身内に激しい怒りが湧いてきて、放火癖のためだなんてばかなことを言うなと叱《しか》りつけてきた。祖国を思う気持ちのほうが強いに決まっている。精神衛生のことを心配するのはあとにしろ。

徴兵事務所を三か所まわったが、三回ともはねられた。しかしその後、彼の勤める工場が軍需工場に転用されて――いやいや、少し話を急ぎすぎた。

まだ七歳だったころ、ウォリー・スミスは精神科医にかかった。「たしかに」と精神科医は言った。「放火病ですね。いずれにしても、放火病に陥りやすい強い素因があるのはたしかです」

「それで……その……原因はなんでしょうか」

精神科医の姿は、だれしもしょっちゅう目にしているはずだ。イーストの広告で。有名なウィーンの専門家と称して（ほんとうなのかもしれないが）出てきているあれだ。ウィーンの有名な専門家が何人もずらりと並んで、この先生たちはみんな、イーストを食べるのは精神的堕落から巻き爪まであらゆることによいと言っています、と宣伝していたものだった。これはもちろん、ナチという名のスチームローラーがオーストリアをぺしゃんこにし、血がヴァインのように流れだす前の話だ。それはともかく、頭のなかでウィーンのイースト王朝の合成写真を作ってみれば、精神科医がどんなに押し出しが立派なものかわかるだろう。

「それで……その……原因はなんでしょうか」

「情緒不安定ですよ、ミスター・スミス。放火病と言っても正気をなくしているわけではありません。これはご理解ください。その傾向を、その……抑えられればいいのです。これは強迫神経症の一種でして、情緒不安定によって引き起こされるのです。神経症がなぜこのような形をとって現われたのか、その理由については、もっと幼いころに精神的なトラウマがあったのでは――」

「精神的な、なんですか？」

「トラウマです。精神《サイキ》、つまり心に傷を負うことですよ。放火病の場合はおそらく、大火傷による苦痛がそれだと思われます。ミスター・スミス、『火傷した子は火をこわがる』という古いことわざがあるのをご存じでしょう」

精神科医はもったいぶった笑みを浮かべ、魔法の杖――というのはつまり、黒いシルクのリボンに下がる鼻眼鏡のことだ――を悪魔祓《ばら》いのしぐさで振った。「言うまでもなく、ほんとうはその逆なのです。火傷をした子供は火が好きなものです。息子さんは火傷をなさったことは？」

「ええ、あります。四つのときにマッチをいたずらしていて――」

ちょっと先生、腕を見れば火傷のあとがはっきり残ってるでしょうに。まさかお気づきでなかったとでも？　それに、火傷した子供が火を好きなのは当然で、そうでなければそもそも火傷などしなかったんじゃありませんかねえ。

精神科医は、火傷前の症状についてはは尋ねなかった――が、ミスター・スミスが思い出して話していたとしても、さほど大したこととは考えなかっただろう。そんなふうに炎に興味を持つのは正常なことであり、それが異常の範疇《はんちゅう》にまで高まったのは、やはり火傷したせいだったのだと断言していたにちがいない。精神科医がいったん戦化粧《ウォー・ペイント》を整えてトラウマの臭跡を追いはじめたら、そんなささいな矛盾ぐらいなんの苦もなくねじ伏せてしまうものである。

そんなわけで、精神科医は原因を発見し、病気を治した。以上。


「そろそろですか、ダルヴェトさま」

「いや、まだ早い」

「しかし、あの校舎が焼け落ちたらさぞかし愉快な眺めでしょうに。簡単に焼け落ちるでしょうし、非常口はそれほど大きくありませんしね」

「それはそうだ。しかし、それでもまだ早い」

「つまり、あとでもっとでっかいことをやらせる機会があるってことですか」

「そういうことだ」

「しかし、針にかかった魚が糸を切って逃げたりしませんか」

「あいつにかぎってそんなことはない」

「もう起きなさい、ウォリー」

「わかったよ、お母さん」くしゃくしゃの髪でベッドに起きあがり、母の姿を見ようと眼鏡を手探りした。それから言った。「ねえお母さん、昨夜もまたあの夢を見たよ。火だるまみたいなやつと、それとよく似てるけどちがうやつで、あんまり大きくないのが話をしてるんだ。校舎のこととか――」

「ウォリー、お医者さんから言われてるでしょ、その夢の話はしちゃだめよ。お医者さんから訊かれたときだけ話しなさい。話をすると頭に刻みつけられちゃって、忘れられなくなるからまた考えるでしょ、だからまたその夢を見るのよ。わかったわね、ウォリー」

「うん、でもどうしてお母さんに話しちゃ――」

「お医者さんがだめって言ってるからよ。それじゃ、昨日学校でなにがあったか教えて。また算数で百点をとったんでしょ」

もちろん精神科医はその夢に多大な関心を寄せた。なにしろ夢は精神科医の商売道具だ。しかし、ウォリーの話は混乱していて意味をなさなかった。この点では精神科医を責めるわけにはいかない。映画のあらすじを七歳児から聞かされたことがあればわかる。

ウォリーが憶えていて語った夢の話はごちゃごちゃだった。「――それから、その大きい黄色いやつが――ええと、このときはあんまりなんにもしてなかったみたい。それからその大きいのが、これはもういっぽうのより背が高くてもっと赤いの、それが魚釣りの話をしてて、針にかかった魚は糸を切って逃げたりしないって言って、それで――」

身を乗り出すように椅子の端に座り、分厚い眼鏡の奥から精神科医を一心に見つめながら、ウォリーは両手をしっかり握りあわせ、目を大きく見開いていた。しかしその話はまるで意味不明だった。

「それじゃね、今夜寝るときは、なにか楽しいことを考えなさい。きみの好きなこと、たとえば……えーと――」

「たき火とか？」

「ちがう！　つまりその、野球をするとかスケートに行くとか、そういうことだよ」

おとなたちはウォリーを注意深く見守った。とくに、マッチを手の届くところに置かないように気をつけた。そして火を。そこで、ほんとうはそんな経済的余裕はなかったのだが、ガスこんろを電気こんろに買い換えた。しかしそれを言うなら、マッチが危ないので父は禁煙し、煙草《たばこ》代が節約できたおかげでこんろの代金ぐらいはまかなえた。

そんなわけで、ウォリーの病気はすっかりよくなった。精神科医は感謝され、もちろん治療費もたんまり受け取った。いずれにしても、外に現われる危険な症状は影をひそめた。火に惹かれるのは変わらなかったが、しかし男の子は消防車を追いかけるものと決まっているではないか。

ウォリーはかなりたくましい若者に成長した。ちょっと不器用ながら長身で、バスケットボールの選手になっても通用しそうだったが、あいにく視力が悪くてそれには向かなかった。

煙草は吸わなかったし、一度か二度試してみて、酒も飲まないことにした。飲むと、心の通路をふさいでいる「立入禁止」のバリケードがゆるみがちだからだ。その夜は油断して、工場――昼間はそこで発送係として働いている――に火をつけそうになった。危ういところだったが、手前で踏みとどまったのだ。

「いまこそですね、ダルヴェトさま」

「まだだ」

「どうしていまじゃだめなんです？　あれは大きな建物だし、木造でもうがたがたですし、作ってるのはセルロイドの小物ですよ。セルロイドなんですよ。セルロイドが燃えるのをご覧になったことがおありでしょう」

「ああ、じつに美しいものだ。しかし――」

「もっと大きなチャンスが来ると考えておられる？」

「考えている？　とんでもない、知っているのだ」


　翌朝目が覚めたとき、ウォリー・スミスはひどい二日酔いで、おまけにポケットにはマッチ箱が入っていた。前夜飲みはじめたときには入っていなかったし、いつどこで手に入れたのか思い出せなかった。

　しかし、現に手に入れているのだ。それを思うとぞっとした。そのマッチ箱をポケットに入れたとき、自分がなにを考えていたのかと思うと叫びだしそうだった。なにかの瀬戸際だったのはわかっている。なにの瀬戸際だったのか、それを考えると恐ろしくてたまらない。

　そんなわけで、彼は誓いを立てた。なにがあろうとも、二度と酒は飲まないと決めたのだ。飲まずにいるかぎりは大丈夫だと思った。意識的に自分をコントロールできるかぎり、彼は放火魔ではない。放火魔なんてはずはない。子供のころに精神科医に治してもらったではないか。まちがいなく治ったのだ。

にもかかわらず、彼の目には憑《つ》かれたような光が宿るようになった。幸い分厚い眼鏡のおかげで目立たなかったが、ドットは少し気がついていた。ドット・ウェンドラー、彼のつきあっている娘である。

そしてドットは知らなかったが、その同じ夜のせいで彼は悲劇をもうひとつ抱え込むことになった。ウォリーは彼女に結婚を申し込もうとしていたのだが、しかしいまとなっては――

ほんとうに大丈夫かどうか自信がないのに、ドットのような娘に結婚を申し込むのはまちがったことではないだろうか。すっぱり別れて、もう顔を見ずにすますほうが楽ではないかとすら思った。しかし、それは少し行きすぎだ。そこで妥協して、つきあいはこれまでどおり続けながら、その問題は持ち出さないことにした。思いきって買うことはできないが、見かけるたびに高級食材店のウィンドウをのぞき込む人にちょっと似ている。

そこへ一九四一年十二月七日がやって来た。入隊しようとして彼が三か所の徴兵事務所をまわり、どこでも断わられたのは九日の朝のことだ。

ドットは彼を慰めようとした――もっとも、内心では喜んでいたのだが。「でもウォリー、あなたの勤めてる工場はきっと軍需工場に転換されるわよ。ああいう工場はみんなそうだもの。そしたら、あなたも国のために戦ってるのとおんなじじゃない。兵隊さんも必要だけど、鉄砲とか……その、弾薬とかそういうものだって必要でしょう。それに――」彼女が言いたかったのは、それに彼女と結婚して家庭も持てるということだったが、もちろん口には出さなかった。

一月初め、彼女の予想は当たった。工場が軍需転換されることになり、そのあいだ彼は一時帰休になった。二週間の休暇だ。ドットも一週間休みをとったので、最初の一週間は楽しい休日になり、ふたりはどこへ行くのもいっしょだった。いっしょに過ごすためだけにドットは給与をふいにして休みをとったのだが、そのことは彼には黙っていた。

そして二週間が過ぎ、彼は仕事に戻った。転換はかなり短期間で終わっていた。金属加工の工場とちがって、化学薬品を扱う工場は改修や機械の入れ替えが少なくてすむからだ。

これからはトルエンの硝化が工場の仕事になる。硝化されたトルエンは、時間のあるときならトリニトロトルエンと呼ばれる。こんな長ったらしい単語を口にするひまがなければ、ＴＮＴと呼ばれたりもする。


「今度こそですね、ダルヴェトさま」

「今度こそだ！」


その日の正午、ウォリー・スミスはわかっていた。どこがおかしいのかはわからないが、ともかく調子がおかしいのはたしかだ。精神的に、どこかがまちがいなくおかしい。しかもどんどんおかしくなっている。

弁当を食べようと、鉄道の支線に接する積み下ろし用のホームにやって来た。支線には十二両の貨車が停まっていて、昼食時間中もずっと、工員が十人がかりでそのうち一両から荷卸し作業をつづけていた。積荷はずっしりと重そうな袋だった。

「なにが入ってるんだい」ウォリーはひとりに声をかけた。

「ただのセメントだよ。防火施設用の」

「ああ、そうか」とウォリー。「その工事はいつ始まるの」

男は袋をおろして、汚れた手の甲でひたいをぬぐった。「明日だ。どういう工事か知ってるか」

にやりと笑った。「一度に一枚ずつ壁を壊して、セメントの壁に作り替えてくんだ。工場が全力で稼働してる横で」

「へえ」ウォリーは言った。「この貨車はみんなセメントを積んでるわけ？」

「うんにゃ、こいつだけだよ。ほかのには化学薬品やなんかが積んである。まったく、防火設備を早くなんとかしてくれなきゃ気が気じゃねえや。いまはなあ——今週中にここでなんかやばいことがあったら、先の戦争んときのブラック・トム（第一次大戦中、軍需物資がアメリカから連合国側へ輸送されるのを阻止するため、ドイツの破壊工作によりニューヨーク港のブラック・トム島が爆破された事件）よりとんでもないことになるぜ。この貨車に積んであるぶんが爆発するだけで、線路の向こうの重油の加工工場にまですぐに火が飛んじまう。おまけに、その向こう側にあるのがあれだからなあ」

「そうだね」とウォリー。「警備員もおおぜいいるし、いろいろやってはいるんだろうけど、でも——」

「まったくだ、『でも』もいいとこだよ」男は言った。「弾薬が大至急必要なのはわかるが、ここらに集中させすぎだよな。ともかく、ここでニトロをいじるなんてとんでもねえよ。ほかのに近すぎる。もしこの工場がほんとに吹っ飛んだら、どんだけ対策をとってたって、連鎖反応の引金が——」そこで言葉を切って、ウォリー・スミスをじろじろ眺めた。「なあ、要らんおしゃべりをしすぎたな。いまの話、工場の外じゃだれにも言わないでくれよ」

　ウォリーは重々しくうなずいた。

　工員は袋を担ぎあげにかかったが、その手を止めて言った。「たしかに対策はとってるけど、ここにスパイがひとり紛れ込むだけで、この戦争は負けが決まったようなもんだぜ。スパイの運がよければな。いやつまり、火が広がればってことさ。ここいらのがそっくりだめになっちまったら……まったく、太平洋の戦局だって雲行きがあやしくなるぞ」

「それに、おおぜい犠牲者が出るだろうしね」とウォリー。

「犠牲者なんざくそくらえだ。千人ぐらいは死ぬかもしれんが、それがどうした。ロシアの前線じゃ一日でそれぐらい死んでるぜ。もっとかもしれん。だがな、ウォリー――くそ、おれは口が軽くていかん」

彼はまたセメント袋を肩に担ぎ、建物のなかに入っていった。

ウォリーはあれこれ考えごとをしながら弁当を食べ終え、その包み紙を丸めて、防火用の金属製のごみ箱に放り込んだ。腕時計を見る。あと十分残っていた。またホームのふちに腰をおろした。

わかっている、辞めなくてはならない。たとえそんな可能性は百万にひとつだとしても――いや、そんな可能性なんかない。百万にひとつもない。ちくしょう、と自分に言い聞かせる。病気は治ったんだ。おれは正常だ。それにここでおれは必要とされてる。大事な仕事をしてるんだ、ささやかではあるが。

だが、待てよ――念のために――以前治療してもらった精神科医に、また診てもらったらどうだろう。あの病院はいまもやっている。洗いざらい話して、どうしたらいいか相談するんだ。それで辞めたほうがいいと言われたら、そのときは――

いますぐ事務所から電話をすればいい。電話して今夜の予約をとろう。いや、事務所の電話じゃなくて、廊下に公衆電話があるからあれにしよう。五セント玉の持ち合わせがあったかな。そのとき思い出した。大丈夫、たしかひとつあった。

立ちあがり、ポケットに手を入れて小銭を取り出した。一セント玉が四つ。驚いてそれを見つめた。この一セント玉はどこから出てきたんだ。たしか五セント玉がひとつ――

べつのポケットを探ってみて、そこで手が凍りついた。

指が触れたのは厚紙だった。ふたつに折り畳まれた厚紙。紙マッチのように。ろくに息もできずに、ポケットのなかの異物を指でまさぐった。まぎれもなく安全マッチの厚紙だ。未使用のやつ。その下に同じのがもうひとつあった。このマッチは、たしかふたつで一セントではなかっただろうか。五セント玉が四セントに化けた、足りない一セントはそのせいか。

しかし、こんなものをここに入れた憶えはない。マッチなど買ったことも持ち歩いたこともない。一度だって――

いや、それとも――？

ふと思い出したのだが、今朝出勤の途中でおかしなことがあった。あのみょうな感じを思い出す。気がついたら、グラント通りとホイーラー通りの角に立っていたのでちょっと驚いたのだ。ふだんの通勤路からは一ブロックはずれている。いつもの道から一ブロック離れた場所にいたのに、そこへ歩いていった憶えがなかった。

そのときは、ぼんやりしていたからだと思った。白日夢を見ていたのだと。しかし、あのブロックには店が並んでいる。マッチを売っている店が。

ぼんやりしていて、ふだんの道から一ブロック離れたところへ歩いていくことはあるだろう。しかし、買い物をして――それも、こんな恐ろしい含みのある買い物をして、それに気づかないことがあるだろうか。

無意識のうちにマッチを買うことがあるとしたら、使うこともあるのでは――

ひょっとしたら、ここから出るひまもないうちに！

急げウォリー、まだ正気が残っているうちに、自分で決められるうちに――

ポケットからふたつの紙マッチを取り出し、防火用ごみ入れの引きぶたのなかに突っ込んだ。

それから急ぎ足で歩きだした。血の気の引いたこわばった顔で建物のなかに戻り、長い廊下を歩いていって発送事務所に入った。

彼は言った。「ミスター・デイヴィス、辞めさせてください」

はげ頭のミスター・デイヴィスは、デスクの向こうで顔をあげた。穏やかな顔に穏やかな驚きの表情を浮かべて。「ウォリー、どうしたんだ。なにかあったのか、それとも……どうした、大丈夫か?」

ウォリーはふつうの顔をしようとし、変な顔などしていないというふりをしようとした。

「その……辞めたいんです、ミスター・デイヴィス。理由は言えません」まわれ右をして出ていこうとした。

「ばかな、ウォリー、そんな無茶を言っちゃいけない。それでなくても人手不足なんだ。それにきみはこの部署の仕事がよくわかってる。後任を見つけるにしても、仕事に慣れさせるのに何週間もかかってしまう。こういうときは事前に連絡してくれなくちゃ困るよ。最低でも一週間だ。そのあいだに引き継ぎを――」

「できません。いますぐ辞めます。どうしても――」

「そんな――いいかウォリー、それじゃ脱走だぞ。きみがいないと困るんだよ。ここは……ここは、バターンの前線と同じぐらい重要な戦場なんだ。この工場は、太平洋の全艦隊にも負けないぐらいの価値があるんだぞ。なにしろ……きみもよく知ってるだろう、ここでなにをやってるか。だいたい――なんのために辞めるんだね」

「ただ……ただ辞めたいんです。それだけです」

デスクの向こうのはげ頭は立ちあがった。その顔はもう穏やかとは言えない。身長は百六十センチほどしかなく、対してウォリーは百八十センチを超えているが、このときには若いウォリーを押しつぶさんばかりにそびえ立って見えた。「どういうことか事情を説明してもらおうか。でなければ――」そう言いながら、デスクをまわって近づいてきた。両脇でこぶしを握っている。

ウォリーは一歩あとじさった。「ミスター・デイヴィス、わかってください。ほんとは辞めたくないんです。ただどうしても――」


「おい、ダルヴェトさまはどこだ。いますぐお呼びしてこい！」

「あっちでアポロンと話し込んでるよ。アポロンはこの計画をやめさせようとしてるんだ。ギリシアはアメリカ側だから、あっち側に勝たせたいんだってさ。だけどアポロンは――ほかのもみんなそうだけど――いまじゃもうそんなに力がないから、反対しても――」

「ええいうるさい。もし、ダルヴェトさま！」

「なんだ」

「例の放火魔ですが、しゃべりそうですよ。しゃべっちまったら病院に入れられて、計画が――」

「やかましい。なるほどな」

「急ぎませんと！　まんまと逃げられて――」

「やかましい、いま意識を集中しているんだ。よし、つかまえたぞ」

「いえその、ミスター・デイヴィス、つまり……そういう意味で言ったんじゃないんです。頭が割れそうに痛くて、まともにものが考えられなくて、自分でもなにを言ってるのかわかってなかったんです。ぼくが言いたかったのは、ちょっと仕事を休んで、病院へ行きたいと——」

「なんだ、そうだったのか。しかしウォリー、なんで辞めたいなんて言ったんだね、ただ頭痛がするだけなんだろう。いいとも、ここはいいから病院へ行きなさい。でもまた出てきてくれよ。今日か明日か、来週でも、具合がよくなったらな。まったく、病気で早退するぐらいで辞めることなんかないじゃないか」

「ありがとうございます、変なことを口走っちゃってすみません。頭がちゃんと動いてなかったんです。なるべく早く出てきますから。たぶん今日じゅうにでも」

いいぞ、ウォリー。上司をうまくだましたじゃないか。これから病院へ行くと言うんだ、しばらく外へ抜け出す口実になる。それでまたマッチを買ってくればいい。さっきごみ箱に捨てたやつを取り出すわけにはいかないぞ、人目につくからな。

またマッチを買いに行って、そのマッチでなにをするかわかってるんだろう、ウォリー。一千人も死者が出て、数十億ドルもの物資が灰に変わり、軍備増強計画は貴重な時間を失って大幅に遅れが出るだろうが、さぞかし火は美しく燃えるだろう。ウォリー、空は真っ赤に染まるだろう。血のように真っ赤に。

さあ、言うんだ——

「あの、ミスター・デイヴィス、こういう頭痛は前にもあったんです。ずきずきしてひどく痛むんですけど、数時間もすれば治まるんですよ。だから夕方五時にまた出てきて、午後に休みをもらったぶん四時間仕事したいんですけど、かまいませんか」

「そりゃもちろん——ほんとに具合がよくなっていて、身体に障りがなければだが。なにしろ予定より遅れているからね、一時間でも仕事してもらえれば助かるよ」

「ありがとうございます、夕方には治ってると思います。それじゃ」


「ダルヴェトさま、あざやかに切り抜けましたね。どっちみち、夜のほうがいいでしょうし」

「そうとも、夜のほうがよいに決まっている」

「いやあ、これは楽しみです。なにがあっても見物させていただかなくては。シカゴのことを思い出しますなあ。ブラック・トムや、ローマのことも」

「そのどれより最高の見物になるぞ」

「ですがあのギリシアのやつら、ヘルメスとかオデュッセウスとか。あいつらが徒党を組んで邪魔してきませんかね。あっち側のほかの国の英雄たちも加勢に来るかもしれません。妨害には備えておられますか、ダルヴェトさま」

「妨害だと？　ふん、あの連中を信じている人間などだれもおらん。妨害する力などありやせんさ。この小指一本でまとめてはじき飛ばしてみせる。それに妨害してくる連中がいるなら、手を貸そうとする連中もいるはずだ。ジークフリート（ドイツの英雄叙事詩『ニーベルンゲンの歌』の主人公）やらスギモト（日本の伝説の英雄（のつもり）と思われるが不明）やら」

「ローマのやつらもおりますね」

「ローマのやつら？　いや、あいつらはこの戦争には興味がない。ムッソリーニはあまり好かれておらんからな。ともかく、妨害などありはせんさ。束になってかかってきても、こちらの小鬼一匹で撃退できる」

「すばらしい。特等席で見物させていただきますよ、ダルヴェトさま」

夜というのは奇妙な時間だ。仕事に戻って二時間、七時にはあたりは暗くなってきていた。ウォリー・スミスには、その闇じたいが異質ななにものかに思えた。

心の一部では、いつものとおり自分が仕事をしているのを意識していた。夜勤の同僚たちと話をしたり、冗談を言いあったりしているのもわかっていた。この同僚たちのことはよく知っている。以前からしょっちゅう何時間も残業していたから、勤務時間帯が重なることも多かったのだ。

身体が意志とは関係なく仕事をしている。取りあげるべきものを取りあげ、置くべきところに置き、カードやファイルのメモや積荷の請求書を作る。手が勝手に働き、口が勝手にしゃべっているようだった。

真のウォリー・スミスであるはずの部分は、それとはべつに存在していた。離れたところに立って、自分の身体が働くのを見、自分の口が話す声を聞いているようだった。そのウォリー・スミスは、手も足も出せないまま、恐怖の深淵のはたに立っていた。ついにわかった。壁が押しのけられ、なにもかもわかってしまった。ダルヴェトのことが。

そしてまた、九時に退社する途中で、あの隅の部屋を通ることもわかっていた。そこにゴミを集めてていねいに山にしておいたのだ。とくべつ燃えやすいゴミ。マッチ一本で簡単に火がつき、高く炎があがって、火の気があることにすらだれも気づかないうちに、火は背後の壁に燃え移るだろう。そしてその壁の向こうには——

やることはあとふたつだけだ。ハンドルをまわしてスプリンクラーを切る。マッチをすって——

黄色いマッチの炎が、赤々と燃え盛る業火に変わる。大火災だ。いったん火が出たら、燃え広がるのを止めるすべはない。次から次に建物が紅蓮《ぐれん》の炎に包まれていく。次から次に死体が黒焦げになっていく。爆発で死んだ、あるいは気絶した男たちが地獄の業火に焼かれる。

ウォリー・スミスの精神は奇妙な混乱状態にあった。子供のころに夢で見ていたせいで、その悪夢の光景には見憶えがあった。幼くて言葉で描写することができず、これと特定することもできなかった不思議な存在。しかしいまでは、ぼんやりとではあっても、それがだれで、どういう存在なのかわかっている。神話伝承から抜け出てきた者ども。実在しない者ども。

ところが、それが実在していたのだ。ともかく、悪夢の次元には。

聞くことすらできた――かれらの声ではなく、その思考を。それはどんな言語で語られているというのでもなかった。しかしときには固有名詞も聞こえた。これはどの言語でも同じだから。なかでも、くりかえし聞こえるのがダルヴェトの名だった。よくわからないが、それはダルヴェトという名の火に関係するなにかで、それに操られて彼はいまこういうことをし、そういうことをしようとしているのだ。

それを見て聞いて、五感のすべてで感じて恐怖に戦慄《せんりつ》するいっぽうで、彼の手は伝票を書き、口は気楽なジョークを飛ばして周囲の同僚たちを笑わせている。

そして時計を見た。九時一分前。

ウォリー・スミスはあくびをした。「さて、そろそろ帰るとするかな。みんな、それじゃまた」時計のほうに歩いていき、タイムカードをスロットに差し込んで退勤を記録した。

帽子をかぶり、上着を着た。廊下を歩きだした。

同僚たちの目は届かず、出口の守衛からはまだ見えない死角まで来ると、いきなり忍び足になった。豹《ひょう》のように足音もたてず、人けのない物置のドアからなかに入った。準備万端整っている。

いよいよだ。マッチを手に持つ。手でマッチをする。炎があがる。初めて見たあのときにも、父の手が持つマッチの先端で、これと同じ炎が踊っていた。あの遠い日、ウォリーは短い小さな指を差しのべて、細い棒の先にあるものに触れようとした。そこにいきなり出現し、たえず形を変えるもの。黄色と赤と青の驚異、魔法のように美しいもの——炎。

まだ早い、マッチの軸に火が移るまで待て。手をおろす途中で消えてしまわないように、しっかり燃えあがるのを待つのだ。炎は最初のうちはか弱い。

「だめだ！」心のべつの部分が叫ぶ。「やめろ、ウォリー、やめるんだ——」

もう遅い。ウォリー、いまさら「やめろ」は不可能だ。運転席でハンドルを握っているのは、ダルヴェトこと火の魔物なのだから。ウォリー、あいつはおまえより強い。おまえのかいま見る悪夢の世界で、あいつにかなう者はいないのだ。助けを求めて叫んでもなんの役にも立たない。だれにでも助けを求めてみるがいい。たとえばモロク（旧約聖書より。セム族の神）に。モロクは耳を貸すまい。むしろ面白がるだろう。ほとんどがそうだ。もっとも全員ではない。雷神トールはかたわらに立ち、いささか鬱屈《うっくつ》して目前の事態を眺めているだろう。彼は戦士だから。しかし、ダルヴェトとことを構えるほどの力はない。あちらの世界では、だれもそんな力は持っていないのだ。

火こそ王であり、火の精たちはみなくるくると激しく舞い踊っている。ほかの者はそれを見物している。白髯《はくぜん》のゼウスがいる。そのわきにはワニの頭をしただれかが立っている。またスキラの岩（イタリア南岸の海の難所）に座るダゴン（半人半魚の姿をしたフェニキアの神）も見える——人間の頭が生み出し、いまも生み出しつづけているありとあらゆる者どもが——

しかし、助けに来る者はない。ウォリー、おまえはひとりきりだ。そしていま、おまえはマッチを手に身をかがめようとしている。開いたドアから吹き込む風で消えないように、手のひらで火をかばいながら。

ばかばかしいとは思わないか、ウォリー。おまえを駆り立てているのは、この世に実在するはずのないもの、人が考え出したおかげでやっと存在しているものだ。狂ってる。ウォリー、おまえは狂っている。いや、それとも――思考はほかのなににも劣らず現実なのか。人間だって、土《つち》塊《くれ》につながれた思考にすぎないのでは――とすれば、かれらはつながれていない思考でなくてなんだろう。

助けを求めて叫べ、ウォリー。どこかに助っ人がいるはずだ。叫べ、のどと口からではなく――なぜならいまそれは乗っ取られているから、心で叫べ！　助けを求めて叫べ、それがなにかの役に立つ場所、つまりあちら側で。ダルヴェトを止めてくれと、だれかに呼びかけるのだ。おまえに味方してくれるだれかに。

そうだ、その調子だ！　叫べ、思いっきり。


その一時間ほどあと、どうやって家へ戻ったのかウォリーはどうしても思い出せなかった。ただ、星の散る夜空は漆黒のままで、業火に赤々と染まってはいない。ほとんど意識していなかったが、親指と人さし指に火傷をしていた。マッチが根元まで燃えて、指先の皮膚を焦がして消えたあとだ。

涼しいポーチの揺り椅子に下宿の女将《おかみ》が座っていて、彼を見ると声をかけてきた。「ずいぶん早いじゃないの、ウォリー」

「早い？」

「あら、だって今朝言ってたでしょ、今夜はデートだって。だからダウンタウンで食事をして、工場からまっすぐ彼女のおうちへ行くもんだと思ってたわ」

ウォリーは思い出して、泡を食って電話に駆けつけた。気が気でなかったが、まもなく彼女が電話に出てくれた。

「ウォリー、なにがあったの？　わたしずっと待って――」

「ごめんよ、ドット――残業でさ、電話ができなかったんだよ。これから行っていいかな、それと、結婚してくれる？」

「えっ――ウォリー、いまなんて？」

「もうすっかり大丈夫だからさ、ぼくと結婚してくれる？」

「そりゃ――会いに来てくれたら返事するわ、ウォリー。でもどういう意味なの、もうすっかり大丈夫って」

「つまり……その、これから行くから、そのとき話すよ」

しかし、六ブロック歩いていくうちに理性が戻ってきて、もちろんなにがあったか打ち明けたりはしなかった。電話で口走ったことを取りつくろえるような――そして彼女が信じてくれるような話をでっちあげた。よき夫ならだれでもやることだし、ウォリー・スミスはよき夫になるつもりだった――そのチャンスを与えてもらえれば。そして、その願いはかなえられた。


「お父さん」

「しっ、静かにしなさい」

「でもなんで？　それにお父さんたら、ベッドの下でなにやってるの」

「黙んなさい。ああわかった、だけど小さな声で話すんだぞ。まだそのへんにいるかもしれないから」

「そのへんにいるって、だれが？」

「新入りだよ。あの――まったくおまえ、昨夜のあの大騒ぎのあいだずっと眠ってたのか。この十七世紀間で最大の戦闘があったのに！」

「えっ、ほんと！　だれがだれをやっつけたの」

「だから、あの新入りだよ。ダルヴェトさまはあんまり遠くまで吹っ飛ばされて、いまだにお帰りでない。そのあとダルヴェトさまの眷属《けんぞく》が束になってかかっていったが、そろってのされてしまったんだ。いまあいつはそのへんをのし歩いて――」

「ぶん殴る相手を探してるの？」

「さあ、どうかな。いまのところ、こっちからかかっていかないかぎり、自分から殴りかかったりはしていないな、ダルヴェトさまはべつだが。あいつがダルヴェトさまに襲いかかったのは、ダルヴェトさまの操ろうとしてた人間に召喚されたからだろうな、たぶん」

「でも、どうしてお父さんまで隠れてるの」

「それはだな――いいかぼうず、お父さんは火の魔物だから、ダルヴェトさまの眷属だと思われるかもしれないし、ほとぼりが冷めるまで危ない橋は渡りたくないのさ。わかったな。まったく、あっち側にはよっぽどおおぜい人間がついていて、あいつを信じているんだろう。あれだけ強力なんだからな。ダルヴェトさまをあんな目にあわせるとは――」

「そいつ、なんて名前？　神話とか伝説とかなの？」

「わからん。あいつに最初に名前を訊く役目は、だれかほかの者に任せたいもんだ」

「ぼく、カーテンのすきまから見てくるよ。自分の光をうんと小さくして」

「こら、そんな――まあいい、だが気をつけるんだぞ。見えるか」

「うん、あれだと思う。そんなにこわそうには見えないね、でも――」

「だからって危ないまねはするんじゃないぞ。お父さんは窓のそばに寄るのもいやだ。おまえより光が強いから、あいつに姿を見られかねない。昨夜は暗くてよく見えなかったんだが、日の下で見るとどんな風体だ？」

「ぜんぜんこわそうじゃないよ、お父さん。白いあごひげを生やしてて、背が高くてやせぎすで、赤と白のしましまのズボンをはいてブーツにすそをたくし込んでる。それから山高帽をかぶってるよ。青くて白い星のもようが入ってるやつ。赤白青（アメリカ合衆国の擬人化であるアンクル・サムの特徴）。これ、なんか意味があるの？」

「昨夜あれだけのことをしてくれたんだから、たぶんあるんだろう。お父さんはこのベッドの下から出ていく気はないぞ。だれかがあいつに名前を尋ねるまではな！」

天使ミミズ　The Angelic Angleworm

チャーリー・ウィルズは目覚まし時計を止め、そのまますぐに起き出して、両足をベッドからおろし、スリッパに突っ込むと同時に煙草《たばこ》に手を伸ばした。煙草に火をつけると、いっときベッドのわきに腰をおろしてほっと肩の力を抜いた。

まだ時間はある。もうしばらくこうして煙草を吸って目を覚まそう。いっしょに釣りに行くピート・ジョンスンが車で迎えに来るまで十五分ある。顔を洗って着慣れた服を引っかけるだけだから、十二分もあればじゅうぶんだ。

朝五時に起きるなんてばからしい気もするが、気分は上々だった。日の出はまだだし、窓から見える空はくすんでいても、それでも最高の気分だった。なにしろあと一週間半なのだ。いや、実際には一週間半より短いな、あと十日しかない。だが——考えてみると——十日よりはちょっぴり長いか、いまは朝のこんな時間だからな。まあ、とにかく十日ということにしておこう。くそ、いまからまた寝てしまうことができれば、目が覚めたときはずっと結婚式は近づいているだろうに。先々に楽しみが控えているときは、眠って待つのは悪くない手だ。時間は飛び去り、その翼の音さえ聞かずにすむ。

いや、だめだ——寝なおすわけにはいかない。五時十五分には用意をすませて待っているとピートに約束したのだ。もし待っていなかったら、ピートは車の運転席に座ってクラクションを鳴らし、近所の人たちを叩き起こしてしまうだろう。

三分間の猶予も尽きて、彼は煙草をもみ消し、椅子にかけた服に手を伸ばした。ミュージカル『ミカド』の「結婚するんだ、ヤムヤムと、ヤムヤムと」《アイム・ゴーイング・トゥ・マリー・ヤムヤム、ヤムヤム》を低く口笛で吹きはじめた。そして、用意が間に合わなくなってはいけないから、タンスのほうに目をやるまいとした。そのうえに載った銀の写真立てにはジェインの写真がはまっているのだ。

おれぐらい幸運な男はいないだろう。この世界のどこを探しても――いや、それを言うならべつの世界を探しても。もしべつの世界があるならだが。

ジェイン・ペンバートン。柔らかい茶色の髪はさざ波のように細かくウェーブしていて、絹糸のような手ざわりで、いや、絹糸よりずっと手ざわりがよくて、鼻はかわいくちょっと小生意気に反っていて、日に焼けた脚はすらりと長く、そして――ええいちくしょう、若い娘にあるべきものはみんなあるのだ、いやそれ以上なのだ。そんな彼女に愛されているという奇跡がいまだに信じられなくて、頭がちょっとくらくらした。

頭がくらくらするうちに十日が過ぎて、そうしたら――

時計の文字盤に目が留まり、彼はぎょっとした。もう五時十分なのに、ここに座ったまま、靴下のかたっぽも履かずに手に持っている。急いで着替えをすませたら、もうぎりぎりだ！　コーデュロイの上着を引っかけ、釣り具をつかみ、忍び足で階段をおり、ひんやりした夜明けの戸外に出るころには、ちょうど五時十五分になりかけていた。

ピートの車はまだ来ていない。

まあいい。来るまでの数分間でミミズを集めておけば、あとで時間の節約になる。もちろんミセス・グレイディの芝生を掘り返すわけにはいかないが、玄関ポーチ沿いの花壇のまわりは土がむき出しになっているから、そこをちょっと掘り返すぐらいなら問題ないだろう。

折り畳みナイフを取り出し、花壇のわきにひざをついた。地面に四、五センチほどナイフを突き立て、土くれを裏返した。思ったとおり何匹か見つかった。

一匹大きくて太ったのがいた。これならどんな魚も食いつかずにはいられまい。

チャーリーは、そいつをつかまえようと手を伸ばした。

そのときだった。

指先と指先がくっついたが、そのあいだにミミズはいなかった。ミミズに変化が起こったからだ。つかまえようと手を伸ばしたときには、どこから見てもごくふつうのミミズだった。八センチ近くもある、丸々と太って、ぬるぬるぐにゃぐにゃしたミミズだったのだ。なにはともあれ、翼なんか生えてなかったのはぜったいにまちがいないし、それに――

もちろんそんなことがあるはずはない。夢か幻覚に決まっている。しかし、そいつはいまも目の前にいた。

羽ばたいて舞いあがり、ゆっくり優雅に螺旋《らせん》を描きながら、見るからに楽々と上昇してくる。そしてチャーリーの顔の前を飛び過ぎていった。その翼は純白に輝き、蝶《ちょう》の翅《はね》とも鳥の翼ともちがっていて、まるで――

そいつは円を描きながら上昇し、いまではチャーリーの頭上を飛んでいる。やがて家の屋根の高さに達し、ついには灰色の空を背景に、ただの白い――ちょっとまぶしい白さの――点になって、しまいに見えなくなった。見えなくなってからも、チャーリーの目は空を見あげたままだった。

ピート・ジョンスンの車が道路わきに停まったのは気づかなかったが、ピートの「よう」という陽気な挨拶《あいさつ》は耳に入った。見れば、車からおりて歩道をこちらへ歩いてこようとしている。にこにこしながら、「出かける前に、ここでちょっとミミズが集められるかな」とピートは尋ねたが、やがて言った。「どうした？　空飛ぶ円盤でも見たのか。おれが車を停めたとき、おまえぽかんと口をあけて上向いてたけどさ、あんなことしちゃえらいことになるぞ。ほら、ハトが上を飛んで――なあ、ほんとにどうしたんだ。顔が真っ青だぞ」

チャーリーはまだ口をあけたままだったのに気がついて、それを閉じた。それからなにか言おうとしてまた開いたが、なにも思いつけなかった――というより、どう言えばいいかわからなかった――ので、開いた口をまた閉じた。

また上を向いて空を見あげたが、もうなにも見えなかった。それから下を向いて花壇の土を見た。どう見てもふつうの土だった。

「チャーリー！」と言うピートの声は、いまではひどく心配そうだった。「しっかりしろよ！　なあ、大丈夫か」

チャーリーはまた口を開いて閉じた。それから力ない声で言った。「やあ、ピート」

「いったいどうしたんだよ。ここで眠っちまって夢でも見たのか。ひざをついたまんまで――なあ、気分でも悪いのか。釣りはやめて、パーマー先生の病院へ送っていこうか」

チャーリーはのろのろと立ちあがり、首をふった。「いや――いや、大丈夫だと思う。ちょっと変なことが起こったんだよ。だけど――まあいいや、大したことじゃないんだ。釣りに行こうぜ」

「だけどなんだ。いや、そうだな、あとで聞かしてもらうよ。でもその前に、ここをちょっと掘り返して――おい、なんだよその顔！　わかった、もう車に乗ろうぜ。風に当たれば気分がよくなるかもしれないし」

　ピートはチャーリーの腕をとり、釣り道具箱を拾いあげて、停めた車のほうへ連れていった。ダッシュボードの物入れをあけて壜《びん》を取り出す。「ほら、ひと口飲めよ」

　チャーリーは飲んだ。琥珀色《こはくいろ》の液体がごぼごぼと、壜ののどからチャーリーののどへ移動するうちに、ショックでぼんやりしていた頭がはっきりしてきた。これでまたものが考えられる。

　ウィスキーは落ちていくときは灼《や》けつくようだったが、落ちたところには快《こころよ》い温もりが生じ、おかげで気分がよくなった。こうして温かくなって初めて気づいたのだが、胃の底に冷たいものがわだかまっていたのだ。

　手の甲で口もとをぬぐい、「ふう」と言った。

「もうひと口飲め」ピートが道路に目を向けたままで言った。「なにがあったのか話してみろよ。吐き出しちまえば、もっと気分がよくなるかもしれないぜ。無理にとは言わないけどさ」

「そ――そうだな」チャーリーは言った。「その――その、大した話じゃないんだけどさ、ミミズをとろうとしたら、それが飛んで逃げたんだよ。羽根が生えて。まぶしいぐらい真っ白の羽根が」

　ピートは面食らったような顔をした。「ミミズをとろうとしたら飛んで逃げたって、それがどうしたんだ。いや、おれだって専門家じゃないけどさ、羽根のあるミミズもいるかもしれないぜ。うん、考えてみたらいるような気がしてきたな。羽根のあるアリだっているし、毛虫は蝶になる。なんであんなにびびってたんだ？」

「いやだって、おれがつかまえようとしたときには、羽根なんかなかったんだよ。ふつうのミミズにしか見えなかった。くそ、ほんとにふつうのミミズだったんだよ。それなのに、つかまえようとしたら、そしたら、あの――いや、もういい。たぶん幻覚を見たんだろう」

「いいから話せよ。なにがあったんだ」

「ええいちくしょう、後光がさしてたんだよ！」

　車が少しわきへそれた。ピートはそれをもとどおり道の中央に戻してから言った。「なにがさしてたって？」

「いやその」チャーリーは及び腰になって、「後光みたいに見えたんだよ。頭の少しうえに、小さい丸い金色の輪っかがあってさ。でもくっついてるようには見えなかった。頭のうえに浮いてたんだ」

「どうして頭だってわかるんだ。ミミズってどっち側も似たようなもんじゃないか」

「そりゃそうだけど」とチャーリーは言って、少し考えてみた。どうしてわかったんだろう。

「だけどさ、あれが後光だったら、頭じゃないほうにあったらちょっと変じゃないか。いやそりゃ、どっちにあったって変は変だけど――くそ、言いたいことはわかるだろ」

　ピートは「ふうむ」となって、カーブを切ってから続けた。「よし、それじゃあくまで論理的に考えてみよう。とりあえず、おまえが――えーと――見たと思ったものを、おまえは実際に見た、というか見たと思ったと仮定しよう。ところでおまえは大酒飲みじゃないから、振顫譫妄《DT》ってことはないな。ということは、おれにわかるかぎりじゃ、残る可能性は三つだな」

「ふたつはおれにもわかる。ひとつは完全な幻覚だろ。たぶんみんなこれが答えだと思うだろうけど、少なくともおれは、これまで幻覚なんていっぺんも見たことがない。とすると、夢だったってことも考えられるだろう。ぜったいそんなはずはないと思うけど、あそこで眠り込んじまって、そういう夢を見ていたのかもしれない。でもそんなはずはないんだよ。まだ幻覚って可能性は認めてもいいけど、夢はないな。三つめはなんだ？」

「ほんとに見たって可能性さ。ほんとに羽根のあるミミズを見たってこと。つまり、そういうのがほんとにいるってことだよ、もしかしたらな。最初に見たときは、そいつが羽根を畳んでたもんで見落としちまったわけさ。それで、後光だと思ったものは、角だか触覚だか、なんかそういうもんだったんだろう。世の中には奇天烈《きてれつ》な生きものもいるからな」

「そうだな」チャーリーは言ったが、信じてはいなかった。たしかに奇天烈な生きものはいるだろうが、急に羽根が生えて後光がさして、天に昇ったりするような――

彼はまたひと口飲んだ。

Ⅱ

日曜の午後から夜まではジェインといっしょだったから、昇天したミミズのことはチャーリーの頭の裏側に滑り落ちてしまった。いっしょにいるときは、ジェインのこと以外はみんなそこへ滑り落ちてしまいがちなのだ。

しかし、寝る時刻になってまたひとりになると、それが戻ってきた。もちろん記憶のほうだ、ミミズが戻ってきたわけではない。思い出すと気になって眠れず、起きあがって窓ぎわの肘掛《ひじか》け椅子に座り、頭から追い出すには徹底的に考え抜くしかないと思った。

問題をはっきりさせて、あの花壇のふちでほんとうにあったことはこれだと納得が行けば、気がすんできれいさっぱり忘れることができるかもしれない。

よし、あくまでも論理的に考えよう。

ピートの言うとおり、可能性は三つある。幻覚、夢、現実だ。まず手始めに言えば、夢でなかったのはたしかだ。あのときはぱっちり目が覚めていた。これがまちがいだったら、まちがいでないことなんかなにもない。この可能性は消去だ。

現実ということはあるだろうか。いや、これもありえない。虫には変なのがいるとか、触覚がどうだとかピートが言うのはわからないでもない——が、ピートはあれを実際に見たわけではない。ちくしょう、あれはおれの目の前数センチのところを飛んでいったんだ。まちがいなく後光がさしていた。

触覚だって？　ばか言え。

すると残る可能性は幻覚だけだ。それ以外には考えられない。幻覚だったんだ。なんのかの言っても、人は幻覚を見ることがある。しょっちゅう見るならべつだが、いっぺん見たぐらいですぐに精神病院送りというわけではない。よしわかった、あれは幻覚だったと認めよう。それがどうした。もう気にしないことだ。

そう結論すると、彼はベッドに戻った。そして——またジェインのことを考えながら——幸せな気分で眠りについた。

翌日は月曜日で、また仕事が始まった。

その翌日は火曜日だった。

そしてその火曜日のこと——

Ⅲ

今度は昇天するミミズではなかった。これと指させるようなものではなかった。もっとも日焼けをそれと指させるものだと言うならべつだが、そして日焼けに指を当てれば痛かったりもするが。

しかし日焼けとは――かりにもあんな大雨の日に――

その朝、チャーリー・ウィルズが家を出たときは雨が降っていた。しかしそのとき、つまり八時数分過ぎには大した雨ではなかった。ただの小雨だった。チャーリーは帽子のひさしを下げ、レインコートのボタンをはめて、ともかく職場まで歩くことにした。雨の中を歩くのはけっこう好きだ。時間もある。八時半までに着けばいいのだ。

職場まで三ブロックというところで、同じ方向に歩いているペストに会った。ペストはジェイン・ペンバートンの妹で、ほんとうの名前はポーラというのだが、みんなほとんどそれを忘れていた。チャーリーと同じくハプワース印刷会社の社員だが、彼女は校正助手で、彼は制作係長だった。

しかし、ジェインと会えたのは彼女のおかげだった。社員のためにパーティが開かれたときのことだ。

彼は言った。「おはよう、ペスト。溶けないように気をつけなよ」このころには雨が激しくなってきていたのだ。もう小雨どころではなかった。

「おはよう、チャーリー・ウァーリー（「チャーリー・ウァーリーと雌牛」という童謡がある）。大丈夫よ、わたし雨のなかを歩くの好きなの」

　そうだろうとも、とチャーリーはむかむかしながら思った。チャーリー・ウァーリーというむかつくニックネームで呼ばれて身が縮みそうだ。一度だけジェインにもそう呼ばれたことがあるが、わけを話したらそれっきりやめてくれた。ジェインは話がわかる。しかしペストはそれを聞いて――チャーリーはそれ以来、いつか職場で、ほかの社員も聞いているところで、彼女にその名で呼ばれるのではないかと気が気でなかった。もしそんなことがほんとうに起こったら――

「やめてくれよ」彼は抗議した。「そのばかなニックネームで呼ぶのはやめてくれよ。その――そう呼ぶのをやめてくれたら、ぼくもきみをペストと呼ぶのはやめるからさ」

「でもわたし、ペストって呼ばれるの好きよ。どうしてチャーリー・ウァーリーがいやなの？」

　彼女はにっこりしてみせ、チャーリーは内心で身もだえしていた。相手がだれの妹かと考えると、どうしても――

　やり場のない怒りを抱えて、彼は吹きつける雨に向かって歩いた。顔が濡れないように頭を低く下げて。まったくいまいましい小娘が――

　視界が目の前の歩道数メートルに限られていたから、そのままだったらチャーリーには荷馬車もその御者も見えなかっただろう。しかし、なにかがはじけるような、拳銃の銃声に似た音がしたのだ。

　チャーリーは顔をあげた。通りのまんなか、チャーリーとペストの十五メートルほど前方から、山と荷を積んだ荷馬車がこっちへ近づいてきていた。牽《ひ》いているのは年寄りの疲れきった馬だ。あんまりよぼよぼの骨と皮で、いまののろのろした足どりでもう精いっぱいのように見えた。

しかし、御者は明らかにそうは思っていなかった。大柄の醜い男で、浅黒い顔に不精ひげを生やしている。立ちあがったかと思うと、もう一発くれようと重たげな鞭《むち》を振りあげた。それが振りおろされると、老馬はその衝撃で震え、轅《ながえ》のあいだでぐらついたようだった。

御者がまた鞭を振りあげた。

チャーリーは「おい、やめろよ！」と叫び、荷馬車に向かって歩きだした。はっきりした考えがあったわけではない。このけだものがべつのけだものを打ちすえるのをやめようとしなかったら、どうするつもりだったのか。しかし、見過ごしにはできなかった。動物虐待を目の前にして、チャーリー・ウィルズとしては黙ってはいられないし、黙っている気もなかった。

彼はまた「おい！」と叫んだ。最初の声が御者には聞こえた様子がなかったからだ。彼は縁石に沿って小走りに走りだした。

この二度めの声は御者にも聞こえたようだ。たぶん最初のも聞こえていたのだろう。御者は首をまわし、チャーリーにまともに顔を向けてきた。それからまた鞭をさっきより高く振りあげ、馬の傷だらけの背中に力いっぱい振りおろした。

チャーリーは目の前が真っ赤になった。もう叫びはしなかった。いまではなにをすべきかいやというほどわかっている。まずはあの御者を荷馬車から引きずりおろす。そして手が届くようになったら、さんざんぶちのめしてやるのだ。

ポーラのハイヒールの鋭い音が聞こえた。彼を追いかけてきて、後ろから叫んでいる。「チャーリー、気をつけ——」

しかし、聞こえたのはそこまでだった。というのも、ちょうどそのときそれが起こったからだ。突然、目もくらむ耐えがたい熱波が襲ってきた。まるで燃え盛るかまどのまんなかに足を踏み入れたようだった。息を吸おうとあえいだら、のどから肺へ流れ込む空気じたいが燃えているような気がした。そして皮膚は――

目がくらむほどの痛み。ほんの一瞬ですぐに消えたが、それでも遅すぎた。衝撃はあまりに突然かつ強烈で、冷たい雨をふたたび顔に感じたときには、目まいがして全身から力が抜けた。彼はそのまま意識を失い、地面に倒れたのすら感じなかった。

闇が訪れた。

次に目をあけたときには、視界は白くかすんでいた。それがやがて白い壁に変わり、身体を覆う白いシーツに変わり、白い制服の看護婦に変わって叫んだ。「先生！　患者さんが目を覚ましましたよ」

足音、ドアの閉じる音、そしてパーマー医師が眉をひそめてかがみ込んできた。

「やあチャールズ、いったいどうしたんだね」

チャーリーは力なく小さく笑った。「どうも、先生。わかりませんよ、ぼくはいったいどうしちゃったんですか」

パーマー医師は、ベッドのそばに椅子を引いてきて腰をおろした。チャーリーの手首をとり、それを握って腕時計の秒針を見つめている。それからベッドの端のカルテを読み、「ふうむ」と言った。

「それは診断ですか」チャーリーは尋ねた。「それとも治療かな。ねえ、まずあの御者はどうなりました？　つまりその、事情を説明――」

「事情はポーラから聞いたよ。御者は逮捕されて馘首《くび》になった。チャールズ、きみは大丈夫だ。とくべつ悪いところはない」

「とくべつ悪いところはないって、それじゃどこがふつうに悪いんですか。つまりその、なにがあったんです?」

「きみは倒れたんだ。体力を消耗してたんだよ。数日間は皮がむけるだろうけど、それだけだ。昨日はどうしてローションを塗らなかったんだね」

チャーリーは目を閉じ、それからゆっくりと開いて言った。「塗らなかったって——なんのためにですか」

「そりゃもちろん、日焼け止めだよ。知らないわけじゃないだろう、晴れた日に泳ぎに行くときは——」

「でも先生、昨日は泳ぎになんか行ってませんよ。その前の日にだって。いや、もう二週間も行ってない。日焼けってどういう意味ですか」

パーマー医師はあごをこすった。「チャールズ、しばらく休んでいきなさい。気分がいいようなら夕方にはうちに帰っていいからね。でも、明日は仕事は休むんだよ」

医師は立ちあがって出ていった。

看護婦はまだそこにいて、それをぼんやり眺めながらチャーリーは言った。「パーマー先生は——つまりその、これはいったいどういうことなのかな」

看護婦はみょうな目つきで彼を見た。「それはその——あの、ミスター・ウィルズ、すみませんけど、看護婦は患者さんと診断の話をしてはいけないことになってるんです。でもなんにも心配することはないんですよ。午後か夕方には家に帰れるってパーマー先生もおっしゃったでしょう」

「ああそう」チャーリーは言った。「ええと、いま何時？　それとも、看護婦さんはそれも話しちゃいけないことになってるの？」

「十時半です」

「うへえ、もう二時間ぐらい経ってるんだ」思い返してみると、かどを曲がって最後のブロックに差しかかったとき、八時二十四分過ぎを指した時計を見た憶えがある。意識が戻ったのが五分前だとすると、まる二時間も気絶していたわけだ。

「なにか欲しいものはありませんか」

チャーリーはのろのろと首をふったが、そこでふと気がついた。看護婦がいなくなれば、こっそりカルテをのぞき見できるではないか。「いや、そうだ。オレンジジュースをもらえるかな」

看護婦が出ていくと、彼はすぐに身を起こした。いささかあちこち痛かったし、触れると皮膚が少しひりひりした。病院で着せられた寝間着の袖をめくりあげ、腕を見たら皮膚が赤みを帯びていた。薄いピンク色ということは、第一度の軽い熱傷というところか。

寝間着のなかをのぞき込み、次に脚を見て、思わず「これはいったい――」と漏らした。その日焼けは、つまりこれが日焼けだとしたらだが、全身をくまなく覆っていたのだ。

これはおかしい。ここ最近は日焼けするほど日に当たったことはなかったし、そもそも服を着ないで日を浴びることなどありえない。それに――そうなのだ、たとえ泳ぎに行っていたとしても、パンツで覆われるはずのところまで日焼けしていたのである。

しかし、カルテを見れば説明がつくかもしれない。ベッドの足もとに手を伸ばし、カルテをはさんだクリップボードをフックから外した。

これといった原因もなく、通りでとつぜん気を失ったとのこと。入院時の脈拍百三十五、呼吸は早く、体温は四十度。一時間後にはすべて正常に戻る。症状は熱中症に似ているが……

そのあとにはいくつか、やたらと専門的な感じの所見が並んでいた。意味はわからなかったが、なぜかパーマー医師にもわかっていないにちがいないという気がした。いかにも格好をつけているだけという響きがある。

外の廊下にヒールの音がして、チャーリーは急いでカルテをもとに戻し、上掛けの下にもぐり込んだ。驚いたことにノックの音がした。看護婦がノックなんかするだろうか。

彼は言った。「どうぞ」

ジェインだった。いつもよりさらにきれいだった。不安そうに、大きな茶色の目をふだんより少し大きく見開いている。

「ダーリン！　ペストから電話で聞いて駆けつけてきたの。でも、あの子の話じゃなにがなんだかわからないのよ。いったいなにがあったの」

そのころにはジェインは腕の届くところまで来ていて、チャーリーは彼女の背中に両腕をまわし、そしてそのときには、なにがあったのかはもうどうでもよかった。しかし、彼はなんとか説明しようとした。おもに自分自身のために。

Ⅳ

人はつねに説明を求める。

男でも女でも、なにか理解できないことに直面すると、それが分類できないうちは居ても立ってもいられない。空に光が見える。それは北極光――あるいは南極光――だと科学者に説明されると、人はその光を受け入れて、安心して忘れてしまう。

なぜか無人の部屋で絵が壁から落ち、椅子が階段の下に投げ落とされる。人は肝をつぶすが、いったん名前がついてしまうと、それはただのポルターガイストになる。

名前をつけて忘れてしまおう。名前さえあれば共存できる。

名前がないと――恐ろしくてほんとうのこととは思えない。ものから名前がなくなったら、人は底なしの恐怖に襲われる。

ふつうの食屍鬼《グール》のようにおなじみのものですらそうだ。墓が掘り返され、死体が食われていたら、たしかにおぞましいことにはちがいない。しかし、それに名前があるかぎりはただのグールだで片がつく。けれども、グールという言葉も、そんな概念もなかったとしたらどうだろう。そんなときに、掘り返されて半分食われた死体が見つかったとしたら、人はそれに耐えられるだろうか。文字どおり名状しがたい恐怖だ。

断わっておくが、チャーリー・ウィルズの身に次に起こったことが、グールと関係があるというわけではない。人狼にすら関係はない。しかし思うに、あの状況で出くわすなら、カモより人狼のほうがよっぽど気が楽だったにちがいない。人狼ならばどんなおかしなことをしても不思議はないが、相手がカモとなると――

あの博物館のカモのように。

ところで、カモにはもともと恐ろしいところはない。カモのせいで、日焼けで皮がむけたあとに冷汗をびっしょりかき、夜中に目が冴えて眠れないなどということはない。カモというのはおおむね好ましい生物であり、ローストされているときはとくにそうだ。しかしこのカモはそうではなかった。

それは木曜日のことだった。火曜日、チャーリーは八時間病院にいて、夕方になって退院を許され、ダウンタウンで食事をしてから帰宅した。上司に連絡したら明日は休めと強く言われ、チャーリーはさほど抵抗もせずに従うことにした。

家に帰り、風呂に入ろうと服を脱ぎ、自分の身体を調べてみて心底驚いた。まちがいなく第一度熱傷だ。まちがいなく全身がやられていた。もう皮がむけかけている。

そしてたしかに、翌日にはむけた。

休日を利用して、ジェインを連れて野球の試合を観に行った。日が当たらないように特別観覧席をとった。面白い試合だったし、ジェインは野球を知っていて観るのも好きだった。

木曜日、仕事に戻った。

十一時二十五分、ハプワース社長がチャーリーのオフィスにやって来た。

「ウィルズ、チラシ一万枚の急ぎの注文が入ったんだが、入稿が一時間後なんだよ。それできみに最後まで監督してもらいたいんだ。自動鋳造植字機《ライノタイプ》から植字、最後に印刷機をまわして完成品になるところまで頼むよ。締め切りに間に合うかどうか危機一髪だし、間に合わなかったら違約金をとられるんでね」

「いいですとも、張りついて見てますよ」

「助かった、頼りにしてるよ。それでものは相談だが――ちょっと早いが、いまから昼休みをとって昼食をすませてきてくれないか。そうすれば戻ってくるころにちょうど原稿があがってくるから、すぐに仕事にかかれるだろう。もちろん、早めに食事するのがいやでなければだが」

「かまいませんよ」心にもなくそう返事をして、チャーリーは帽子をかぶって外へ出た。

いやしかし、食事をするには早すぎる。とはいえ休みは一時間あるし、三十分もあれば食事はできる。だから、まずは三十分ほど散歩でもして、食欲が出てくるのを待つことにしよう。

その博物館は二ブロック先にあって、三十分ほど時間をつぶすのにはぴったりだった。入っていって中央通路をぶらぶら歩いた。立ち止まったのは、アプロディテの像をちょっと眺めたときだけだ。その像を見るとジェイン・ペンバートンのことを思い出した。そしてあとたった六日で結婚式だということを――けっして忘れていたわけではないが、常よりもさらに強烈に――思い出した。

それから貨幣の展示されている部屋に入った。子供のころ硬貨を集めていて、その後コレクションはどこかへ行ってしまったが、それでも大きな博物館の展示をちょっと見てみたくなったのだ。

ローマ時代の青銅貨の展示ケースの前で足を止めた。

しかし、青銅貨のことなど考えていなかった。いまでも考えているのはアプロディテのこと、というかジェインのことで、この状況ではそれはきわめて自然なことである。空飛ぶミミズとか突然の熱波による熱傷とか、そんなことを考えていなかったことはたしかだ。

とそのとき、たまたまとなりの展示ケースに目をやった。そのなかにいたのがカモだった。どこから見てもふつうのカモだった。胸もとに斑点《はんてん》があって、翼には緑褐色の模様があって、頭はほかより色が濃く、それよりさらに濃い色の筋がちょうど目のうえから始まって短い首に走っている。家禽《かきん》というより野生のカモのようだ。

そして、ここはどこだろうと面食らっているようだった。

カモが硬貨の展示ケースのなかにいる。それがものすごく変だということに、チャーリーはとっさには気づかなかった。いまもアプロディテのことで頭がいっぱいだったのだ。「中国の硬貨」と標示のある展示ケースのガラス越しに、野生のカモを見つめているときですら。

そのときカモがひと声鳴いた。そして水かきのある不格好な足で、よたよたと展示ケースの向こうへ歩いていき、突き当たりのガラスにぶつかり、羽ばたいて飛んで逃げようとして、今度は天井のガラスに当たった。そしてまた大きな声で鳴いた。

ここに至って初めて、チャーリーは驚いた。生きたカモがなんで、貨幣の展示ケースのなかにいるんだ。その行動からして、どうやらカモのほうも同じことを考えているようだった。

そしてここに至って初めて、チャーリーは例のミミズのことを、そして日に当たっていないのに日焼けしたことを思い出した。

そのとき入口からだれかが声をかけてきた。「ちょっと、お客さん」

チャーリーはふり向いた。たぶんその顔に尋常でないところがあったのだろう、制服姿の博物館員はしかめ面をやめて、「どうかしましたか」と言った。

ちょっとのあいだ、チャーリーはものも言わずに館員を見つめていた。そこでふと思いついた。これは、ミミズが昇天したときには得られなかったチャンスだ。ふたりの人間が同じ幻覚を見ることはありえない。もしこれが幻覚なら——

チャーリーは口を開き、「あの」と言いかけたが、なにも言う必要はなかった。カモに先手を打たれたのだ。カモはまた大きくひと声鳴いて、また羽ばたいてガラスケースの外へ出ようとした。

博物館員の目は、チャーリーを素通りして中国の硬貨のケースに向かった。彼は言った。「ばかな！」

カモはやはりいたのだ。

館員はまたチャーリーに目を向けて言った。「これはあなたの——」最後まで言わずに口をつぐみ、よく見ようと展示ケースに近づいていった。カモはあいかわらず外へ出ようとじたばたしているが、元気がなくなってきている。息が苦しいようだ。

館員はまた「ばかな！」と言い、肩越しにふり返ってチャーリーを見た。「お客さん、いったいどうやって——これは気密ケースで密封されてるのに。空気を通さないんですよ。ほら、だから見てごらんなさい。この鳥——」

館員がそう言ったときには、もうカモは引っくり返っていた。死んだか、意識を失ったか。

館員はチャーリーの腕をつかんだ。きっぱりした口調で、「お客さん、いっしょに館長室まで来てください」と言ってから、今度はちょっとあやふやな口調になって、「でも、その——どうやって入れたんですか。入れてないなんて言ってもむだですよ。わたしは五分前にもここを見まわったけど、そのあとここに入ったのはあなたしかいないんだから」

チャーリーは口を開き、また閉じた。だしぬけにありありと情景が目に浮かんだ。博物館の館長室で尋問され、そのあとは警察署だ。そして警察の尋問が始まったら、いずれミミズのこととか、その――あれで病院へ運ばれたことがばれるだろう。そうしたらたぶん精神鑑定にかけられて、それで――

破れかぶれの蛮勇をふるって、チャーリーはにやりと笑った。不気味な笑顔を浮かべようとしたのだ。不気味ではなかったかもしれないが、まちがいなく異常ではあった。「どうなっても知らないよ」彼は言った。「きみもあのなかに入りたい?」と、あいたほうの腕で入口の外、中央通路のほうを指さした。そこにはメルネプタハ王の石棺が置かれているのだ。「人間だって入れられないことないよ、カモでできたんだから――」

博物館員は息が荒くなった。目がほんの少しうるんだように見えた。チャーリーの腕から手を放し、彼は言った。「お客さん、ほんとに――」

「やってみせようか」

「あの――うわあ!」館員は逃げていった。

チャーリーは駆けだしたいのをぐっとこらえ、急ぎ足で反対側の側面入口に向かい、ビーカー通りに出ていった。

ビーカー通りはいまも、ごくありきたりな道だった。日中のことで車通りが多く、ピンクの象が木に登ったりしていなかったし、とくになにも起こっていなかった。ただふつうの都市の道路のせわしない混乱があるだけだ。ある意味で、その喧騒《けんそう》には心休まるところがあった。ただし、一度だけひやりとさせられた。かどで通りを渡っているとき、背後で急に大きな音がしたのだ。チャーリーはぎくりとしてふり向いた。今度はどんなおかしなものを目にすることになるのかとびくつきながら。

しかし、それはただのトラックだった。

危ういところでよけて、どうにか轢《ひ》かれずにすんだ。

V

昼食をとらなくては。それに、明らかに神経過敏になっている。手の震えがひどくて、コーヒーをこぼさずにカップを持ちあげることもできないほどだった。

恐ろしいことを思いついてしまったのだ。もしどこかおかしくなったのなら、ジェイン・ペンバートンとこのまま結婚するのはまちがったことではないだろうか。愛する彼女に、こんなお荷物な夫を押しつけるのはまちがったことではないだろうか。なにしろその夫ときたら、牛乳を取り出そうと冷蔵庫をあけたら――なにが入っているかわからないような男なのだ。

ジェインを深く狂おしく愛しているのに。

そんなわけで彼はそこに座り、目の前のサンドイッチには手もつけず、希望と絶望を交互に感じながら、この一週間にわが身に起こった三つのできごとに説明をつけようとしていた。

幻覚だろうか。

しかし、あの博物館員もカモを見たではないか。

それにくらべると、あれはなんと心休まる出来事だったことか（という気がしてきた）――あの天使ミミズを見たときは、あれは幻覚だったと自分に言い聞かせることができたのだから。ただの幻覚だと。

いや待てよ。ひょっとして――

あの博物館員も、カモと同じ幻覚の一部だったとしたらどうだろう。そこにいるはずのないカモを見ることができたのなら、自分もカモを見たと認める博物館員を同じ範疇《はんちゅう》に含められないはずがあろうか。そうだ、そのとおりだ。カモと、そのカモが見える博物館員――カモ単体と同じく、その組み合わせもじゅうぶん非現実的ではないか。

すっかり元気づいて、チャーリーはサンドイッチにかぶりついた。

しかし、あの日焼けはどうだろう。あれはだれの幻覚だというのか。それとも、軽い日焼けに似た皮膚症状がいきなり出てくるような、身体的な病気かなにかがあるのだろうか。しかし、もしそんなものがあるとしても、パーマー医師がそれを知らなかったのはたしかだった。

急に壁の時計が目に入った。一時だ。危うくサンドイッチをのどに詰まらせるところだった。三十分以上の遅刻ではないか。一時間近くもこのレストランに座っていたにちがいない。

立ちあがり、走って会社に戻った。

しかし心配はいらなかった。ハプワース社長はその場にいなかったし、急ぎのチラシの原稿は遅れていて、チャーリーが戻るのとほとんど同時に届いたのだ。

危ないところだったと胸をなでおろし、そのチラシを最終工程まで持っていくことに集中した。急いでライノタイプにかけさせ、自分で校正し、植字工の肩越しに整版を見守った。煙たがられているのはわかっていたが、午後はそれでつぶれた。

そして思った。「今日が終わったら、あと一日仕事をすれば休暇で、水曜日には――」

水曜日には結婚式だ。

だが――

もしも――

ペストが緑色の上っ張りを着けて校正室から出てきた。彼を見るなり、「チャーリーったら、出る時間をまちがったお化けに出くわしたみたいな顔してるわよ。ねえ、どうしたの。冗談抜きで」

「その――いや、なんでもないんだ。あのさポーラ、家に帰ったら、ぼくは今夜ちょっと遅くなるかもしれないってジェインに伝えてくれないかな。このチラシの印刷が終わるまでついてなきゃならないから」

「それはいいけど、でも――」

「いや、いまは話してるひまがないんだ。忙しいんだよ」

彼女は肩をすくめ、校正室に戻っていった。

技術者がチャーリーの肩を叩いて、「あの、新しいライノタイプを設置するんだけど、見る?」

チャーリーはうなずいてついていった。設置を監督し、それから機械の前の操作席にすべり込んだ。「使い勝手はどう?」

「最高だよ。このブルー・ストリーク・モデルにはうっとりする。試してみてよ」

チャーリーは指をキーに走らせ、なにを打っているかろくに意識もせずに文章を組んだ。三行打って鋳造に送り、組版箱《ゲラ》から活字《スラッグ》の行を取りあげ、自分がなにを打ち込んだか初めて気づいた。

「なぜなら人死して蟲《むし》そを喰らい、天に昇りて座るは主《しゅ》の右の――」

「なんだこれ」チャーリーは言った。そして思い出したのは――

VI

ジェインはなにかおかしいと気がついた。気づかずにはいられなかった。しかし質問攻めにはせず、その夜はふだんよりずっと彼にやさしくした。

そしてチャーリーは、なにもかも打ち明ける覚悟で会いに来たのに、気がつけばその覚悟がふにゃふにゃになっていた。好きな娘といっしょにいて、部屋の照明が落としてあれば、男はいつでもふにゃふにゃになるものだ。

しかも彼女にこう尋ねられた。「ねえチャールズ――ほんとにわたしと結婚したい? あのね、もしいま迷ってて、そのせいで悩んでるんだったら、延期してもいいのよ。結婚してもいいって心から思えるぐらい、わたしのことが好きだって見極めが――」

「きみのことが好きかって?」チャーリーはあきれて言った。「なにをばかな――」

そしてそれをかなりの説得力をもって証明した。

それどころか、あまりに説得力がありすぎて、まさに延期を提案するつもりだったという初期の目的をすっかり忘れてしまった。しかしその理由は、彼女の思っていたのとはまったくちがう。ジェインを腕に抱きながら――まあその、気の毒なチャーリーはただの人の子なのであった。

恋する男は酔っぱらいと同じだ。酔っぱらいが酒の勢いでなにをしでかしても、それを責めるのはまちがっている。もちろん、そもそも酔っぱらったのがいけないと責めることはできるが、しかし恋する男にはそんな非難すら当たらない。まずまちがいなく、恋に落ちたのは男自身の落ち度とは言えないだろう。まずまちがいなく、もともとの意図はあまり褒められたものではなかっただろう。ところが抵抗にあってその意図が果たせなかったとき、昇華という精妙な化学現象により、それは星々のもとになった物質に変換されてしまうのだ。

翌日、チャーリーが精神科医を訪ねなかったのは、たぶんそのせいだろう。精神科医になんと言われるかと思うと少しこわかった。覚悟がぐらついて、ほかになにか起こってからにしようと思ったのだ。

もうなにも起こらないかもしれないではないか。

よく知られたことわざに、二度あることは三度あるという。そしてありがたいことに、もう三度めもあったのだ。

そうだ、そういうことだ。これからはもう大丈夫だ。考えてみれば、基本的にはどこも不都合なことはないじゃないか。不都合などあるはずがない。彼は健康だし、出勤するはずの日にまる一日休んだのは、この二年間であの火曜日だけだ。

そして――そうだ、いまはもう金曜日の正午で、まる二十四時間変なことはなにも起こっていない。もう二度と起こることはないだろう。

たしかに、金曜日には起こらなかった。しかし、そんな危うい独りよがりから、彼はたちまち叩き起こされることになった。

新聞記事を読んだのだ。

レストランのテーブルに着いたら、前の客が朝刊を置きっぱなしにしていた。注文をとりに来るのを待つあいだ、チャーリーはそれを読んだ。ウェイトレスが来る前に一面をざっと読み終え、スープを食べながら漫画を読み、なんの気なしに地方版を開いた。

博物館の守衛停職処分に
館長調査を指示

読み進むうちに、胃の中の冷たい塊《かたまり》がどんどん大きく冷たくなっていった。あの一件が印刷されている。

あの展示ケースのなかには、まちがいなく野生のカモがいたのだ。どうやってそこに入ったのかだれにも見当がつかなかった。カモを出すために展示ケースを分解しなくてはならなかったが、ケースじたいにはいじられた形跡はまったくなかった。埃《ほこり》が入らないようにパテで気密されており、そのパテにも異常はなかった。

記事には理由は明らかにされていなかったが、守衛は三日間の停職処分を食らっていた。文章から読みとれるかぎりでは、どうやら博物館の館長がなにもしないわけにはいかないと感じたからしかった。

紛失した貴重品はなかった。ただ、中央に穴のあいた中国の銀貨（一両硬貨）がひとつ、騒ぎのあとになくなっているのが見つかった――が、これはさほど高価な品ではない。展示ケースを分解した作業員のだれかがくすねたか、あるいはパテのくずといっしょにうっかり捨ててしまったのではないかと思われる。

記事ではこれを滑稽な事件として伝えていて、銀貨に穴があいていたから、カモがドーナツとまちがって呑み込んでしまったのだろうと書いてあった。とすれば、カモを食べてしまうのが館長にとってはいちばんの報復になるだろうと。

警察も呼ばれていたが、たちの悪いジョークだという見かただった。もっとも、だれがどんなふうにやったのかはわからないが。

チャーリーは新聞をおろし、店内の向こうをむっつりとにらんだ。

とすると、あれは明らかに二重の幻覚ではなく、カモも博物館員も妄想だったわけではないのか。かくして幻覚説の底が抜けてみて、自分がこの説にどれほどすがりついていたか、チャーリーは初めて気づいた。

また振出しに戻ってしまった。

ただ――

しかしそれはばかげている。もちろん理屈のうえでは、いま読んだ新聞記事も幻覚だという可能性はある。しかし――いや、そこまで行くととても信じられない。その伝で行けば、博物館に出かけていって館長と話をしたとしても、館長自身もやはり幻覚だということに――

「カモをお持ちしました」

チャーリーは座ったまま飛びあがりかけた。

ふと気づくと、ウェイトレスがテーブルのそばに立っていた。料理を運んできたのに、新聞が広げてあって置く場所がなかったから声をかけてきたのだ。

「すみません、ご注文はカモのローストですよね？　わたし――」

チャーリーは料理から目をそらしつつ急いで立ちあがった。「ごめん、すぐ電話をかけなきゃ」目を丸くしているウェイトレスに、そそくさと一ドル札を渡すと出ていった。まさか自分がそんなものを注文するはずが――いやちがう、彼は今日のスペシャルメニューを頼んだのだ。

しかしカモを食べられるか？　それぐらいならいっそ――いや、ミミズのフライも無理だ。身震いが出た。

まだ三十分も昼休みは残っていたが、急いで会社に戻った。ハプワース印刷会社の安全な四つの壁のなかに身を置くと、ずっと気分がよくなった。ここではなにも変なことは起こっていない。いまはまだ。

Ⅶ

基本的に、チャーリー・ウィルズはきわめて健康な若い男だ。午後二時には空腹にたえかね、雑用係の少年のひとりを階下にやって、サンドイッチを買ってこさせた。

そしてそれを食べた。とはいえ、ひとつひとつ片方のパンを持ちあげて、中身を確認せずにいられなかったのはたしかだ。ゆでたハムとバターとレタス以外になにがあると思っていたのかわからないが、もしそこに――右記の材料の代わりに――たとえば、まんなかに穴のあいた中国の硬貨があったとしても、とくべつ派手に驚いたりはしなかっただろう。

午後の印刷所はさほど忙しくなく、チャーリーには考えごとをする時間が山ほどあった。調べものをする時間さえあった。この印刷所で、数年前に昆虫学の教科書を印刷したのを思い出したのだ。その原稿の写しを見つけて、熱心にページをめくって羽根のあるミミズの記載を探した。羽根のあるミミズと呼べなくもない生物はいくつか見つかったが、後光のさすミミズとなると、それに近いものすら皆無だった。それを言うなら、金色の輪っかは無視して、本体と翼だけでも同じものがいないか探してもみたが、それでもやはり見つからなかった。

空飛ぶミミズはどこにも載っていない。

太陽が出ていないのにどうしたら日焼けができるかという問題については、参照できる――というか、参照しようと試みることのできる――医学書は社内にはなかった。

しかし「両」は辞書に載っていた。両は「テール」とも言い、一カティ（六百四・八グラム）の十六分の一だそうだ。しかし公式には、一両は百グラムに相当することになっているらしい。

どれもとくに役に立ちそうではない。

五時少し前、彼は社内の全員に挨拶《あいさつ》してまわった。今日を最後に、明日から二週間の休暇をとっているからだ。そして当然ながら、返ってくる挨拶には目前の結婚式への祝いの言葉も混じっていた。結婚式は休暇の最初の週に挙げることになっているのだ。

全員と握手をしなくてはならなかったが、もちろんペストは例外だ。休暇の最初の数日間にはしょっちゅう会うことになるはずだから。それどころか、帰宅する彼女といっしょにペンバートン家に向かい、そこで夕食をごちそうになった。

静かで落ち着いた楽しい夕食だった。おかげで、日曜の朝からこっちでは最高に気分がよかった。ペンバートン家というこの静かな港では、彼の身にふりかかってきたばかばかしい事件は、あまりにも非現実的で突拍子もないことに思え、ほんとうにあったこととは思えないほどだった。もう二度とあんなことは起こらないだろうと、心の底からそう思えた。二度あることは三度あると言うが、もう三度起こってしまったのだ。もしもまたなにかあったら――いや、そんなことがあるはずはない。

たしかにそんなことはなかった。その夜は。

寝るのが遅くなってはいけないとジェインが心配するので、九時にはペンバートン家をあとにした。しかし、彼女のお休みのキスはとてもやさしく、かつまたたいそう効果的だったから、通りを歩いて帰るとき頭はバラ色の雲のうえだった。

そのときだしぬけに——いわばどこからともなく——チャーリーはあの博物館員のことを思い出した。展示ケースのカモのせいで、あの人は停職処分になって、三日ぶんの給与をふいにしたのだ。あのカモ事件がチャーリーのせいだとしたら（間接的にではあっても）、みずから名乗り出て博物館の館長に説明すべきではないだろうか。あの人にはなんの責任もなく、だから処罰にはあたらないということを。

なにはともあれ、彼つまりチャーリーのせいで、あの人はたぶん死ぬほどこわい思いをしたにちがいない。今度は展示ケースではなく、石棺で同じことをしてみせようかと彼が言ったのは事実なのだ。おかげで博物館員の話は支離滅裂になって、それでだれからも信じてもらえなかったのだろう。

しかし——ほんとうのところ、あれは彼のせいなのだろうか。そんな説明をする責任が——

そこでまた、解けない謎を解こうとして、不可能性というレンガの壁に頭を何度もぶつけてしまった。

そしていきなり、自分は意気地なしだったと気がついた。ジェインとの婚約は解消すべきだったのだ。一週間という短い期間に三度もあったことが、もう二度と起こらないなどとどうして言えようか。

なんてことだ！　結婚式の最中にだって起こりかねない。結婚指輪を手にとろうとしたら、それが——

一ブロックと歩かないうちに、至福のバラ色の雲のうえから、絶望の黒い泥沼に沈んでいた。

今夜のうちに話をしようと、まわれ右をしてペンバートン家に引き返しかけたが、そこで気が変わった。代わりにピート・ジョンスンの家に寄って話をすることにした。

もしかしてピートなら――

彼がほんとうに望んでいたのは、ピートに引き止めてもらうことだった。

Ⅷ

ピート・ジョンスンの家には一ガロン（約三・八リットル）入りのワインの壜があって、まだほとんどいっぱいだった。まろやかなシェリーで、ピートはそれを味見して、すっかりまろやかにできあがっていた。

チャーリーの話を聞こうともせず、まず一杯飲めと言い、さらに二杯めを注いだところで、ピートはやっとこう言った。「なんか気にかかってることがあるんだろ。話せよ、聞くから」

「あのさピート、ミミズの話はしたよな。ていうか、あのときおまえはその場にいたも同然だもんな。それから火曜日、出勤途中になにがあったかも知ってるだろ。だけど昨日さ――ずっとやばいことが起こったんだよ。ていうのは、おれ以外にも見てるんだ。カモなんだけど」

「カモがなんだ?」

「展示ケースの――いや、最初から話すよ」というわけでチャーリーは話し、ピートはそれを聞いた。

「なるほど」と考え込むように言った。「新聞に載ってたってことは、考えなきゃいけない可能性はひとつ減るわけだ。よかったじゃないか。なあ、なにをそんなに気にしてるんだよ。大げさに考えすぎじゃないのか」

チャーリーはシェリーをまたひと口飲み、煙草に火をつけ、「そうかな」と期待を込めて言った。

「まあなんだ、おかしなことが三つ起こったってわけだな。だけど、ひとつひとつをとってみりゃ、どれも大したことじゃないじゃないか。みんなそれぞれ説明がつくだろ。三つとも一挙に説明がつくような答えにこだわってるから、にっちもさっちも行かなくなるんだよ。

全部が関連してるなんてどうしてわかるんだ。それぞれ分けて考えてみれば——」

「それじゃ、おまえ考えてみてくれよ」チャーリーは言った。「どうやったら説明がつくっていうんだ」

「最初のは簡単だろ。腹具合が悪かったかなんかで、完全に幻覚を見たんだよ。だれにだってたまにはあることだからな。さもなきゃ——おんなじぐらい単純な可能性もあるぞ。新種の虫かなんかだったんだよ。いいか、まだ分類もされてない虫なんか、たぶん何千何万といるんだぜ。毎年新種が見つかってるんだ」

「なるほど」とチャーリー。「それじゃ日焼けは?」

「まあ、医者だってなにもかもわかってるわけじゃないからな。御者が馬に鞭をくれてるのを見て、おまえ頭に血が昇ったんだろ。怒りには生理的な影響があるじゃないか。そのせいで歯車が狂ったんだよ。きっと皮膚の発熱腺《せん》がおかしくなったんだ」

「皮膚の発熱腺ってなんだ」

ピートはにっと笑った。「おれがいまでっちあげたのさ。だけどあっても不思議はないだろ。

医者はしょっちゅう新しいのを見つけたり、古いのの新しい機能を見つけたりしてるんだからさ。人間の身体には、皮膚の温度を一定に保つためのサーモスタットみたいなのがあるんだよ。たぶんそれが一分ほど狂ったんだろう。たとえばさ、脳下垂体は役に立ったり、悪さをしたりするじゃないか。副甲状腺《ふくこうじょうせん》とか、松果体《しょうかたい》とか、副腎《ふくじん》とか、みんなそうだ。

ほらな、大したことじゃないだろ。もっとワインを飲めよ。それで、次はカモだな。ほかのふたつがなかったら、これだってすごいことでもなんでもない。まちがいなくただの悪ふざけだよ。博物館側がやったか、博物館で働いてるだれかがやったんだろう。そこにおまえが居合わせたのはただの偶然だよ」

「だけど、あの展示ケースは――」

「展示ケースのことなんか気にすんな！　きっとやりかたがあるんだよ。自分で調べてみたわけじゃないだろ。新聞なんてなんとでも書くさ。それにそういうことなら、サーストンとかフーディニみたいな奇術師がやってることを見ろよ。やる前にもあとにも人に容器のチェックをさせてるんだぜ。ひょっとしたら、ただのジョークじゃなかったって可能性もあるな。なにか目的があってやったのかもしれない。けど、その目的がおまえと関係があるってどうして思うんだ。そりゃ自意識過剰ってもんだよ」

チャーリーはため息をついた。「そりゃそうだけど、でも――その三つをまとめて考えると――」

「なんでまとめて考えるんだよ。いいか、おれは今朝、人がバナナの皮ですべって転ぶのを見た。午後にはちょっと歯が痛くなった。夜には、何年も会ってなかった女の子から電話があった。だけど、この三つをまとめて考えて、共通の原因があるなんてどうして考えなくちゃならないんだ。

すべての裏になにかあるなんて考えだしたら、頭がおかしくなっちまうぞ」

「なるほど」チャーリーは言った。「たしかに一理あるな。でも——」

「でも——」にもかかわらず、帰るころには気分は上向き、不安は消え、ついでにまろやかにできあがっていた。そしてなにごともなかったかのように、結婚に向けて物事を進めていく気になっていた。考えてみれば、大したことはなにも起きていないではないか。ピートの言うとおりだ。

土曜日の朝、チャーリーはぐっすり眠っていて、目が覚めたときはもう正午近かった。

そして土曜日にはなにも起こらなかった。

IX

なにも——というのは、ゴルフボールがなくなったのを勘定に入れなければの話だ。チャーリーは入れないことにした。ゴルフボールはしょっちゅうなくなるものだ。それどころか、へたくそなゴルファーにとっては、十八ホールをまわるあいだにひとつもなくならないほうが珍しいぐらいだ。

だいたい、ラフに飛び込んだんだからな。

十四番のロングホールでティーショットをスライスさせてしまい、ボールは曲がってフェアウエイからそれ、地面に当たってバウンドし、大きな木の裏側で止まった。ボールとグリーンのちょうどまんなかに、木が立ちはだかる格好になる。

チャーリーは「ちくしょう！」と大声で吐き捨てた。このホールまでは、百を切れるチャンスがかなりあったのだ。それなのに、チップしてボールをフェアウェイに戻すために打数をむだにしなくてはならない。

ピートがフックさせて反対側の林にボールを飛び込ませるのを見届けてから、チャーリーはバッグをかついでボールの落ちたほうへ歩いていった。

しかし見当たらなかった。

木の裏側、ボールが落ちたと思ったあたりには花輪が落ちていた。花はしおれていて、紫色の紐《ひも》に通してあるのがすきまから見えた。チャーリーはそれを持ちあげてその下を見たが、ボールはなかった。

では遠くへ転がっていったにちがいない。探したがやはり見つからない。いっぽうピートは自分のボールを見つけてリカバリー・ショットを打っていた。こっちへやって来てチャーリーといっしょにボールを探し、あとの四人組《フォアサム》にお先にどうぞと手をふった。

「ここに止まったと思ったんだけど」チャーリーは言った。「先に転がっていっちゃったんだな。しょうがない、あのフォアサムがここを打ち終わるまでに見つからなかったら、べつのをドロップするよ。そうだ、どうしてここにこんなものが落ちてたんだろう」

気がつけば、まだ手にさっきの花輪を持っていたのだ。ピートはそれを見て身震いした。「うげえ、なんて色の組み合わせだ。濃青色と赤と緑に紫のリボンかよ。くせえな」たしかに多少におってはいたが、ピートのところに届くほど強いにおいではなかったし、また彼が言ったのはそういう意味ではなかった。

「ああ、でもこれなんだろう。なんでこんなとこに——」

ピートはにっと笑った。「ハワイで首にかけてるやつに似てるな。レイって言うんじゃなかったっけ。おい！」

チャーリーの顔にさっと驚愕《きょうがく》の表情が浮かんだのに気づいて、ピートはそれを引ったくり、林のなかに投げ込んだ。「いいか、チャーリー」彼は言った。「あんなもんを、おまえの偶然の連続のひとつに数えるんじゃない。だれがどういう理由でここに落としていったかわからないじゃないか。ほら、ボールを探して準備しようぜ。あのフォアサム、もうグリーンに乗ってるぞ」

ボールは見つからなかった。

そこでチャーリーはべつのボールをドロップした。九番アイアンでフェアウェイのまんなかに打ち出し、二番ウッドのショットはうなりをあげてまんまんなかを飛んでいき、ピンから十フィートの位置につけた。一度のパットで沈めて、ロストボールのペナルティを加えてもパー・ファイブでホールをあがった。

結局、百は切った。勘定に入れないことにはしたものの、クラブハウスに戻って着替えながらこう言ったのはたしかだ――「なあピート、十四番ホールでなくなったボールだけどさ、やっぱりちょっと変じゃないかな、あれ――」

「ばか言うな」ピートは唸《うな》るように言った。「いままでボールをなくしたことがないっていうのかよ。たしかにここに落ちたと思ったのに、ほんとにあったのはそこから二十フィート、へたすりゃ四十フィートも先だなんてこともあるじゃないか。遠近感でだまされるんだよ」

「うん、でも――」

また「でも」だ。ここのところ、なにがあってもこれが最後の言葉になるような気がする。おかしなことが次から次に起こり、ひとつひとつを見れば説明がつかないこともない。それはそうだ、でも――

「飲めよ」ピートは言って、ボトルを渡してよこした。

チャーリーは飲み、気分がよくなった。何口か飲んだ。べつにかまうことはない。ジェインは今夜、女友だちがシャワー・パーティ（結婚や出産を控えた女性にみなでプレゼントをするパーティ）を開いてくれると言っていたから、酒くさい息をかがれる心配はないのだ。

彼は言った。「ピート、今夜あいてるか。ジェインは予定があるし、おれはあと数日で独身じゃなくなるし――」

ピートはにっと笑った。「なにをしようってんだ、酔っぱらおうってか。いいとも、おれも仲間に入れてもらうよ。あと二、三人呼んでもいいいな。今日は土曜日で、明日はみんな休みなんだから」

X

そしてまちがいなく、日曜日はみんな休みでありがたかった。ほとんどの者は、仕事をしたくてもできなかっただろうから。男どうしの夜《スタッグ・イブニング》は大成功だった。まずトニーズで飲み、それからボウリング場に繰り出した。こっちのレーンで投げたボールが、溝を飛び越えてとなりのレーンのピンを倒していると言って、ボウリング場の支配人が怒りだした。

それでそこを出て――

翌朝、チャーリーは行った場所とやったことをすべて思い出そうとし、思い出せなくてよかったのだと思うことにした。第一に、レイを首にかけたハワイアン・ギターの奏者に、喧嘩《けんか》をふっかけようとしたといううっすらとした記憶があった。こいつがゴルフボールを盗んだんだと酔っぱらって難癖をつけたが、警察が呼ばれないうちにと、仲間たちの手で店の外へ引きずり出されたような。

そして一時ごろに食事をしたが、チャーリーが強硬に主張したものだから、四軒も店をまわったあげくにやっとカモ料理を出す店を見つけた。彼はゴルフボールの仕返しにカモを食ってやると言って聞かなかったのだ。

全体として見ると、やたらとでたらめで大成功のどんちゃん騒ぎだった。それを思えば、軽い二日酔いぐらい大したことはない。

なにしろ結婚は一生に一度なのだ。少なくとも、ジェイン・ペンバートンみたいな娘に愛されて、それで二度も三度も結婚する男はいない。

日曜日には、常とちがうことはなにも起こらなかった。ジェインに会い、またペンバートン家で夕食をふるまわれた。そしてジェインを見るたび、ジェインに触れるたび、チャーリーはなんだか、新米パイロットが初めて高速飛行機で逆宙返りをするときのような気分を味わったが、それはべつに常とちがうことではなかった。哀れな恋する男はそういうものだ。

XI

しかし、月曜日には――

月曜日は、真になにもかも台無しになった日だった。月曜日の午後五時五十五分以降、チャーーリーはもうお手上げだと悟ったのだ。

午前中、結婚式を挙げてもらう牧師と打ち合わせをし、午後には最後の買い出しに出かけ、上から下まで服を何着も買い込んだ。思っていたよりだいぶ時間がかかった。

五時半、結婚指輪を受け取りに行く時間があるか心配になってきた。もう買って代金は支払ってあるのだが、しかるべくイニシャルを彫ってもらうためにまだ宝石店に預けたままだったのだ。

五時半、彼はまだ街の反対側にいて、スーツの直しを待っていた。そこで、仕立屋からピート・ジョンスンに電話をかけた。

「あのさ、ピート、頼まれてくれないか」

「いいとも、チャーリー。どうした」

「結婚指輪なんだが、宝石屋が閉まる六時前に受け取っときたいんだ。そうすれば明日またダウンタウンまで出てこなくてすむしさ。おまえんとこから一ブロックの、スコーウォルド&ベニングズって店だ。もう代金は払ってあるから、受け取ってきてもらえないかな。店に電話して、おまえに渡すように頼んどくよ」

「お安いご用だ。それでおまえ、いまどこにいるんだ。今夜はダウンタウンで食事するつもりなんだが、いっしょにどうだ」

「いいとも。あのさ、おれもたぶん間に合って行けると思うんだ。ただ念のために電話しただけなんだよ。だからさ、店で待ち合わせしようぜ。おまえには六時五分前に店に行って指輪を受け取ってもらって、おれもできれば同じころに着けるようにするよ。もし間に合わなかったら、店の外で待っててくれるか。どんなに遅くても六時十五分には着くから」

受話器をおろしたときには、もうスーツは仕上がっていた。チャーリーは代金を払い、外へ出てタクシーを探した。

タクシーを拾うのに十分かかったが、それでも宝石店の閉店時間には間に合いそうだった。実際、ピートに電話をするまでもなかったかもしれない。これなら楽に五時五十五分には着けるだろう。

タクシーを降りて料金を払い、店の入口に向かって歩きだしたのは、その時刻の数秒前のことだった。

スコーウォルド&ベニングズ店の敷居をまたぐのと同時に、おかしなにおいに気がついた。さらに一歩なかに足を踏み入れて、なんのにおいかわかったときはもう遅かった。

まともに食らった。なんのにおいか知ろうとしてとっさに深く吸ってしまったのだ。濃度も純度も強烈で、二度吸い込む必要すらなかった。肺がたちまちそれでいっぱいになる。

視野が歪《ゆが》んで床が何キロも遠くにあるように見えたが、それがゆっくりと彼を迎えに近づいてきた。ゆっくりと、しかし確実に。けっこう長いあいだ空中に浮かんでいたような気がする。倒れるより早く、すべてが慈悲深い暗黒と虚無に呑み込まれた。

XII

「エーテルですね」

チャーリーはぽかんとして白衣の医師を見つめた。「で——でも、エーテルなんかどこから出てきたんですか」

ピートもその場にいて、医師の肩越しにチャーリーを見おろしていた。ピートの顔は青ざめて引きつっている。医師が肩をすくめるより早く、ピートは口を開いていた。「心配するな、チャーリー。パーマー先生がこっちに向かってる。おれも言ったんだよ――」

チャーリーは胸がむかむかした。それもひどく。「エーテルですね」と言った医師もパーマー医師もその場におらず、ピートがいま言い合いをしている相手は、押し出しのよい長身の紳士だった。立派なあごひげをたくわえ、鶏を狙う鷹のような目をしていた。

ピートはこう言っていた。「こいつのことはほっといてくれ。くそ、おれはこいつをガキのころから知ってるんだ。精神科医なんか必要ない。気を失ってるあいだにおかしなことを口走ったのはたしかだけど、エーテルに酔ってればだれだってばかなことぐらい言うだろ」

「誤解ですよ」――長身の男が猫なで声で言った――「病院側がわたしに診察を依頼してきたのは、ご友人が正気だと証明するためなんです。もちろんできればですが。ご友人がエーテルを吸ったのにはちゃんとした理由があったのかもしれません。また、先週初めてここにいらしたときの問題についても。正常な人ならとうぜん――」

「くそったれ、こいつは自分でエーテルを吸ったわけじゃないんだぞ。タクシーを降りて店に入ってくるのをおれは見てたんだ。ふつうに歩いてたし、両手とも下におろしてた。それなのに、いきなり引っくり返ったんだ」

「つまり、近くにいただれかがやったというんですね」

「近くにはだれもいなかったよ」

チャーリーは目を閉じていたが、声の調子から精神科医が微笑《わら》っているのはわかった。「では、ご友人が自分で自分に麻酔をかけたことになりますな」

「ちくしょう、わかるもんか。おれはただ、こいつはエーテルなんか――」

「ピート！」自分の声だった。気がつけば目も開いている。「そいつにくたばれって言ってやれよ。精神病だって証明したけりゃすればいい。どうせおれは狂ってるよ。あのミミズやカモの話もしてやれよ。精神病院に入れたけりゃ入れたらいい。言ってやれよ――」

「おやおや」またあごひげの声が言った。「ではあなたは、その――妄想の既往があるのですか」

「チャーリー、よけいなことを言うな！ 先生、こいつはまだエーテルに酔ってるんだよ。相手にしないでくれ。自分がなにを言ってるかわからない状態のときに、精神分析をやるのは反則だよ。おれだって、ちょっとしたことで――」

「反則ですって？ 精神分析は勝ち負けを競うゲームではないんですよ。わたしはこの若いかたのためを心から思っているんです。このかたの――その――錯乱は治療できるでしょうし、わたしとしては――」

チャーリーはベッドのうえで上体を起こし、怒鳴った。「出ていけ、出ていかないと――」

また目の前が真っ黒になった。

曲がりくねった暗闇、濃くてすすけていて胸の悪くなるような闇。狭いトンネルを、光に向かって這《は》い進んでいるようだった。とだしぬけに、また意識が戻ったのに気づいた。しかし、まわりに人がいるかもしれないし、目をあけたら話しかけたり質問したりされるかもしれないから、目はしっかりつぶったままにしていた。

目をしっかりつぶったまま考えた。

どこかに答えがあるはずだ。

答えなんかどこにもない。

天使のようなミミズ。

熱波。

硬貨の展示ケースのなかのカモ。

趣味の悪いしおれた花輪。

入口のエーテル。

関連を見つけろ。かならず関連性があるはずだ。意味があるはずだ。ないはずがあるものか！すべてに共通するなにか。すべてをつなぐなにか、すべてを結びつけて意味のあるまとまりにしているもの。理解できるもの、そしてなんとか手を打てる——戦うことのできるもの。

ミミズ。

熱。

カモ。

花輪。

エーテル。

ミミズ。

熱。

カモ。

花輪。

エーテル。

ミミズ、熱、カモ、花輪、エーテル、ミミズ、熱、カモ、花輪——

頭のなかにそれが響きわたって、トムトムを叩いてでもいるようだ。それは暗闇からこちらに向かってわめきたて、わけのわからないことを言いつづけている。

XIII

眠っていたにちがいない。あれを眠りと呼べればだが。

また真昼になっていて、室内には看護婦がひとりいるだけだった。「今日は――何曜日?」彼は尋ねた。

「水曜日の午後ですよ、ミスター・ウィルズ。ご気分はいかがですか」

水曜日の午後。結婚式の日だ。

もう中止の連絡をする必要はないだろう。ジェインは知っている。みんなが知っている。だれかが代わりに中止してくれただろう。男らしく自分で中止にするべきだったのだ、こんなことになる前に――

「ミスター・ウィルズ、お見舞いのかたがいらしてますよ。お会いになれそうですか」

「え――だれ?」

「ミス・ペンバートンとおっしゃるかたと、そのかたのお父さんです。それとミスター・ジョンスンとおっしゃるかた。お会いになります?」

さて、どうしたものか。

「ちょっと訊きたいんだけど、ほんとのところ、ぼくはどこが悪いのかな。つまりその――」

「重いショック症状を起こしたんですよ。でも、この十二時間はぐっすり眠ってましたし、肉体的には悪いところはぜんぜんありません。起きたければ起きてもかまいませんよ。もちろん、退院は無理ですけど」

そりゃ退院は無理に決まっている。精神病院送りの瀬戸際で押さえられているのだから。瀬戸際もいいところだ。まさに前途洋々だ。

水曜日。結婚式の日。

ジェイン。

いまはとても会う気には――

「あの、それじゃ」と彼は言った。「ミスター・ペンバートンだけなかに呼んでもらえないかな。いまはちょっと――」

「いいですとも。ほかにご用はありませんか」

チャーリーは力なく首をふった。自分で自分がかわいそうでしかたがない。だれになにを頼んでもいまはなんの役にも立たない。

ミスター・ペンバートンはそっと手を差し出してきた。「チャールズ、なんと言っていいか――」

チャーリーはうなずいた。「いいんです。その――わかってくださると思いますけど、いまはジェインには会いたくないんです。わかってますから――こうなった以上は、もう――」

ミスター・ペンバートンはうなずいた。「ジェインは――その――わかっているよ、チャールズ。きみに会いたがってるが、会ったらふたりともますますつらいだけなのはわかっているんだ。少なくともいまはまだ。チャールズ、なにかわたしたちにできることがあれば――」

だれにせよ、できることなどあるだろうか。

ミミズの翼を引き抜いてもらうか。

カモを展示ケースから出してもらおうか。

なくなったゴルフボールを見つけてもらうか。

ペンバートン父娘が帰ったあと、ピートが入ってきた。こんなに口数の少ない、元気のないピートを見たのは初めてだった。

「チャーリー、話をする元気があるか」

チャーリーはため息をついた。「それがなにかの役に立つんならな。身体はなんともないんだ。だけど――」

「なあ、あきらめちゃだめだ。どこかに答えはあるはずだ。なあ、おれはまちがってた。つながりはあるんだよ。おまえの身に起こったおかしな事件はみんなつながってるんだ。そのはずだ」

「なるほど」チャーリーは疲れた声で言った。「どんな?」

「それをこれから見つけるんだよ。第一に、精神科医どもを出し抜かなくちゃならない。おまえが元気になって、攻撃しても大丈夫となったら待ってましたと攻め立ててくるぞ。だけど、あいつらの視点に立って考えてみれば、なんと言えばいいかわかるはずだ。まず――」

「どれぐらいばれてるんだ?」

「そうだな、意識が飛んでるあいだに、ミミズやカモやゴルフボールがどうしたってうわごとを言ってたけど、あれはただのうわごとだで片がつくだろう。眠ってるあいだにしゃべったことだし、夢でも見たんだってな。なんのことかわからない、それに関連するようなことも思い当たらないってがんばればいい。たしかに、カモの件は新聞に載っちまってるけど、でかい記事じゃないし、おまえの名前は出てないしな。あれと結びつけられることはないだろう。もし結びつけられても、ちがうって言えばすむ。あとはおまえが二回も引っくり返って、意識を失ってここに担ぎ込まれたってことだけだな」

チャーリーはうなずいた。「精神科医はなんて言ってる?」

「首をひねってるよ。一度めのは、あいつらにもちんぷんかんぷんみたいだ。あれは無視することにしたみたいだぜ。二度めのは——あれは、おまえが自分でエーテルを吸ったんだって言ってる」

「でもどうしてだ。自分にエーテルを嗅《か》がせるやつなんかいるのか」

「正気の人間ならやらないだろうな。そこなんだよ。正気じゃないから、あんなことをしたんだっていうわけさ。おまえが正気だってことを納得させられれば、そしたら——なあ、元気を出さなきゃだめだぞ。おまえの行動は急性の鬱病《うつびょう》だって診断されかけてるんだ。そういうのは重度鬱病の一歩手前なんだとさ。だからな、明るくふるまわなきゃだめだ」

「明るくふるまえって? ほんとなら今日の二時には結婚するはずだったのにかよ。そうだ、いま何時?」

ピートはちらと腕時計を見て、「えーと——その、気にすんな。そうだな、なんでひどく気分が滅入《めい》ってるのか訊かれたら、そんときは——」

「うるせえ、おれは精神病だったらよかったと思うよ。少なくとも、それなら意味は通るもんな。それにこんなことがこれからも続いたら、ほんとに——」

「そんな言いかたはやめろ。あきらめちゃだめだ」

「ああ」チャーリーは投げやりに言った。「あきらめずにどうするんだ」

ドアに軽くノックの音がして、看護婦がなかをのぞき込んできた。「ミスター・ジョンスン、すみません。面会の時間は終わりです」

XIV

なにもすることがなく、いくら考えても無益な堂々めぐりで結論は出ない。しまいに、このままなにもせずにいたら頭がおかしくなると思った。

服を着るか。服を持ってきてもらって着替えてみた。ただ、靴ではなくスリッパを履かされた。ともかく、着替えるのは時間つぶしにはなった。

ベッドに寝ているのにも飽きたから、気分転換に椅子に座ってみた。椅子に座るのに飽きると、気分転換にうろうろ歩きまわった。

「いま何時？」

「七時です」

七時か。ほんとうなら結婚して五時間になっていたはずなのに。

ジェインと結婚するはずだったのだ。きれいで、華があって、かわいくて、愛情深くて、思いやりがあって、思わずキスしたくなる、ふんわりしていて愛しいジェイン・ペンバートン――ほんとうなら、いまから五時間前にはジェイン・ウィルズになっていたはずなのに。

いまとなってははかない夢だ。

ただ――

あの問題を。

解決するんだ。

でないと気が狂ってしまう。

どうしてミミズに後光がさすんだ。

「ミスター・ウィルズ、パーマー先生が見えましたけど――」

「やあチャールズ、これでも大急ぎで駆けつけてきたんだよ、きみが――その――昏睡《こんすい》から覚めたと聞いたときは、お産があって手が離せなくてね。気分はどうだね」

気分は最悪だ。

わめきながら壁紙をびりびりにしてやりたかったが、ここの壁は白く塗られていて壁紙は貼られていない。それならわめくだけでも――

「気分はいいです」チャーリーは言った。

「ここに運ばれてから、なにか――その――変わったことは起こらなかったかね」

「なにも。でも先生、説明してもらえませんか、これはどういう――」

パーマー医師は説明した。医者はいつでも説明するものだ。神経症とか自己催眠とか、心的外傷とか、室内にそんな言葉が充満した。

しまいに、チャーリーはまたひとりになった。わめきだしもせず、ずたずたに引き裂いてやろうともせず、パーマー医師に対しても落ち着いてさようならを言った。

「いま何時ですか」

「八時だよ」

結婚して六時間。

なぜ、カモなんだ。

考えろ。

さもないと頭がおかしくなる。

次はなにが起こるのだろう。「こういうことがずっとつきまとってくるなら、おれは死ぬまで精神病院から出られない」

八時か。

結婚して六時間。

なぜレイなんだ。エーテルなんだ、熱波なんだ。

どこに共通点があるんだ。なぜカモなんだ。

それで、次はいったいなにが起こるんだ。そもそも次はいつなんだ。待てよ、これは推測できるかもしれない。これまで何回起こったかというと――五回だ、なくなったゴルフボールも入れれば。頻度はどれくらいだったか。ええと――ミミズは日曜日の朝だ、釣りに行く前だった。熱中症は火曜日だ。博物館のカモは木曜日の正午、休暇が始まる二日前だった。ゴルフとレイは土曜日で、エーテルは月曜日――

二日に一度だ。

周期性があるのか？

室内を行ったり来たりしていたが、そのときふとポケットに手を入れて、鉛筆とメモ帳を取り出し、椅子に腰をおろした。

ひょっとして――正確な周期があるのでは？

まず「ミミズ」と書いて、ちょっと考えた。釣りに行くためにピートが五時十五分に迎えに来ることになっていて、彼はちょうどその時刻に階下におりて、すぐに花壇の土を掘り返して――

そうだ、午前五時十五分だった。それを書き留めた。

「熱波」。ええと、あのときは会社から一ブロックのところに来ていて、会社には八時半ちょうどに着くはずで、角の時計の前を通ったときにちらと見たら、会社に着く時刻まであと五分で、そのときあの御者を見たから――「八時二十五分」と書き留めた。それから計算してみた。

二日と三時間十分。

よし、次はどうだ。博物館のカモ。これもかなり正確に時刻はわかっていた。ハプワース社長に早めに昼食をとるように言われて、会社を出たのが――えーと――十一時二十五分だった。あのブロックを歩いて博物館に着いて、中央通路を通って貨幣展示室に入るまで十分として――すると十一時三十五分ぐらいか。

そこから前の時刻を引いてみた。

口笛を吹いた。

二日と三時間十分。

あのレイはどうだろう。ええと、クラブハウスを出たのが一時半ごろ。十三番ホールまで終えるのに、まあ一時間十五分ぐらいかかったとして――すると、あれは二時半から三時ぐらいということになる。あいだをとって二時四十五分にしておくか。これでだいたい合っているだろう。引いてみた。

二日と三時間十分。

周期的だ。

次のをそこから推測してみた。四回めは月曜日の五時五十五分に起こるはずだ。もしも――まちがいない。ちょうど六時五分前に、宝石店のドアからなかに入って、麻酔薬をかがされたのだ。

　ぴったりだ。

　二日と三時間十分。

　周期的だ。

　ついに関連性が見つかった。あのおかしなできごとはすべてつながっているのだ。いつも――ええと――五十一時間十分ごとに、なにかおかしなことが起こっている。

　でもなぜだろう。

　廊下に首を突き出した。

「看護婦さん、看護婦さん。いま何時？」

「八時半ですよ、ミスター・ウィルズ。なにかお持ちしましょうか」

　そうね、どうしようかな。シャンパンがいいかな。それとも拘束服か。どっちだ。

　問題は解けた。しかし、その答えが突拍子もないのは問題じたいと大して変わらない。いや、もっと突拍子もないかもしれない。それに今日は――

　急いで計算してみた。

　あと三十五分だ。

　またなにかが起こるのだ、あと三十五分で！

　空飛ぶミミズとか、密封された展示ケースでカモがガーガー言いながら窒息するとか――

　それとも、また危険なことだろうか。熱波で日焼けするとか、とつぜん麻酔をかけられるとか――

　ひょっとしたらもっと悪いことかも。

コブラとか一角獣とか悪魔とか人狼とか吸血鬼とか、名前も知らない怪物とか。

九時五分になにかが起こる。あと三十分。

開いた窓から急に風が吹き込んできて、ひたいが冷えた。汗に濡れていたのだ。

あと三十分。

XV

うろうろ歩きまわる。こっちに四歩、まわれ右してまた四歩。考えろ、考えろ、考えるんだ。

問題の一部は解けた。残りはなんだ。その首根っこを押さえなければ、こっちの首が危ない。

周期性。これは問題の一部だ。二日と三時間十分ごとに——

なにかが起こる。

なぜだ。

なにが起こるんだ。

どういうからくりで？

みんな関係があるんだ。すべてあるパターンの一部で、なにか意味があるんだ。でなかったら、まったく同じ間隔を置いて起こるはずがない。

関係を見つけろ。ミミズ、熱、カモ、レイ、エーテル——

見つからなければ気が狂う。

狂う。狂う。狂ってしまう。

関係があるはずだ。カモはミミズを食う。それとも食わないのかな。レイを作るのには花が必要で、花が咲くには熱が必要だ。彼の知るかぎり、ミミズは花を食べるかもしれないが、それがレイとなんの関係があるんだ。それにエーテルとカモは？　カモは動物で、レイは植物で、熱は振動で、エーテルは気体で、ミミズは——ミミズはいったいなんだ？　それになんでミミズが飛ぶんだ。なんでカモが展示ケースのなかにいるんだ。穴のあいた中国の硬貨がなくなったのはどうしてだ。ゴルフボールは足すのか引くのか、X＝後光で、Y＝羽根だとしたら、X＋2Y＋ミミズ＝……

外のどこか、濃くなっていく闇のなかで時計が鳴りだした。

一回、二回、三回、四回、五回、六回、七回、八回、九回——

九時になった。

あと五分。

あと五分でまたなにかが起こる。

コブラか一角獣か悪魔か人狼か吸血鬼か。それとも冷たくてぬるぬるした名もないなにかか。

なにがあっても不思議はないのだ。

行ったり来たり、こっちに四歩、あっちに四歩。

考えろ。考えるんだ。

ジェインは二度と取り戻せない。愛しいジェイン、その腕に抱かれていればほかにはなにも要らなかった。ジェイン、ぼくは精神病じゃない。精神病よりなお悪い。ぼくは——

いま何時だ？

もう九時二分にはなっただろう。三分かもしれない。

なにが起こるんだ？　コブラか、悪魔か、人狼か——

今度はなんだろう。

九時五分過ぎに——なにが？

もう四分は経ったにちがいない。そうだ、少なくとも四分は過ぎた。ひょっとしたら四分半かも——

とつぜん叫び声が噴き出してきた。待つのにはもう耐えられない。

解けるわけがない。しかし解かなくてはならない。

でなければ気が狂う。

狂う。

もう狂っているのにちがいない。狂ってしまったのだ、生きることに耐えかねて。闘いようのない相手と闘うのに、打ち負かしようのない相手を打ち負かそうとするのに耐えかねて。壁に頭を——

いつのまにか走りだしていた。ドアから飛び出し、廊下を走る。

急げば間に合うかもしれない。九時五分になる前に自殺するのだ。そうすれば知る必要はない。

死のう、死んで終わりにするのだ。このゲームに抵抗するにはそれしかない。

刃物が要る。

どこかにあるだろう。メスは刃物だ。

廊下を走った。背後で看護婦の声がする。叫んでいる。足音。

走れ。どこに？　どこでもいい。

あと一分もない。たぶん数秒しかない。

もう九時五分かもしれない。急げ！

「用具室」と標示のあるドア――力まかせにあけた。

シーツの棚。モップとほうき。モップやほうきで自殺はできない。シーツをのどに詰めて窒息はできるかもしれないが、一分以内では無理だし、医師やインターンが駆けつけてくるだろう。制服。桶《おけ》。棺桶《かんおけ》に飛び込め。でもどうやって？　ああ あった、上の棚に――

厚紙の箱、もうあいている。「アルカリ洗剤」の文字。

苦しいかな。苦しいだろうが、長くは続くまい。早くしろ。箱を手にとる。角があいている。傾けて口のなかに流し込む。

しかし、それは白くて灼《や》けつく粉末ではなかった。厚紙の箱から落ちてきたのは小さな銅貨がひとつ。口のなかから取り出し、持ちあげて、ぼうぜんと見つめた。

ではもう九時五分になったのか。洗剤の箱から落ちてきたのは、小さな外国の銅貨がひとつ。いや、博物館の展示ケースから消えた中国の一両貨ではない。あれなら銀貨だし、穴があいているはずだ。それに文字が中国の文字ではなかった。硬貨を集めていたころの記憶が正しければ、ルーマニアの硬貨のようだった。

そのとき、両腕をだれかにしっかりつかまれ、病室に連れ戻された。だれかに静かな声でずっと話しかけられていた。

それから彼は眠り込んだ。

XVI

夢も見ずにぐっすり眠り、目が覚めたら木曜の朝だった。不思議とさっぱりして、みょうに晴れ晴れとした気分だった。

前の晩、なにかが起こるのを待ち受けていたあの恐怖の三十五分間に、たぶんどん底まで落ちたのだろう。それで跳ね返ってきたのだ。

精神科医なら、強い感情的なストレスを受けたせいだと説明するだろう。それで一時的に重度の鬱状態に陥ったのだと。精神科医は単純なことを複雑にするのが好きなのだ。

要するに、気の毒にも数分間頭がおかしくなったということだ。

そして、あの小さな銅貨という拍子抜けもいいところのばかげた結末のおかげで、チャーリーはターニングポイントを迎えたのだ。名状しがたく恐ろしいものを待ち受けていたら――出てきたのは小さな銅貨がひとつ。予防接種も同然だ、笑い飛ばせるだけの気力があれば。

そしてチャーリーは昨夜笑っていた。目が覚めたらいままでとはちがう部屋だったのは、たぶんそのせいだろう。窓のある壁がちがうし、おまけに窓には格子がはまっている。精神科医はユーモアのセンスをすぐに誤解する。

しかし、今朝は爽快な気分だったから、格子窓の意味するところも気にならなかった。明るい新しい朝が来て、格子のあいだからは日光が射し込んでくる。またべつの一日が始まり、彼はまだ生きている。まだチャンスはある。

なにより、自分が狂っていないとわかったのがよかった。

ただし――

見れば、椅子の背に服がかけてあった。起きあがり、脚をベッドから出し、上着のポケットに手を入れて確認した。昨夜つかまったとき、ここにあの硬貨を入れたのだが、まだあるだろうか。

あった。

さてそれでは――

あれこれ考えながら、のろのろと服を着替えた。

こうして朝の光のなかで考えるうち、この問題は解けるはずだと思いついた。六回――昨夜で六回になった――おかしなことが起きたが、どれも明らかに関連している。周期的に起こっているのがその証拠だ。

二日と三時間十分。

なにが答えだったとしても、悪意があるわけではない。無差別的だ。殺す気でやっていたのなら、昨夜は絶好のチャンスだった。あの箱のアルカリ洗剤ではなく、ただほかのなにかをいじればすむはずだったのだ。あの箱を持ちあげたときには、まちがいなくなかには洗剤が入っていた。重さでわかった。ところがそこで九時五分過ぎになったら、洗剤だった中身が小さな銅貨ひとつに化けてしまったのだ。

とはいえ、好意でやっているわけでもない。好意があるのなら、熱波を浴びせたり麻酔薬をかがせたりするはずがない。まったく無差別的ななにかだ。

アルカリ洗剤の代わりに硬貨。

あれもこれもみんな、なにかべつのものの代わりだったのだろうか。

うーん。ゴルフボールの代わりにレイ。洗剤の代わりに硬貨。硬貨の代わりにカモ。しかし熱波は？　エーテルは？　ミミズは？

窓ぎわに歩いていき、しばらく外を眺めた。暖かい陽光が緑の芝生に降り注いでいる。生きるのはなんと甘美なことだろう。この問題に落ち着いて対処し、二度と打ちのめされたりしなければ、いまからでもそれを味わうことができるのだ。

すでに手がかりはひとつつかんでいる。

周期性だ。

落ち着いて受け止め、ほかのことを考えよう。堂々めぐりにとらわれるのをやめれば、答えは向こうからやって来るかもしれない。

ベッドのふちに腰をおろし、ポケットに手を入れて探ると、鉛筆とメモ帳はまだ入っていたし、時刻の計算をした紙もあった。その計算を見直した。慎重に——

——落ち着いて。

そしてリストの末尾に、「9：05」と書き入れ、「アルカリ洗剤」と書いた横にダッシュを書いた。洗剤は——なにに変わったんだっけ。カッコを書き、あの硬貨を形容するのに使える単語をそのなかに並べていった。硬貨——銅——円盤——しかし、これはただの一般名称だ。あれには固有名詞があるはずだ。

もしかして——

ボタンを押した。たぶんドアの外の電球がこれで点灯するのだろう。ひと呼吸あって、鍵のまわる音がしてドアが開いた。今度は男性看護士だった。

チャーリーは笑顔になって、「おはよう」と言った。「朝食はここに持ってきてもらえるのかな。

マットレスを食べちまいそうなんだ」

看護士はにっと笑って、ちょっとほっとしたような顔をした。「いいですとも、朝食の用意ができたら運んできますよ」

「それと――あの――」

「はい？」

「ちょっと調べたいことがあって」チャーリーは言った。「手近なところに、大きな辞典がないかな。もしあるなら、悪いんだけど数分でいいから使わせてもらいたいんだ」

「そりゃ――たぶん大丈夫だと思いますけど。あっちのオフィスに一冊あるし、だれもめったに使わないから」

「助かるよ。ありがとう」

しかし、看護士が出ていくときにはまた鍵のまわる音がした。

朝食は三十分後に出てきたが、辞典が届いたのは午前もなかばを過ぎてからだった。ひょっとしてスタッフミーティングを開いて、凶器になる可能性でも話しあっていたのだろうか。しかし、とにかく届いたことは届いた。

看護士が出ていくのを待って、その大きな辞典をベッドにのせ、世界の硬貨の載っているカラーページを開いた。ポケットから銅貨を取り出し、ページのわきに置いて、イラストと比べてみた。とくにバルカン諸国の硬貨と。銅貨のなかには同じものはなかった。銀貨を見てみよう――よし、この銀貨には同じ顔が刻んである。ルーマニアの硬貨だった。文字は――よし、文字も同じだ。額面がちがうだけだ。

チャーリーは硬貨の表のページを開いた。ルーマニアの項には――

息を呑んだ。

まさかそんな。

しかしまちがいない。

彼の身にふりかかった六つのできごとが、まさか――

興奮のあまり荒い息をつきながら、辞典の後ろのイラストを開き、鳥のページを調べて、カモの項を調べはじめた。胸に斑点があって、首が短くて、目の上から黒っぽい筋が――

見つけた。これが答えだ。

周期性のほかに、いままで起こった物事を結びつける要因を見つけたのだ。これがほかのできごとにも当てはまるなら、もうまちがいない。ミミズは？　それは――とうぜん――それを思って彼はにやにやした。熱波は？　これも明らかだ。ではゴルフコースであったことは？　これはいささかむずかしかったが、少し考えたらわかった。

エーテルについてはしばらく途方にくれた。この謎を解くにはだいぶ行ったり来たりしなくてはならなかったが、しまいになんとか答えにたどり着いた。

それでこのあとは？　どんな手が打てるというのか。

周期性は？　そう、これも説明がつく。もし――

次に起こるのは――えーと――土曜日の午前零時十五分だ。

腰をおろしてよく考えてみた。なにもかもまったく信じがたい。答えのほうが問題より信じがたいほどだ。

しかし――なにもかもこれで説明がつく。偶然が六つ、正確に同じ間隔をあけて起こるわけがない。

よしそれでは、いかに信じがたいかというのは忘れて、どんな手が打てるか考えよう。どうやってそこへ行ってこのことを知らせたらいいのか。

そうだ――この現象そのものを利用できないだろうか。

辞典はまだそこにある。チャーリーはまたそれを開いて、今度は地名を調べにかかった。「H」で始まる――

しめた！　二重に見込みのある地名が見つかった。しかもここから百五十キロも離れていない。

ここから出ることができれば――

ベルを鳴らすと看護士がやって来た。「辞典をありがとう」チャーリーは言った。「それからさ、ぼくを担当してるお医者さんと話がしたいんだけど」

わかってみれば担当の医師はいまもパーマー医師で、いずれにしても診察に来ようとしているところだった。

医師はチャーリーと握手をし、笑顔を見せた。これはよい徴候か、それとも逆だろうか。

ともかく、いかにももっともらしい嘘をつくことができれば――

「先生、今朝はすっかり気分がいいんです」チャーリーは言った。「それであの――思い出したことがあって、先生に聞いてもらおうと思ったんですよ。日曜日――つまり、最初に病院に運ばれる二日前にあったことなんです」

「なにがあったんだね、チャールズ」

「ぼく、やっぱり泳ぎに行ってたんですよ。火曜日の朝に日焼けに気がついた理由も、たぶんそのほかのことも、それで説明がつくと思うんです。あの日、ピート・ジョンスンの車を借りたんですけど――」話の裏をとろうとするだろうか。いや、まさか。「――道路からそれて迷ってしまって、そこできれいな池を見つけたもんだから、服を脱いで泳いだんです。岸から飛び込んだところまでは思い出したんですが、そのときたぶん頭を岩に軽くぶつけたんじゃないかと思うんです。それから街に戻るまでの記憶がすぽんと抜けてるんで」

「なるほど」パーマー医師は言った。「それであの日焼けは説明がつくね。たぶんほかの症状についても――」

「不思議ですよね、今朝目が覚めたら思い出してたんです」チャーリーは言った。「たぶん――」

「日焼けと気絶のあいだにはなんの関連もありはしないって、わたしはあのばかどもに言ったんだ」とパーマー医師。「だが、もちろんあったんだね、ある意味では。泳いだときに頭を打ったのが原因で――チャールズ、思い出してくれてよかったよ。少なくともこれで、きみがあんなふうに行動した原因はわかったし、治療もできる。というより、たぶんもう治ったんだね」

「ぼくもそう思います。いまはすっかり気分がいいんです。悪夢から目が覚めたみたいに。二度か三度、すごくばかなことをしでかした気がします。なんとなく、一度はエーテルを買ったような記憶もあるし、洗剤のこととかも――だけど、そういうのはみんな夢のなかで起きたことみたいで、いまは頭のなかがすごくすっきりしてるんです。今朝になって憑《つ》きものが落ちて、すっかりよくなったみたいな」

パーマー医師はため息をついた。「ほっとしたよ、チャールズ。じつを言うと、とても心配していたんだ。スタッフにこの話をして、精密検査をしてみなくちゃならないが、たぶん――」

ほかの医師たちがやって来て、あれこれ質問し、それから頭部を検査した――が、岩にぶつけてどんな外傷が生じたにしても、すでに治癒しているようだった。ともかく、どこにも見つからなかった。

昨夜の自殺未遂がなかったら、その時点で歩いて病院を出ていけただろう。しかし、それがあったため、二十四時間は観察が必要だと医師たちは強く言い、チャールズも同意した。それなら金曜日の午後には退院できるわけだし、土曜日の午前零時十五分まではそれは起こらないのだから。

時間はじゅうぶんある。たった百五十キロ行くだけだ。

それまで言動に気をつけて、精神科医に疑いを抱かせたりしなければ——

のんびり休んで過ごした。

かくして金曜の午後五時にはすべて片がついて、彼はみんなと握手をしてまわり、ついにまた自由の身になった。これから数週間は、定期的にパーマー医師の診察を受けると約束はした。

しかし、とにかく自由になったのだ。

XVII

雨と暗闇。

汽車を降り、小さな木造のホームを歩きだしたときにはもう、冷たく不快なこぬか雨が服のなかにもぐり込んできて、首筋を伝い、靴にしみこみはじめていた。

しかし駅舎はあるし、そのわきにはこの町の名を書いた標識もあった。チャーリーはそれを見てにやにやし、それから駅舎に入っていった。中央に小さな石炭ストーヴがあって、元気に熱と光を振りまいている。出かける前に温まっていく時間はある。両手をストーヴにかざした。

部屋のいっぽうの壁際に切符売場の窓があり、そこからのぞく白髪まじりの頭がこちらを珍しそうに眺めていた。チャーリーがうなずきかけると、その頭もうなずき返してきた。

「見ない顔だけど、しばらくこのあたりにいるつもりかね」頭が尋ねた。

「そういうわけじゃないんです」チャーリーは言った。「ともかく、希望としてはね。つまり――」病院で精神科医にでたらめをさんざん言ってきたことを思えば、小さな田舎町の切符売りに嘘をつくぐらいなんでもないだろう。「まあ、ちょっと寄っただけですよ」

「今夜はもう汽車はないよ、お客さん。泊まるとこはあるの？　もしあてがないんなら、うちの女房がときどき短期の間貸《まが》しをしてるんだけどね」

「どうもご親切に」チャーリーは言った。「でも、手配してあるんで」と言ってから、「うまく行けばね」と付け加えそうになったが、話が長引きかねないと気づいてやめにした。

駅の時計を見やり、自分の腕時計を見て、どちらも十一時四十五分なのを確かめる。

「ここは大きな町なんですか」彼は尋ねた。「いや、人口のことじゃなくて、有料道路《ターンパイク》の距離はどれぐらいあるのかなと思って。町の端まで。町境っていうか」

「大してでかくないよ。一キロ弱かな、もうちょいあるかもしれん。ひょっとしてトリヴァーズんとこへ行きなさんのかい。町を出てすぐんとこに住んでるんだが、都会から人を呼ぶって――いやちがうな、あんたは農場の日雇いには見えないもんな」

「ええ、ちがいます」チャーリーは言った。また時計を見てからドアに向かった。「それじゃ、さよなら」

「あんた、どこに――」

しかし、チャーリーはもうドアの外に出て、駅の裏の通りを歩きはじめていた。行く手にあるのは暗闇と未知の世界と――たとえ教えたくても、あの駅員にほんとうの目的地を教えることはちょっとできなかっただろう。

ターンパイクに出た。一ブロックほど行くと歩道がなくなり、道路の端を歩かなくてはならず、ときにはくるぶしまで泥に埋まった。いまでは全身ずぶ濡れだったが、そんなことは問題ではない。

町境まではゆうに一キロぐらいあった。大きな標識――町の規模から考えると不釣り合いに大きい――が立っていて、こう書かれていた。

ハヴィーン（HAVEEN）へようこそ

チャーリーはいったんその境界線を越えてから、またふり向いた。腕時計をにらみながら待つ。十二時十五分に境界線を越えなくてはならない。もう十分過ぎだ。その時刻の二日と三時間十分前には、アルカリ洗剤の箱から銅貨が出てきた。その二日と三時間十分前には、宝石店の入口から入って麻酔をかがされた。その二日と三時間十分前には――

正確に時刻を合わせた腕時計の針をにらんだ。まずは分針が十二時十四分を指すのを見つめ、次には秒針を見つめる。

十二時十五分の一秒前に、片足を前に出し、その運命の瞬間にゆっくりと境界線を越えた。

ハヴィーンに足を踏み入れる。

XVIII

これまでとまったく同じように、なんの前触れもなかった。突然だった。

もう雨は降っていない。明るい光に満ちていたが、光源はどこにも見当たらない。足もとの道はぬかるみではなく、ガラスのようになめらかで雪花石膏《アラバスター》のように白い。前方に門があって、白い長衣の存在がチャーリーを見て肝をつぶしていた。

「どうやってここに入ってきたのですか。あなたはまだ——」

「ええ」とチャーリー。「まだ死んでません。でも、あの、どうしてもお話が——つまり、印刷の責任者のかたに」

「植字責任者のことですね。でもそれは——」

「でも、そのかたに会わなくちゃならないんです」

「それは規則で禁じられて——」

「重要なことなんです。誤植がずっと続いてるんですよ。修正するのは、ぼくにとってだけじゃなく、こちらにとっても大事なことでしょう。大変なことが起こりかねませんからね」

「誤植なんてありえない。ご冗談でしょう」

「それじゃどうして」とチャーリーは論理的に反論した。「死んでもいないぼくが、天国（Heaven）に入ってこられたんですか」

「それは——」

「ぼくはほんとはハヴィーン（Haveen）に入るはずだったんです。たぶんeの母型《マトリックス》が――」

「わかりました」

XIX

そのオフィスはじつに快適で、またなじみ深かった。ハプワース印刷会社のチャーリー自身のオフィスとそう大きくちがっていない。がたつく木の机があり、書類が散らばっていて、その向こうに座っている禿《は》げ頭の小男が植字責任者だった。手は印刷機のインクまみれで、ひたいにもインクのしみができている。閉じたドアの向こうでは、怪物めいた植字機と印刷機が吼《ほ》えるような騒音を立てていた。

「そうでしょうね」チャーリーは言った。「完璧だってことになってるんですよね。だから、校正する必要すらないんだ。でも、無限の時間のうちには、一度ぐらい完璧でないことが起こっても不思議はないんじゃありませんか。数学的には、無限のうちにはどんなことでも起こり得るんですから。ここでは、人間ひとりひとりについて、べつべつの植字機と植字工がいるんですよね」

植字責任者はうなずいた。「そのとおりだ。ただ言ってみれば、植字工と植字機は一体なのだ。つまり植字工は植字機の機能であって、植字機は植字工を体現していて、その両者ともにもとを正せば――しかし、これはきみにはちょっと複雑すぎて理解しにくいだろうね」

「ええ、ぼくには――それはともかく、ここではマトリックスの流れるチャネルはすごく大きいんでしょうね。ハプワース印刷会社のライノタイプでは、eのマトリックスはだいたい六十秒間隔で一周するので、マトリックスのひとつに不具合があると、一分に一度まちがいが起こることになるんですが、でもここでは——その、五十一時間十分っていう計算で合ってますか」

「合ってるね」植字責任者は言った。「きみがそれに気がついたということは——」

「そうなんです。ちょうどその時間を置いて不具合のあるeのマトリックスが一周してきて、オペレーターがeのキーを押すとそれが落ちてくる。たぶんマトリックスの耳が磨耗してるんだと思うんですが、ともかくそれが母型返還装置《ディストリビューター》から延々すべり落ちてきて、それからあんまり速く落ちすぎて、だから単語のあるべき位置より前にeが来てしまうんです。そのせいで誤植が起こるんですよ。たとえば前週の日曜日、ぼくがミミズ（angleworm）をつかまえようとしたら——」

「ちょっと待って」

植字責任者はブザーを押して指示を出した。すぐに分厚い本が運んでこられ、デスクに置かれた。植字責任者がそれを開く前に、ちらと見えた表紙にはチャーリーの名前が書いてあった。

「午前五時十五分だね？」

チャーリーはうなずいた。ページがめくられる。

「こいつは——まいったな！」植字責任者は言った。「天使ミミズ（angelworm）か！ ちょっとした見ものだったにちがいないね。天使ミミズなんてたぶん初めて聞いたよ。それで次は？」

「eの字が憎悪（hate）のちがう場所に来て——馬を虐待してる男を追いかけようとしてたんです——それで、憎悪（hate）が熱（heat）になったんですよ。このときはeがふた文字ぶん前に来ちゃったわけです。それで、雨の日に熱中症を起こして日焼けまで作っちゃったんです。それが火曜日の八時二十五分で、それから木曜日の十一時三十五分には博物館で——」

「博物館で？」と植字責任者が先をうながす。

「一両硬貨《テール》（tael）を、つまり中国の銀貨を見るはずだったのに、それがティール（teal）になってしまった。これはカモの一種なんです。それで、密封されてる展示ケースのなかで野生のカモがばたばたしてることになったわけですよ。巻き込まれて、博物館員がひとりひどい目にあっちゃって。たぶん修正してくださるとは思いますけど」

植字責任者はくすくす笑った。「修正するよ」彼は言った。「しかし、そのカモは見てみたかったね。次は土曜日の午後二時四十五分だね。今度はなにがあったね？」

「ライ（lie）がレイ（lei）に化けたんです。ゴルフボールが木の陰に落ちて、ほんとなら最悪のライ（ゴルフ用語でボール周辺の状況のこと）になるはずが、代わりに最悪のレイになってたわけですよ。花はしおれてるし、紫の紐にぜんぜん色は合わないし。その次は難問でしたね。もうヒントはあったのに、それでもすぐにはわかりませんでした。ぼくは五時五十五分に宝石店に行く約束をしてまして、それがまさに運命の時刻だった。ちょうど五時五十五分に着いたんですが、今度はeの字が四文字もずれて、単語の先頭に来ちゃったんです。だから、五時五十五分にそこに着く（getting there）代わりに、エーテルをかがされる（getting ether）ことになったんですよ」

「そういうことか。それは運が悪かったな。それで次は？」

「でも次はそれが逆に働いて、じつはおかげで生命《いのち》拾いしたんです。一時的に頭がおかしくなって、アルカリ洗剤（lye）を呑んで自殺しようとしたんですが、そこに不具合のeが当たってlyeがley（レイ）になったんです。これはルーマニアの小さい銅貨の名前なんですよね。記念にまだ持ってますよ。というか、この銅貨の名前がわかったときに、答えの見当がついたんです。ほかのを解くヒントになって」

植字責任者はまた笑った。「きみはすばらしい推理力の持主だな。それで、そのことを伝えに来たわけだね。しかしどうやって――」

「それは簡単でした。ちゃんと時間を見計らって、適当な瞬間にハヴィーン（Haveen）に入ることができたら、倍もうまく行く見込みがあったんです。ふたつのeのうちどっちかに不具合のあるマトリックスが当たれば、そして実際そうだったんですけど、単語の前のほうにずれるでしょう。それで天国（Heaven）に入ってこられたんです」

「じつに鋭いね。ところで、誤植はもう訂正されたと思ってくれていいよ。きみの話を聞いているあいだにすべて手は打っておいた。もちろん最後のはべつだがね。そうでなかったらきみはもうここにいなかっただろう。それから、不具合のあるマトリックスも、もうチャネルから取り除いてあるからね」

「ということはつまり、地上のみんなから見れば、こういうことはなにも――」

「そのとおりだ。修正版がいま印刷にかかっているから、そんなことがあったと憶えている者は地上にはいなくなるよ。言ってみれば、起こらなかったことになるんだ。つまり、起こったのは確かなんだが、実際上は起こらなかったも同然ということだね。きみが戻ったときには、誤植がまったく起こらなければそうだったろうという状態になっているはずだ」

「ということは、たとえばですけど、ぼくが天使ミミズについて話したことを、ピート・ジョンスンはなにひとつ憶えてないわけですね。病院にも、ぼくが入ってたって記録はなくなるんですね。それから――」

「そのとおり。誤植は修正されているからね」

「よかった！」チャーリーは言った。「それで――つまりその、水曜日の午後、つまり二日前に、ぼくは結婚することになってたんですが、その――そうなりますか？　いやその、そうなってますか。つまり――」

植字責任者はべつの巻を調べ、うなずいた。「ああ、水曜日の午後二時に、ジェイン・ペンバートンという女性とね。きみが地上を離れた時刻――つまり土曜日の午前零時十五分だね、その時刻の世界に戻れば、きみは――えーと――マイアミでハネムーンの最中だよ。まさしくその瞬間にはタクシーに乗っていて――」

「ええ、でも――」チャーリーはつばを呑んだ。

「でも、なんだね」植字責任者は驚いた顔をした。「それがきみの望みじゃなかったのかね。われわれはきみに大いに助けてもらった。すばらしい推理力を発揮して、この誤植のことを知らせてくれたんだからね。しかし、きみはジェインと結婚したいんだと思っていたんだが。だから戻ったときに――」

「ええ、でも――」チャーリーはまた言った。「でも――つまり――その、もう結婚して二日経ってるわけですよね。つまり――肝心のところを、ええと――」

植字責任者の顔が急にほころんだ。

「これはわたしがばかだった」彼は言った。「そりゃあそうだ。時刻はなんとでもなる。連続する時間のどこにでも戻してあげられるよ。水曜日の午後二時、結婚式の瞬間に戻すのは簡単だ。あるいは水曜日の朝、直前でもいい。いつでもかまわない」

「でしたら」チャーリーはためらいがちに言った。「ほんとのことを言うと、肝心なのは結婚式じゃないんです。つまりその、パーティがやりたいわけじゃないっていうか、長い披露宴のあいだずっと座って、乾杯のあいさつとかスピーチを聞かされるのは――その、つまり――」

植字責任者は笑った。「用意はいいかね」

「えっ——ああ、はい、もちろん！」

線路を走る汽車の車輪の音。頭上には星々がまたたき、月が輝いている。疾走する汽車の展望台のうえ。

腕にはジェインを、妻を抱いている。水曜日の夜。きれいで、華があって、かわいくて、愛情深くて、ふわふわしていて、キスをしたくなる、愛しいジェイン——

彼女がいっそう身をすり寄せてくる。彼はささやいていた。「もう——もう十一時だよ、ダーリン。そろそろ——」

唇が触れあい、からみあう。

手に手をとって、ふたりは揺れる汽車の通路を歩いていった。特別室のドアノブをまわすと、ドアがゆっくりと開く。彼は新妻を抱きあげて敷居をまたいだ。

帽子の手品　The Hat Trick

ある意味では、こんなことは起こらなかったと言ってもいい。そもそも起こるはずはなかったのだ――四人が映画館から出てきたとき、雷雨の真っ最中でなかったら。

観てきたのはホラー映画だった。ほんとうにぞっとする作品で、わっと言って脅かすたぐいの駄作ではなく、隠微でじわじわとこわい映画だった。おかげで、雨の降りしきる夜が爽快でほっとできると思えるほどだった。少なくとも三人はそう感じた。ただ四人めは――

劇場出口のひさしの下で立ち止まり、メイが言った。「まいったなあ、みんなどうする？　泳いで帰る、それともタクシーに乗る？」メイは愛嬌《あいきょう》のある小柄なブロンド娘だ。デパートの香水売場で売り子をしているのだが、香りをかぐのに好都合なことに、鼻がちょっと上を向いていた。

エルシーは男友だちふたりに向かって言った。「みんな、わたしのスタジオ（日本ふうに言えばワンルームマンション）でもう少し遊んでいかない？　まだ宵の口だし」指をぱちんと鳴らす代わりに、ほんの少し「スタジオ」の語を強調する。エルシーは一週間前からスタジオに住みはじめたばかりで、家具つきの部屋を借りるのでなく、スタジオに暮らすのが目新しくて鼻が高かったし、芸術家になったような、ちょっといけないことをしているような気分だった。もちろん、ふたりきりならウォルターを部屋に招いたりしなかっただろうが、カップルふた組なら問題はないだろう。

ボブが言った。「いいね。なあウォリー、おまえタクシーつかまえといてくれよ。おれちょっとワイン買ってくるからさ。女の子たちはポートワイン好き?」

ウォルターと女の子ふたりがタクシーをつかまえているすきに、ボブは顔見知りのバーテンに頼み込んで、販売禁止時間帯にもかかわらずワインのフィフスボトル（五分の一ガロン、約七百五十ミリリットル）を売ってもらった。それを持って走って戻ってきたところで、四人はエルシーのスタジオに向かった。

タクシーのなかで、メイはまたさっきのホラー映画のことを考えはじめた。メイがあまりこわがるので、四人はもう少しで途中で出てくるところだったのだ。彼女が身震いすると、ボブが励ますように肩に腕をまわした。「メイ、大丈夫だよ。ただの映画だ。あんなことは現実には起きやしないよ」

「もし起こったら——」とウォルターが言いかけて、ふっと言葉を切った。

ボブがそちらに目を向けて言った。「もし起こったら、なんだ」

ウォルターはいささかばつが悪そうだった。「なんでもない。気にしないでくれ」と言って、なんとなくみょうな笑みを浮かべた。さっきの映画にひとりだけ、ほかの三人とはちょっとちがう感想を抱いたかのようだった。ちょっとと言うか、かなりと言うか。

「ウォルター、学校はどう?」エルシーが尋ねた。

ウォルターは夜学で医学部準備教育課程をとっていて、夜に休みがとれるのは週に一日だけだった。昼間はチェスナット通りの書店で働いている。彼はうなずいて「上々だよ」と答えた。

エルシーは内心で、メイのボーイフレンドのボブとウォルターを比べていた。ウォルターはボブほど背が高くはないが、眼鏡はかけていても見た目はそう悪くない。それにまちがいなくボブよりずっと頭がよくて、いつかはずっと出世するだろう。ボブは印刷工の修業中で、見習い期間を半分ほど過ぎたところだった。高校は三年でやめている。

スタジオに着くと、エルシーは戸棚からグラスを四つ見つけてきた（大きさも形もばらばらだったが）。あちこちからクラッカーやピーナツバターを出してくるあいだに、ボブがワインをあけてグラスに注いでいく。

エルシーにとっては、このスタジオに越してきて初めてのパーティだったが、あまりいけないパーティにはならなかった。話題はおもにさっきのホラー映画だったたし、ボブが二度ほどみんなのグラスにワインを注ぎ足したが、だれもそれほど酔わなかった。

やがて会話が少し途切れがちになってきた。しかし、まだお開きにするには早い。エルシーは言った。「ねえボブ、トランプ手品じょうずだったわよね。引出しにトランプが入ってるから、やってみせてよ」

こんなふうに、最初はただの退屈しのぎだったのだ。ボブはトランプを受け取り、メイに一枚引かせた。それからトランプを切って、切った山にそれを戻させ、さらに彼女に何度か切らせてから、表に返して眺めていき、しまいにこれと言って見せたのはスペードの九で、まさにメイの引いたカードだった。

ウォルターはとくに興味なさそうに眺めていた。たぶんなにも言うつもりはなかったのだろうが、ただエルシーが大げさに褒めそやして、「ボブ、すごーい。どうやったの、ぜんぜんわからなかったわ」と言ったものだから、つい口をはさんでしまった。「簡単だよ。最初にいちばん下の一枚を見ておくんだ。それから山にメイの一枚を戻してから切るだろう、そうするとその憶えた一枚がその上に来るから、次のカードを選べばすむだけなのさ」

ボブがウォルターをにらんでいる。それに気づいたエルシーは、やりかたがわかっててもやっぱりすごいわと言ってとりなそうとした。しかし、ボブは言った。「ウォリー、そんならすごい手品をやってみせてくれよ。おまえ、フーディニの甥《おい》っ子かなんかだったりしてな」

　ウォルターはにやりと笑ってみせた。「帽子があれば見せてやれるんだけどね」こう言っておけば安全だ。男ふたりはどちらも帽子はかぶっていなかった。ところがそのとき、メイがエルシーのタンスのうえを指さした。先ほど彼女が脱いだ危なっかしいほど小さなものが載っている。ウォルターは顔をしかめた。「あんなの帽子のうちに入らないよ。なあボブ、種をばらしちゃって悪かったよ。もうやめよう、おれ手品なんかできないし」

　ボブは、いっぽうの手からもういっぽうにトランプをぱらぱら飛ばしてみせていた。それで気が済んでいたかもしれないのに、そのとき手がすべってトランプが床に散らばった。拾ったときには顔が赤くなっていたが、それは身体を曲げたせいばかりではなかった。トランプをウォルターに突きつけ、「トランプもうまいんだろ。おれの種を見破ったぐらいだから、とうぜんなにか知ってるだろ。さあ、やってみせてくれよ」

　ウォルターはいささか不承不承にトランプを受け取り、しばらく考え込んだ。それから、じっと見つめるエルシーの前で三枚抜き出すと、ほかの三人には見えないように持ち、残りのトランプをおろした。それからその三枚を扇形に広げて持ち、「一枚を山のいちばん上に、もう一枚をいちばん下に、残りの一枚を中ほどに入れて、全部まとめて切ります。さて、これはダイヤの二、ダイヤのエース、そしてダイヤの三です」

　そう言ってから引っくり返し、観客には裏しか見えないようにして、その三枚を山の一番うえ、中ほどと――

「ああ、わかったぞ」ボブが言った。「さっきのはダイヤのエースじゃなくて、ハートのエースだったんだろ。ほかの二枚で隠してハートの尖《とが》ったところしか見えないようにしてたんだ。ダイヤのエースは最初から山のいちばんうえに置いてあるんだな」と、鼻高々ににんまりした。

メイがたしなめた。「ボブ、いまのはひどいわ。ウォリーは、あなたの手品が終わるまでは黙ってたじゃないの」

エルシーもボブに向かって眉をひそめてみせたが、急にぱっとその顔が明るくなったかと思うと、クロゼットに歩いていき、ドアをあけ、棚のいちばんうえから厚紙の箱を取りおろした。「忘れてたわ。一年前、コミュニティセンターでバレエに出たときに使ったの。シルクハットよ」

箱をあけて帽子を取り出した。へこんでいたし、箱に入っていたのに少し埃《ほこり》をかぶっていたが、まぎれもなくシルクハットだった。それをさかさまにして、テーブルのウォルターの近くに置く。「ウォルター、帽子があればすごい手品ができるって言ったわよね。ボブに見せてやってよ」

全員の視線を浴びて、ウォルターは居心地が悪そうにもじもじした。「あれは――ただの冗談だったんだよ、エルシー。ぼくは――つまり、もう長いことやってなかったんだ。子供のころとかにやったきりりで。もう憶えてない」

ボブはうれしそうににやにやして立ちあがった。彼もウォルターもグラスがからだったのでお代わりを注ぎ、女の子ふたりのグラスにも、まだあいていなかったのに少し注ぎ足した。それから部屋のすみにあったヤード定規を手にとり、サーカスの呼び込みの杖のようにふりまわした。「レイディーズ・アンド・ジェントルメン、世に並びなきウォルター・ビークマンの名高い魔術はこちら。黒いシルクハットを使ったあっと驚く魔術、種もしかけもありません。そしてお次の檻《おり》には――」

「ボブ、やめなさいよ」メイが言った。

ウォルターの目がかすかに光った。「二セントくれたら、やっても――」

ボブがポケットに手を入れ、小銭をひとつかみ取り出した。一セント玉を二枚とり、手を伸ばしてさかさのシルクハットのなかに入れた。「ほら」と言って、また杖代わりのヤード定規をふりまわす。「お代はたったの二セント、一ドルの五十分の一ときた！ さあお立ち会い、世界最高の大魔術をごらんあれ――」

ボブが大げさな文句を並べているあいだに、ウォルターはワインを飲み、ますます顔を赤くした。やがて立ちあがり、静かに言った。「ボブ、この二セントでなにを出してほしい？」

エルシーは目を丸くした。「ウォリー、それはつまり、どんなものでも出せるって――」

「たぶんね」

ボブはげらげら笑いだした。「じゃあネズミ」と言って、ワインのボトルに手を伸ばす。

ウォルターは言った。「おまえが出せって言ったんだからな」

シルクハットはテーブルに載せたまま、ウォルターはただそちらに手を伸ばしていった。最初は自信なげだったが、やがて帽子のなかからキーキー鳴く声が聞こえるや、すばやく手を突っ込み、なにかの襟首をつかんで持ちあげた。

メイが悲鳴をあげ、手の甲を口に当てた。目を皿のように丸くしている。エルシーは声もたてず、完全に気を失ってソファに引っくり返った。ボブはその場に突っ立ったままだ。杖代わりのヤード定規を中空で止め、顔は凍りついている。

ウォルターが帽子からもう少し高く持ちあげると、そいつはまたキーキー鳴いた。怪物めいた醜い黒いネズミのように見えるが、ネズミと呼ぶには大きすぎ、帽子から出てくるものとしてすら大きすぎた。その目は赤い電球のように光り、新月刀のような長く白い歯を恐ろしげにかちかちいわせている。歯を鳴らすたびに十センチほども口をあけ、とらばさみのようにそれを閉じる。じたばたともがいて、首筋をつかんでいるウォルターの震える手から身を振りほどこうとする。鉤爪《かぎづめ》のある前足で宙を掻《か》く姿は、信じられないほど凶暴に見えた。

そいつはしつこくキーキーと恐ろしい鳴き声をあげ、胸の悪くなる悪臭を発していた。墓場に住み、その中身を食って生きているかのように。

やがて、帽子から手を抜いたときと同じぐらいだしぬけに、ウォルターはそいつをつかんだ手を帽子に突っ込んだ。キーキー鳴く声が途切れる。ウォルターは帽子から手を出した。真っ青な顔をして震えながら立っていた。ポケットからハンカチを取り出し、ひたいの汗を拭いた。奇妙な声で「やるんじゃなかった」と言うと、ドアに駆け寄ってあけた。転がるように階段を降りていく足音が聞こえる。

メイは口に当てていた手をゆっくりとおろした。「う──家《うち》まで送って、ボブ」

ボブは目をこすって言った。「いったい、いまのは──」帽子に近づいていってなかをのぞいた。彼の二セントが入っていたが、手を突っ込んで取り出す気にはなれなかった。

口を開いたとき、声がいったん裏返った。「エルシーをどうする？　放っとくわけには──」

メイはゆっくりと立ちあがって言った。「眠らせておきましょうよ」帰り道、ふたりはあまり口をきかなかった。

二日後、ボブは街でエルシーにばったり出くわした。「やあ、エルシー」

「あら、こんにちは」彼女は言った。

「このあいだの夜だけど、きみのスタジオでやったパーティはすごかったね。ちょっと──ちょっとみんな飲みすぎたみたいだな」

せつな、エルシーの顔になにかがよぎったように見えたが、すぐに笑顔になって言った。「そうね、少なくともわたしは飲みすぎだったわ。スイッチが切れたみたいに眠り込んじゃって」

ボブも笑顔になって、「ぼくもちょっとはしゃぎすぎたみたいだ。次はもっと行儀よくするよ」

メイがボブと次にデートしたのは翌週の月曜日だった。今回はダブルデートではなかった。ショーを観たあと、ボブは言った。「どこかで飲んでいこうか」

どういうわけか、メイは小さく身震いした。「そうね、でもワインはいやだわ。わたしワインはやめてるの。そう言えば、先週からウォリーに会った？」

ボブは首をふった。「そうだな、ワインはやめとこうか。ウォリーにもよくなかったみたいだよな、気分が悪くなったかなんかで走って出ていっただろ。通りに出るまで我慢できたかな」

メイはえくぼを見せた。「あなただってあんまりしらふじゃありませんでしたわよ、ミスター・エヴァンズ。トランプの手品だかなんだか、つまらないことで喧嘩《けんか》してなかった？　それにしても、あのとき観た映画はこわかったわねえ。あの晩、いやな夢を見ちゃったわ」

ボブは笑顔で尋ねた。「どんな？」

「えーと――あらやだ、思い出せない。不思議ね、夢って見てるときはすごくリアルでも、あとになるときれいに忘れてるの」

ウォルター・ビークマンには一度も会わないまま、パーティの日から三週間が過ぎた。三週間後のその日、ボブはウォルターの働く書店に立ち寄った。客の少ない時間で、店にウォルターはひとりきりだった。奥のデスクでなにか書いている。「やあ、ウォリー。なにやってんだ」

ウォルターは立ちあがり、いま書いていた用紙のほうをあごで示した。「論文だよ。医学部準備教育課程の最後の年だからさ。おれ心理学を専攻してるんだ」

ボブは無頓着にデスクのほうに身を乗り出し、「へえ、心理学か」と言って、おつきあいで尋ねた。「なにを書いてるんだ?」

ウォルターはしばしボブの顔を見ていたが、やがて答えた。「面白いテーマだよ。人間の精神は、まったく信じがたいことには順応できないってことを証明しようとしてるんだ。つまりね、とうてい信じられないことを見たとすると、いま見たものを信じるなって自分で自分に言い聞かせてしまうんだ。それでいつのまにか合理化しちゃうんだよ」

「つまり、ピンクの象を見ても、見なかったことにするってことか」

ウォルターは言った。「うん、あるいは——いや、いいんだ」と言って、べつの客の相手をしに店先に出ていった。

ウォルターが戻ってくると、ボブは言った。「貸本に面白いミステリはないかな。週末ひまなんで、なんか読もうかと思ってるんだけど」

ウォルターは貸本の棚に目をやり、人さし指で一冊の表紙をはじいた。「これは面白いぜ。気味が悪いけどね。べつの星からやって来た生物の話なんだ。正体を隠して、人間のふりをして地球で暮らしてる」

「なんのために」

ウォルターはにやりとしてみせた。「読めばわかるよ。きっとびっくりするぜ」

ボブは居心地が悪そうにもじもじして、自分で貸本の棚に目をやった。「うーん、おれはふつうのミステリのほうがいいな。おれ、その手の話は読む気になれないんだよ」どういうわけか自分でもよくわからなかったが、ウォルターを見あげてボブは言った。「だって、ありえないだろ」

ウォルターはうなずいた。「ああ、ありえないな」

ギーゼンスタック一家　The Geezenstacks

この話に尋常でないところはいくつかあるが、オーブリー・ウォルターズがごく平凡な少女だったというのもそのひとつだ。そして彼女と同じく、その父母もどこにでもいそうな夫婦だった。オーティス通りのアパートメントに住んでいて、週にひと晩ブリッジ遊びをし、べつのひと晩には外出し、それ以外の晩は自宅で静かに過ごしていた。

オーブリーは九歳で、髪の毛はちょっとよれよれで顔にはそばかすがあったが、九歳の少女はそんなことは気にしないものだ。あまりお金のかからない私立学校に通い、すっかりそこになじんでいた。すぐに友だちもできたし、ほかの子たちとも打ち解けている。また、四分の三サイズのバイオリンを習っていて、聞くにたえない騒音を出していた。

オーブリーの最大の欠点は、夜更かしのくせがあったことだろう。しかし、実際にはこれは両親の責任だ。眠くなってベッドに行きたがるまで、寝間着に着替えずに起きているのを黙認していたのだから。五つか六つのときにはもう、夜十時前にベッドに入ることはめったになくなっていた。母親が急に心配しだして早めにベッドに入らせたとしても、どっちみちぜんぜん眠れないのだ。とすれば、子供に夜更かしをさせてなにがいけないのか、というわけだ。

九歳になったいま、オーブリーは両親と同じぐらい夜更かしをするようになり、ふつうの日は十一時ごろまで、ブリッジのお客が来たり、夜に両親が出かけたりするときはさらに遅くまで起きていた。出かけるときに遅くなるのは、たいていオーブリーも連れていかれたからである。なんのために出かけるにせよ、オーブリーはそれを楽しんでいた。劇場の座席にネズミのようにじっと座っていたり、両親がナイトクラブでカクテルを一、二杯飲むのを、ジンジャーエールのグラスの縁から、少女特有の真剣さで観察したりしながら、喧騒《けんそう》と音楽とダンスを目を丸くして吸収し、その一分一秒を楽しんでいたのだ。

ときどき、母の弟のリチャードおじさんが加わることもあった。オーブリーはリチャードおじさんとは仲よしで、人形をくれたのはこのリチャードおじさんだった。

「今日、おかしなことがあったんだ」おじさんは言った。「ロジャーズ・プレース通りを歩いていたら、マリナー・ビルを過ぎたあたりで——姉さんも知ってるだろ、ハワード先生の診療所があったとこだよ——すぐ後ろの歩道になにかがどさっと落ちる音がしたんだ。ふり向いたらこの荷物が落ちてた」

その「荷物」は、靴箱よりやや大きめの白い箱で、灰色のリボンでちょっと変わった結びかたがしてあった。オーブリーの父親のサム・ウォルターズが、それを興味津々で眺める。

「どこも凹《へこ》んでないみたいだな」彼は言った。「そんなに高い窓から落ちてきたわけじゃなさそうだ。もともとこんなふうに結んであったの？」

「もともとそんなふうだったよ。あけて中を見てからリボンをもとに戻しといたんだ。ああ、その場ですぐあけたわけじゃないよ。ただ立ち止まって、だれが落としたのかと思って上を見て、それからこの箱を拾ったんだ。なにか入ってるみたいだった。そんなに重くないもの。それにこの箱もリボンも、その——だれかがわざと投げ捨てたみたいには見えなかった。だから上を見てたんだけど、だれも出てくる様子がないし、それで箱をちょっと振ってみたら――」

「わかったわかった」サム・ウォルターズは言った。「そういう細かいことはいいからさ、つまりだれが落としたかわからなかったんだな」

「そうなんだ。わざわざ四階まであがってって、これを拾った場所に窓が面してる部屋の人たちに訊いてまわったんだぜ。たまたまみんなうちにいたけど、見憶えがあるって人はひとりもいなかった。窓枠から落ちたんじゃないかと思ったんだけど――」

「なにが入ってるの、ディック（リチャードの愛称）」オーブリーの母親のイーディスが尋ねる。

「人形だよ。人形が四つ。今夜持ってきたのは、オーブリーにあげようと思ってさ。欲しければだけど」

箱をあけてみせると、オーブリーは言った。「わあ、リチャードおじさん、すっごく――すっごくすてき」

サムが言った。「へえ、人形っていうより小型のマネキンだね。つまり、その服装がさ。きっとひとつ何ドルもするんだろうな。ほんとに持主が出てきたりしないだろうね」

リチャードは肩をすくめた。「どこから出てこられるっていうのさ。さっきも言ったけど、四階まであがって尋ねてまわったんだよ。箱の様子とか落ちたときの音からして、そんな高いとこから落ちたとは思えなかったけどね。それにあけてみたら、ほら――」と人形のひとつをとり、サム・ウォルターズによく見えるように持ちあげた。

「蠟人形《ろうにんぎょう》なんだよ。つまり頭と手は蠟なんだ。なのにひびひとつ入ってない。二階より高いところから落ちてきたとは思えないよ。二階だとしたって、ひびも入らずにすむかどうか――」彼はまた肩をすくめた。

「ギーゼンスタック一家よ」オーブリーが言った。

「えっ?」サムが訊き返す。

「このひとたち、ギーゼンスタック一家って呼ぶことにする」オーブリーは言った。「ほら、これがパパ・ギーゼンスタックで、これがママ・ギーゼンスタックで、この小さな女の子は――この子は――オーブリー・ギーゼンスタックなの。それで、このもうひとりの男のひとはね、アンクル・ギーゼンスタックって呼ぶことにする。この女の子のおじさん」

サムはくすっと笑った。「うちと同じだな。でも、アンクル――ええと――ギーゼンスタックがママ・ギーゼンスタックの弟なら、つまりリチャードおじさんがママの弟なのと同じなら、名字はギーゼンスタックじゃないはずだぞ」

「いいの」オーブリーは言った。「みんなギーゼンスタックなの。ねえパパ、このお人形のおうち買ってくれない?」

「ドールハウスか? ああ――」ほんとうは「ああ、いいとも」と答えようとしたのだが、そこで妻と目があって、ふと思い出した。オーブリーの誕生日まであとたった一週間しかなく、なにをプレゼントしようかと決めかねていたのだ。そこで急いで「ああ、どうしようかな。考えとくよ」と言い換えた。

それは美しいドールハウスだった。ただの平屋だが、とても精巧にできていて、屋根は外すことができ、家具を置きなおしたり人形を部屋から部屋へ移動させることもできた。また縮尺も、リチャードおじさんがくれた人形とぴったりだった。

オーブリーは有頂天だった。ほかの玩具《おもちゃ》はみんな忘れ去られ、寝ても覚めてもギーゼンスタック一家の暮らしのことばかり考えていた。

　さほど経たないうちに、サム・ウォルターズはギーゼンスタック一家の奇妙な一面に気がつき、それについて考えはじめた。ただ最初のうちは、次々に起こる偶然にひとり笑っていただけだった。

　そうこうするうち、目に当惑の色が浮かびはじめた。

　それからさほど経たないうちに、彼はリチャードをすみに引っ張っていった。四人で芝居を観て戻ってきた直後のことだ。「なあ――ディック」

「うん、どうした？」

「あの人形なんだけどな、ほんとはどこで手に入れた？」

　リチャードはぽかんとしてサムを見つめた。「なに言ってるんだよ。どこで手に入れたか、もう話したじゃないか」

「ああ、だけど――あれは冗談かなんかだったんじゃないのか。つまり、ほんとはオーブリーに買ってきてくれたんだけど、そんな高価なプレゼントはもらえないっておれたちが反対すると思って、それで――その――」

「いや、嘘じゃない。あれはほんとだよ」

「だけどな、ディック、あれが窓から落ちてきたなんてはずないじゃないか。落ちたのに壊れないなんて。蠟なんだぞ。後ろを歩いてただれかとか――自動車かなにかで通っていったとか――」

「でもサム、あのときはまわりにはだれもいなかったよ。ひとりもいなかった。ぼくだって自分で首をひねったんだから。でも、もし嘘をつくとしたら、あんな変な話をでっちあげたりするわけないだろ？　公園のベンチで見つけたとか、映画館の席に置いてあったとか言えばすむ話じゃないか。でも、なんでそんなことを訊くわけ？」

「いや——その、ただ不思議だと思ってさ」

サム・ウォルターズはその後も不思議だと思いつづけた。

たいていはささいなことだった。たとえばオーブリーがこんなことを言ったことがある。「今朝はパパ・ギーゼンスタックはお仕事に行かなかったの。具合が悪くて寝てたから」

「へえ」サムは言った。「どこが悪いの」

「たぶん変なもの食べたんだと思う」

そして翌朝、朝食のとき、「オーブリー、ミスター・ギーゼンスタックの具合はどう」

「ちょっとよくなったけど、今日も休んだほうがいいってお医者さんに言われたの。明日はよくなると思うけど」

翌日、ミスター・ギーゼンスタックは仕事に行けるようになった。たまたまその日、サム・ウォルターズは昼食に食べたもののせいで具合を悪くして帰宅した。そして実際、会社を二日休む破目になった。病欠したのは数年ぶりのことだった。

すぐに起こることもあれば、しばらく経ってからのこともある。つまり「ギーゼンスタック家にこういうことが起こったから、二十四時間後にはわが家にもそれが起こるだろう」と確実に予測することはできないのだ。ときには一時間と経たずに起こることもあるし、一週間も経ってからということもある。

「今日はね、ギーゼンスタックのママとパパがけんかしたの」

サムはイーディスと口論になるのを避けようとしたが、彼の力の及ぶことではないようだった。その日、彼自身の落ち度ではなかったのだが、帰宅がかなり遅くなってしまった。よくあることなのに、今回イーディスはそれに腹を立てた。穏やかに答えても機嫌は直らず、しまいにサムのほうも癇癪《かんしゃく》を起こした。

「アンクル・ギーゼンスタックは、遠くの友だちの家に遊びに行くの」。リチャードはもう何年間もこの街を離れたことがなかったが、その翌週、いきなりニューヨークに行こうと思いついた。

「ピートとエイミーだよ、知ってるだろ。遊びに来いって手紙が来て――」

「いつだ」サムはほとんど嚙《か》みつくように尋ねた。「いつ来たんだ、その手紙」

「昨日だよ」

「それじゃ、先週にはそんなつもりは――ディック、ばかなことを訊くと思うだろうが、先週はどこかへ行こうとは思ってなかったのか。だれかになにか――だれかのところへ遊びに行くかもしれないとか、そんなことを言ったりしなかった？」

「いや、まさか。何か月もピートとエイミーのことなんか思い出しもしなかったよ。でも、昨日手紙が来てさ、一週間ほど泊まりに来いって」

「三日で帰ってくるよ――たぶんな」サムは言った。そして、リチャードがたしかに三日で戻ってきたときも、その理由を説明しようとはしなかった。もし口にすれば恐ろしくばかな話に聞こえただろう。リチャードが何日留守にするかわかったのは、それがアンクル・ギーゼンスタックが留守にした日数だったからなのだ。

サム・ウォルターズはわが娘を観察するようになり、疑惑に取り憑《つ》かれるようにもなった。言うまでもなく、ギーゼンスタック家の人々がなにをするにしても、それをさせているのはオーブリーだ。まさか不思議な超能力が備わっていて、ウォルターズの家族とリチャードになにが起こるか、無意識のうちに予知しているなどということがあるだろうか。

もちろん、彼は予知能力など信じていない。しかし、まさかオーブリーには予知能力があるのだろうか。

「今日はね、ミセス・ギーゼンスタックはお買い物に行くの。新しいコートを買うんだよ」

まるで仕組まれたことのようだった。イーディスはオーブリーをにこにこして見ていたが、サムに目を向けてこう言ったのだ。「それで思い出したわ。明日はダウンタウンに行くつもりなの。セールをやってるから――」

「でもイーディス、いまは戦時中なんだぞ。それにコートなんか必要ないじゃないか」

本気で反論しようとし、おかげで会社に遅刻した。反論はむずかしかった。実際にはコートを買う余裕がないわけではなく、またイーディスはもう二年もコートを買っていなかったからだ。しかし、ほんとうの理由を説明することはできない。イーディスにコートを買ってほしくないのは、ミセス・ギーゼン――いや、そんなことを言ったらばかだと思われる。自分でもそう思うぐらいだから。

イーディスはコートを買った。

不思議だ、とサムは思う。どうしてだれもこの偶然に気がつかないのだろう。とはいえ、リチャードはしじゅうこの家にいるわけではないし、イーディスは――なにしろイーディスは、オーブリーのおしゃべりを聞きながら、その九割は右から左へ聞き流すというわざを体得しているのだ。

「パパ、今日はね、オーブリー・ギーゼンスタックは通知表を持って帰ってきたんだよ。算数は九十点で、綴《つづ》りのテストは八十点で――」

二日後、サムは校長に電話をかけた。もちろんだれにも聞かれないように公衆電話からかけた。

「ミスター・ブラッドリー、うかがいたいことが――その――これをうかがうにはかなりおかしな、しかし重要な理由があるんです。そちらの学校では、生徒が自分の点数をあらかじめ正確に知ることは可能でしょうか」

いいえ、それは無理です。そもそも教師自身、平均点を計算してみるまではわかりませんし、その計算をするのは通知表を渡す日の朝です。ええ、つまり昨日の朝です。児童の休み時間中に。

「サム」リチャードは言った。「なんだか疲れた顔をしてるな。仕事の悩みかい。これからは景気もよくなってくるだろうし、だいたい義兄《にい》さんの会社にはなんの問題もないじゃないか」

「そういうことじゃないんだ。ディック、その――いやつまり、べつに悩みなんかないよ。そうじゃないんだ。つまり――」反対尋問から逃れるために、ひとつふたつ悩みをでっちあげて、リチャードに大したことじゃないと説得する種を与えなくてはならなかった。

サムはギーゼンスタック一家のことばかり考えていた。頭から離れなかった。もともと迷信深いとか、なんでもすぐ信じるたちだったら、それほど悩まなかったかもしれない。しかし、彼はそんな人間ではなかった。だからこそ、偶然が重なるたびに少しずつ衝撃が強烈になってくるのだ。

イーディスもその弟もそれに気がつき、サムがいないときに相談した。

「最近ほんとに様子がおかしいのよ、ディック。わたし――わたし、心配でしかたがないの。すごくおかしくて――ねえ、説得したほうがいいかしら、お医者さんに診てもらうようにって。つまりその――」

「精神科にかかれって？ そうだね、できればね。だけど義兄さんはうんと言わないと思うよ。なにか悩みがあるんだよ。聞き出そうとしてみたんだけど、どうしても口を割らないんだよね。

それがさ――あの人形と関係があるんじゃないかと思うんだ」

「人形って、オーブリーの人形のこと？　あんたがくれたあれ？」

「うん、ギーゼンスタック一家だよ。サムはあのドールハウスをずっと見てるんだ。あの一家のことでオーブリーにいろいろ質問するんだけど、それが真剣なんだよ。妄想でもあるんじゃないかな、あの人形のことっていうか、あの人形に関係することで」

「でも、ディック、そんな――こわいわ」

「あのさ、オーブリーはもうあの人形に以前ほど夢中じゃなくなってるし――最近すごく欲しがってるものとか、やりたがってることとかないの」

「ダンスのレッスンを受けたいって言ってるわ。でもいまでもバイオリンを習ってるし、これ以上は――」

「あの人形を手放せば、ダンスのレッスンを受けさせるって約束したら、うんと言うかな？　あれをこのうちに置いといちゃだめだと思うんだ。でもオーブリーを泣かせたくはないし、だから――」

「そうね――でも、オーブリーになんと言えばいいかしら」

「ぼくの知り合いに貧乏なおうちがあって、子供たちが人形も買ってもらえないって言ったらどうかな。そしたらきっと納得するよ、それっぽい話をして言いくるめれば」

「でもディック、サムにはなんて言えばいいの。その手じゃサムはごまかせないわよ」

「義兄さんにはさ、オーブリーがいないときに、もうお人形遊びをする歳じゃないって言えばいいよ。それで――それなのにあんまりのめり込みすぎてるから、医者に不健全だと言われたとか――なんかそんなふうなことを」

オーブリーはいい顔をしなかった。最初のころに比べたら、ギーゼンスタック一家にそれほど夢中でなくなったのはたしかだ。でも、どうしてお人形を持ったままじゃダンスのレッスンを受けられないの？

「お人形遊びの時間はなくなると思うわよ。それに、お人形をひとつも買ってもらえない貧しいおうちの子がいるのよ。かわいそうじゃないの」

しまいにオーブリーは折れた。とはいえ、ダンススクールが始まるのは十日後だから、レッスンが始まるまでは手もとに置いておきたいと言う。なんと言ってもそこは譲ろうとしなかった。

「それはいいよ、姉さん」リチャードは言った。「十日後でも、絶対いやだっていうよりは――それに、納得して手放すんでなかったら大騒ぎになるだろうし、そうしたら義兄さんに勘づかれちゃうからね。義兄さんにはなんにも言ってないんだよね？」

「言ってないわ。でも、言うほうがあの人のためにはいいんじゃないかしら、あれがもうすぐ――」

「いや、やめたほうがいい。あれのどこに義兄さんが魅《ひ》かれてるのか、それともこわがってるのか、ぼくたちにはわからないんだから。そのときまで待って、それから話そうよ。オーブリーはもう手放す気になってるのに、義兄さんのほうが反対したり、手放したくないって言い出すかもしれない。先にぼくが持っていってしまえば、そんなことはできないからね」

「たしかにそうだわね。ちなみに、オーブリーから漏れる心配はないから。ダンスのレッスンのことは、始まるまで黙っててお父さんをびっくりさせようねって言っといたの。だから人形のことも言えないわけよ、それを言ったらダンスのことも言わなくちゃならないから」

「うまくやったね」

サムが知っていたら、あんなことにはならなかったかもしれない。それとも、知っていてもやはり同じことだったのだろうか。

気の毒なサム。その翌日の夕方、彼は恐ろしい思いをした。オーブリーの学校友だちが遊びに来て、ふたりでドールハウスで遊んでいた。さほど興味がないふりをしようとしながら、サムはそれを見張っていた。イーディスは編物をし、リチャードはいましがたやって来て新聞を読んでいた。

子供たちの話に聞き耳を立てていたのはサムだけだった。その耳にこんな声が聞こえてきた。

「……それじゃオーブリー、お葬式ごっこしようよ。だれかが死んだことに——」

サム・ウォルターズはのどが締めつけられたような声をあげ、そちらへ駆け寄ろうとして危うく転びかけた。

気まずいことになったが、イーディスとリチャードは、少なくとも外面的にはさりげなくやり過ごした。そろそろおうちに帰る時間よ、とイーディスは言い、リチャードと目配せを交わすと、ふたりしてオーブリーの友だちを玄関まで送った。

低い声で、「ディック、見た？　いまの——」

「ぜったいに変だね。やっぱり早いほうがいいかもしれない。オーブリーはもう手放すことに同意してるんだし——」

いっぽうリビングルームでは、サムはまだ少し荒い息をついていた。こわいものを見るような目で、オーブリーはそんな父を見つめている。こんな目つきで娘に見られるのは初めてで、サムは恥ずかしかった。「オーブリーごめんな、ほんとに——ただね、その人形で葬式ごっこをするのだけはやめるって約束してくれないか。それに、重い病気にかかるとか事故にあうとか——そういう悪いことは起こさないようにしてほしいんだよ。頼むよ」

「うん、約束するよ。もう――もう夜になるし、片づけちゃうね」

そう言って、ドールハウスの屋根を閉じて、奥のキッチンに向かった。

廊下でイーディスはリチャードに言った。「その――わたしがオーブリーとふたりで話をして言い聞かせるから、あんたはサムと話をしてみて。サムに――そうだわ、今夜は出かけることにしない？　どこかへ出かけて、こんなことはみんな忘れるようにするの。サムにそう言ってみて」

サムはあいかわらずドールハウスを見つめていた。

「義兄さん、気分転換しようよ」リチャードは言った。「どこかへ出かけるのはどう。このところ、ぼくたちうちにばっかりいすぎだよ。たまには外に出なくちゃ」

サムはため息をついた。「そうだな、ディック、きみがそう言うんなら。ちょっと楽しむのも悪くないね」

イーディスはオーブリーを連れて戻ってきて、弟にウィンクしてみせた。「男の人たちは先に階下に降りて、角の向こうの乗り場からタクシーを拾ってきてよ。そのころを見計らってオーブリーとわたしは降りていくから」

男ふたりはコートの袖に手を通した。そのとき、リチャードがサムの背後で問いかけるような眼差《まなざ》しを向けると、イーディスはうなずいてみせた。

外には濃い霧が出ていた。数メートル先はもう見えない。サムは、自分がタクシーを拾いに行くから、リチャードは玄関でイーディスとオーブリーを待つようにと言った。ふたりはサムが戻る少し前に降りてきた。

リチャードは尋ねた。「もう――？」

「ちゃんとやっといたわ。捨てるつもりだったんだけど、人にあげちゃったの。これでほんとに厄介払いできたわ。ただ捨てただけだったら、ごみをあさって見つけようとするかもしれないし――」

「あげちゃったって、だれに？」

「それがね、ディック、おかしいのよ。ドアをあけたら、裏の廊下をおばあさんが歩いていたの。どこの部屋から出てきたのかわからないんだけど、きっとお掃除の人かなにかね。でも、ほんとに魔法使いのおばあさんみたいだったけど。わたしが人形を持ってるのを見て、そのおばあさんが――」

「タクシーが来た」とディック。「それで、その人にあげたんだね」

「そうなの、でもおかしいのよ。『あたしに？　くれるって？　ずっと持っといていいんだね？』って言うのよ。おかしな訊きかただと思わない？　わたしは笑って、『ええ、どうぞ。ずっと持っててく――』」

イーディスは途中で言葉を切った。黒っぽいタクシーの輪郭が歩道に見え、サムがドアをあけて声をかけてきたのだ。「みんな、さあ乗って！」

オーブリーがスキップしながら歩道を横切って乗り込み、ほかのふたりもそれに続いた。タクシーが走りだす。

霧はいよいよ濃くなってきた。窓の外はまったく見えない。ガラスに灰色の壁が張りついているかのよう、外の世界がきれいさっぱり消え去ったかのようだった。フロントガラスさえ、一家が座っているところからは灰色一色にしか見えない。

「よくこんなに速く走れるな」リチャードは言った。声に不安の色が混じっている。「ところでサム、どこに行くの」

「しまった」サムは言った。「彼女に伝えるのを忘れてたよ」

「彼女？」

「ああ、女性運転手なんだ。いまじゃどこでも見かけるね。あの、ちょっと――」

身を乗り出し、仕切りガラスを軽く叩いた。運転手がふり向く。

その顔を見て、イーディスが悲鳴をあげた。

白昼の悪夢　Daymare

最初は単純な殺人事件だった。それだけでもじゅうぶん頭の痛い話だ。なぜなら、ロッド・ケイカーが五年前にカリスト（木星の第四衛星）第三区警察の警部補になって以来、殺人事件が起こるのはこれが初めてだったからだ。

この記録は第三区の自慢だった。つまり、その記録がついに途絶えるまでは自慢だったのだ。しかしすべてに片がつくまでは、ロッド・ケイカーほど熱烈に、これが単純な殺人事件のままであってくれればよかった（全宇宙的な波紋など起こすことなく）と願った者はいなかっただろう。

ことが起こったのは、自宅のブザーが鳴ってロッド・ケイカーが顔をあげ、テレビ電話《ヴィジスクリーン》の画面に目をやったときだ。

そこに現われたのは、第三区行政官バー・マクスンの顔だった。

「おはようございます、行政官」ケイカーは愛想よく言った。「昨夜の演説はよかったですね、あの――」

マクスンはそれをさえぎって、「ああ、ありがとう。きみはウィレム・ディームを知っているかね」

「書籍・マイクロフィルム店をやってる？　ええ、多少は」

「死んだんだ」マクスンはきっぱりと言った。「殺されたらしい。調べてくれ」

彼の顔はたちまち画面から消え、ケイカーにはなにを質問するひまもなかった。しかし、いずれにしても質問などしている場合ではない。すぐに立ちあがって短剣を身に着けた。

カリストで殺人事件だって？　とうてい信じられなかったが、ほんとうに起こったのであれば現場に急行しなくてはならない。急行どころか特急だ。そうでないと火葬場に運ばれてしまって遺体を調べることができない。

カリストでは、死体は死後一時間以上置いておくことができない。ハイルラの胞子のせいだ。薄い大気中につねに微量に存在しているのだが、もちろん生体には無害だ。しかしそれが死ぬと、動物性物質の腐敗を恐ろしく加速するのである。

ケイカー警部補が息を切らして駆けつけたとき、書籍・マイクロフィルム店の正面玄関から検死官のドクター・スキッダーが出てくるところだった。

医師は立てた親指で自分の肩の後ろをさし、「見ておきたいなら急がないと」とケイカーに言った。「もう裏口から運び出すところだよ。でも、検死はすませたから――」

ケイカーはそのわきをすり抜けてなかに走り込み、白衣の公共施設管理課の職員が店の裏口から出ていこうとするのをつかまえた。

「やあ、ちょっと見せてくれ」ケイカーは叫ぶように言いながら、担架のうえにかけられたシートをめくった。

いささか気分が悪くなったが、遺体の身元や死因に関してはなんの疑いもなかった。じつはやはり事故死だったとわかるのではないかと、万にひとつの希望をかけていたのだが、頭蓋が割れて眉のあたりまでぱっくり口をあけている。明らかに、重い剣で力まかせに叩き割られたあとだった。

「刑事さん、急いでくださいよ。見つかってもうすぐ一時間経つんで」

ケイカーの鼻がそのとおりだと言っていた。手早くシートをもとに戻す。職員たちは、ドアのすぐ外に駐まった白いぴかぴかのトラックに担架を運んでいった。

ケイカーは考え込みながら店内に戻り、なかを見まわした。どこもきちんとしているようだ。セロファンで包まれた商品は長い棚に整然と並んでいる。べつの壁際には狭い仕切り席が並んでいて、本の購入者のための拡大機や、マイクロフィルムを読みたい人々のための映写機が備えつけてあったが、いまはすべてからっぽで、乱れた形跡もない。

店の外には野次馬が集まって小さな人だかりができていたが、ブレイガーという巡査が下がらせている。

「よう、ブレイガー」ケイカーが声をかけると、巡査は入ってきてドアを閉めた。

「なんでしょう、警部補」

「なにか知ってるか。発見者はだれで、いつかとか」

「発見者は自分です。一時間近く前、受け持ち区を歩いて巡回してるときに銃声を聞きまして」

ケイカーはぽかんとして巡査を見つめた。

「銃声？」とおうむ返しに尋ねる。

「はあ。駆け込んだら被害者が死んでいて、まわりにはだれもいませんでした。正面の入口から出てきた者はおりませんでしたから、奥に走っていったんですが、裏口からはだれの姿も見えませんでした。それで戻ってきて電話したんです」

「だれにだ。どうして直接おれに電話してこなかった」

「すみません、なんせあわてててたもんで、押すボタンをまちがって行政官にかけちまったんです。ディームがだれかに撃たれたって言いましたら、そのまま残って警備しろ、医者と管理課と警部補には自分が連絡すると言われまして」

その順序でか、とケイカーはいぶかった。たぶんそうだったのだろう、ここにやって来たのはケイカーが最後だったのだから。

しかしそんなことはともかく、いまはもっと重要なことを質問しなくてはならない。ブレイガーが銃声を聞いたという問題だ。つじつまが合わない、ただし――いや、それもばかげている。ウィレム・ディームが射殺されたのなら、医師が解剖の一環として頭蓋を切り開くなどということはありえない。

「ブレイガー、銃声とはどういう意味だ」ケイカーは尋ねた。「昔ふうの火薬式の武器ということか」

「はあ」とブレイガー。「遺体は見ておられんのですか。心臓の真上に穴があいてました。たぶん銃創だと思うんですが、なんせ見るのは初めてなもんで。カリストに銃があるとは思いませんでしたよ。熱線銃《ブラスター》より先に法律で禁止されたんですから」

ケイカーはゆっくりうなずいた。

「それで――それで、ほかの――その――ほかの創傷には気がつかなかったか」彼は重ねて尋ねた。

「いいえ、どうしてですか。ほかの傷なんかなかったです。心臓に穴があいてたら、それだけで殺せますよね」

「ドクター・スキッダーは、ここを出たあとどこへ行った？」ケイカーは尋ねた。「なにか言ってたか」

「はあ、オフィスに戻ると言っとられました。報告書が要るだろうから、警部補が訪ねてくるか、電話してくるまでオフィスで待ってるそうです。警部補、これから自分はなにをすればいいですか」

ケイカーはちょっと考えた。

「となりに行って、そこのテレビ電話《ヴィジフォン》を使わしてもらえ――ここのはおれが使うから」ケイカーはややあって巡査に指示を出した。「応援を三人呼んで、四人でこのブロックの聞き込みをしてくれ。住民全員に質問するんだ」

「つまり、裏道を走って逃げる者を見なかったかとか、銃声を聞いたかとか、そういうことを質問するんですね？」ブレイガーが尋ねる。

「そうだ。それと、ディームのことでなにか知らないか。それから、ディームを――その、射殺する理由がありそうな人間を知らないか」

ブレイガーは敬礼をして出ていった。

ケイカーはドクター・スキッダーにヴィジフォンをかけた。「やあ、先生。所見はどうです」

「所見もなにも、見たとおりだよ、ロッド。もちろんブラスターだ。至近距離で撃たれてる」

ロッド・ケイカー警部補は気を静めて言った。「もういっぺん言ってくれませんか」

「どうしたんだね」スキッダーは言った。「ブラスターで殺された人間を見たことがないのかね。ああそうか、ないだろうな。ロッド、きみはまだ若いから。しかし五十年前、わたしが学生だったころはときどき見たもんだよ」

「ブラスターでどこを撃たれてました？」

ドクター・スキッダーは驚いた顔をした。「ああ、それじゃ、もう遺体は運び出されたあとだったんだね。てっきりきみも見たもんだと思っていたよ。左肩の皮膚と肉が完全に焼失していて、骨が露出して黒焦げになっていた。実際の死因はショックだ――ブラスターは急所には当たってなかった。と言っても、あの火傷《やけど》ではいずれにしても助からなかっただろうが、それより先にショックで即死してしまったわけだ」

まるで夢のようだ、とケイカーは胸のうちでつぶやいた。

「夢のなかでは、わけのわからないことが起こるものだ」彼は思った。「しかしこれは夢じゃない。現実なんだ」

「ほかに外傷などはありませんでしたか」ゆっくりと尋ねた。

「なかったね。ロッド、全力をあげてブラスターの捜索をおこなうべきだと思うよ。必要なら第三区じゅう捜索したほうがいい。ブラスターの形状は知ってるんだろう」

「写真を見たことはありますが」ケイカーは言った。「音がしますか。発射されたところを見たことがないので」

ドクター・スキッダーは首をふった。「閃光が出て、シュッと音がするだけだよ。大きな音はしない」

「銃声とまちがわれることはないんですね」

医師は目を丸くした。

「火薬式の銃の発射音のことかね。もちろんありえないよ。かすかにシュッと音がするだけだから。三メートルも離れたらもう聞こえない」

ヴィジフォンを切ると、ケイカー警部補は腰をおろし、集中しようと目を閉じた。なんとか説明をつけなくてはならない。彼自身の見たことと、巡査や医師の話がどうしてこんなに食い違っているのだろう。

遺体を最初に発見したブレイガーは、心臓に穴があいていたと言った。そしてほかに外傷はなかったという。また銃声が聞こえたとも言っていた。

ブレイガーが嘘をついているのだろうか。しかしそれでも説明はつかない。なぜなら、ドクター・スキッダーによれば、ブラスターによる火傷はあっても銃創はなかったという。スキッダーが遺体を見たのはブレイガーのあとだ。

少なくとも理屈のうえでは、スキッダーが見る前に、すでに死亡している被害者にだれかがブラスターを浴びせたという可能性はある。しかし――

しかし、それでは頭部の損傷の説明がつかないし、なぜ医師が銃創を見ていないのかもわからない。

少なくとも理屈のうえでは、スキッダーが検死をしてから、彼すなわちロッド・ケイカーが遺体を見る前に、遺体の頭部にだれかが剣を叩き込んだという可能性はある。しかし――

しかしそれでは、担架の遺体のシートをめくったとき、肩の火傷に気づかなかった理由が説明できない。銃創を見落とすことはありうるが、被害者の肩がドクター・スキッダーの言うような状態だったとすれば、それに気づかないということはありえない。まちがいなく気づくはずだ。

堂々めぐりをくりかえすうちに、ついに唯一可能な説明がひらめいた。どんな突拍子もない理由があるのか知らないが、検死官が嘘をついているのだ。ということはもちろん、彼ことロッド・ケイカーは、ブレイガーが見た銃創を見落としたということになる。とはいえ、それはありえないことではない。

けれども、スキッダーの話がほんとうのはずはない。検死のさいに、スキッダー自身が頭部に傷をつけることは可能だ。そして肩の傷について嘘をつく。しかし、なぜそんなことをするのだろう。頭がおかしいのならべつだが、ケイカーには理由は想像もつかなかった。とはいえ、すべてを矛盾なく説明する道はそれしかない。

しかし、いまごろはもう遺体は処理されているだろう。ドクター・スキッダーが嘘をついているというのは、ケイカー自身の証言しか――

いや待てよ！――あの職員ふたりは、担架にのせるときに遺体を見ているはずではないか。

ケイカーは急いでヴィジフォンの前に立ち、公共施設管理課に電話をかけた。

「一時間足らず前に、第九三六四の店から遺体を運び出したふたりの職員なんだが――もう戻ってきてますか」彼は尋ねた。

「少々お待ちください……はい、ひとりは本日の業務を終えて帰宅していますが、ひとりはまだおります」

「その人と話がしたいんだが」

画面の前に現われた男には見憶えがあった。ふたりの職員のうち、ケイカーに向かって急いでくれと言った男だ。

「なんでしょう」男は言った。

「きみは遺体を担架にのせるのに手を貸しただろうね」

「もちろんです」

「死因はなんだったと思う？」

白衣の男は、信じられないという目を画面の向こうから向けてきた。

「なんの冗談ですか、刑事さん」とにやにやしてみせる。「どんなばかだってまちがえっこありませんよ」

ケイカーは眉をひそめた。

「そうは言っても証言に食い違いがあるのでね、きみの意見が聞きたい」

「おれの意見？　首が切り落とされてるのに、意見の食い違いなんかあるんですか」

ケイカーは強いて落ち着いた声で言った。「きみといっしょに遺体を運んだ人も、それを裏付けてくれるだろうね」

「もちろんですよ、驚いたな！　なんせ担架にべつべつにのせなきゃならなかったんですからね。胴体をふたりで持ちあげてから、ウォルターが首を拾って胴体の横にのせたんです。凶器は分子破壊光線だったんでしょう？」

「もうひとりの人とその話をした？」ケイカーは言った。「きみたちのあいだでは意見の食い違いはなかったんだね。その、つまり――細かい点で」

「じつを言うとあったんです。だから分子破壊光線だったんでしょうって訊いたんですよ。火葬にしたあと、切り口がぐちゃぐちゃだったたってウォルターは言うんです。斧《おの》かなにかを何度も叩きつけたみたいだったたって。でも、おれが見たときはすぱっときれいに切れてたんですよね」

「頭のてっぺんを割られたような形跡には気づかなかったかね」

「いいえ。あれ刑事さん、なんか顔色が悪いですよ。どうかしたんですか」

それがロッド・ケイカーの直面した状況だった。これが単純な殺人事件だったらよかったのにと思いはじめたとしても、だれに非難することができようか。

数時間前には、カリストの殺人事件ゼロの記録が破られたというだけでも嘆かわしい事態だった。しかしそこから状況は悪化の一途だ。このときのケイカーには知るよしもなかったが、状況は以後もますます悪化していき、しかもこれはたんなる始まりでしかなかったのである。

もう夜八時になっていたが、ケイカーはまだオフィスに残っていた。目の前のデュラプラスト製のデスクには、報告書第八一二号の用紙が一枚載っている。その用紙にはいくつか項目があるが、一見するとどれも簡単そうだった。

故人の氏名　　ウィレム・ディーム
職業　　書籍・マイクロフィルム店の店主
住所　　カリスト第三区第八二五〇アパートメント
職場の住所　　カリスト第三区第九三六四店
死亡時刻　　カリスト標準時でおよそ午後三時
死因

たしかに最初の五つの項目は簡単に埋められた。しかし六番めは……もう一時間もその項目をにらんでいる。カリストの一時間は地球の一時間より短いが、こんな項目をにらんでいる時間としてはじゅうぶんに長い。

しかしいまいましいことに、そこになにかを書かないわけにはいかないのだ。

いったんあきらめて、ヴィジフォンのボタンに手を伸ばした。ややあって、画面にジェイン・ゴードンが現われてこちらに目を向けてきた。そしてロッド・ケイカーはそれを見返した。そこには見る甲斐のあるものが映っていたから。

「やあ、ジェイン」彼は言った。「今夜はそっちへ行けそうにないんだ。すまない」

「いいのよ、ロッド。どうしたの。ディームの事件？」

彼は陰気にうなずいた。「書類仕事でね。書類やら報告書やら、山ほど区間調整官に提出しなくちゃならないんだ」

「まあ。どんなふうに殺されたの？」

「規則第六十五条でね」と笑顔で言った。「未解決事件の詳細を民間人に漏らすことは禁じられてるんだ」

「規則第六十五条がなによ。パパはウィレム・ディームとは親しかったのよ。うちにもよく訪ねてきてたわ。ミスター・ディームはわが家の友人みたいなものだったのよ」

「友人みたいなもの？」ケイカーは尋ね返した。「つまり、きみはあまりディームのことが好きじゃなかったわけだ」

「その――そうね、好きじゃなかったんだと思うわ。話は面白かったけど、でも皮肉屋だったから。あの人のユーモアのセンスにはついていけなかったのよね。それで、どんなふうに殺されたの？」

「それを教えたら、ほかはもう質問しないと約束してくれるかな」ケイカーは尋ねた。

彼女は目を輝かせた。「もちろんよ」

「射殺だよ。火薬式の銃とブラスターで撃たれたんだ。それから剣で頭を割られて、斧と分子破壊光線で首をちょん切られた。おまけに担架に載せられたあとで、だれかが切られた首をもとどおりにくっつけた。おれが見たときはくっついてたからね。それから銃創をふさがれて――」

「ロッド、もうたくさん」ジェインが口をはさんだ。「教えたくないのね。わかったわよ」

ロッドはにっと笑った。「怒らないでくれよ。ところでお父さんはどう」

「だいぶよくなったわ。いまは眠ってるけど、よくなってきてるのはたしかよ。来週には大学に戻れるんじゃないかしら。ロッド、疲れた顔してるわね。その書類はいつまでに出せばいいの」

「事件発生から二十四時間以内だ。だが――」

「だがはなしよ。いますぐこっちへいらっしゃいよ。そんな書類なんか、明日の朝書けばいいじゃない」

にっこりほほえまれて、ケイカーの決心はもろくも崩れた。

「わかったよ、ジェイン」彼は言った。「ただ、途中でパトロール部に寄ってから行く。犯行のあったブロックで聞き込みをやらせたから、その報告書をとってこないと」

しかし、そこで待っていた報告書はものの役には立たなかった。聞き込みは徹底的におこなわれていたが、目ぼしい情報はまるでなし。ブレイガーが駆けつける以前に、ディームの店に人が出入りするのを見た者はおらず、ディームに恨みを持ちそうな者についても、近隣住民にはなんの心当たりもないという。銃声を聞いた者すらいなかった。

ロッド・ケイカーはうなるような声をあげ、報告書をポケットに突っ込んだ。ゴードン家に向かって歩きながら、この捜査をこれからどう進めたものかと考えあぐねていた。探偵小説では、こういう犯罪の場合どこから手をつけるのだろう。

そう、数年前に地球で大学生だったころ、彼は探偵小説を読んでいたのだ。探偵はふつう、証言の矛盾点を発見し、そこを突いて相手を罠《わな》にかけるものだ。それも、たいていはかなり劇的に。架空の探偵のなかでもぴか一なのはワイルダー・ウィリアムズで、初対面の相手の身なりや手の形を見ただけで、その全人生を推理できるという名探偵だ。しかし、ワイルダー・ウィリアムズでも、証人ごとに死因がばらばらという被害者に出くわしたことはない。

ジェイン・ゴードンとともに、彼は楽しい――しかし実りのない――ひと晩を過ごし、また結婚を申し込み、また断わられた。しかしそれにはもう慣れっこだ。今夜の彼女はふだんより少し冷淡だったが、たぶんウィレム・ディームの話をしたがらないのが気に入らなかったのだろう。

帰宅してベッドに入った。

明かりを消すと、アパートメントの窓から怪物のように巨大な木星が見えた。緑を帯びた黒い空に低くかかっている。横になってそれをじっと見つめていたせいで、目を閉じたあとでもまだ見えるような気がした。

ウィレム・ディームは死んだ。死んだウィレム・ディームに関してなにをどうすればいいのか。頭のなかで堂々めぐりを続けるうちに、混沌《こんとん》のなかから筋道立った思いつきがひとつ浮かびあがってきた。

明日の朝、検死官と話をしに行こう。頭部の刃創については言わず、ブレイガーが見たという心臓の銃創についてスキッダーに質問しよう。それでもブラスターの火傷以外に外傷はなかったとスキッダーが言うなら、ブレイガーを呼んで話をさせてみればよい。

そのあとは――まあ、そのあとのことはそのときになってから考えよう。このままでは一睡もできない。

そこでジェインのことを考え、そうするうちに眠り込んだ。

しばらくして夢を見た。いや、あれはほんとうに夢だったのか。夢だったとしたら、彼はその夢のなかでベッドに寝ていて、目を覚ます寸前でとろとろしていた。すると部屋の四隅からささやき声が聞こえてきた。闇の奥からささやく声。

巨大な木星はいまでは空の向こうに移っていた。外は暗く、窓の輪郭もよく見分けがつかない。室内は完全に真っ暗だった。

声がささやく。

「――殺せ」

「憎い、憎い、憎い」

「――殺せ、殺せ、殺せ」

「第二区においしいところをみんな持っていかれて、第三区ばかり苦労させられている。第二区は第三区のコルラのプランテーションを搾取している。腹黒いやつらだ。殺して乗っ取ってしまえ」

「憎い、憎い、憎い」

「第二区の連中は腰抜けの高利貸しばかりだ。火星人の血が混じっているのだ。流せ、火星人の血を流せ。第三区こそカリストを支配すべきだ。三は神秘の数字だ。第三区がカリストを支配する運命なのだ」

「憎い、憎い」

「――殺せ、殺せ、殺せ」

「火星人の血の混じった高利貸しの悪党ども。憎い、憎い、憎い」

声がささやく。

「いまだ――さあ――さあ」

「殺せ、殺せ」

「平原の三百キロ向こう。モノカーなら一時間で着く。奇襲攻撃だ。いまだ。さあ。さあ」

ロッド・ケイカーはベッドから出ようとしている。暗がりのなかであわてて服を身に着けた。明かりをつけないのはこれが夢だからであり、夢は暗闇で見るものだからだ。

剣はベルトの鞘《さや》に収まっている。それを抜き、刃に触れる。刃は鋭く、いつなりとも敵の血を流すことができる。彼がこれから殺そうとする敵の。

ついにこれをふるって赤い血の円弧を描くのだ。まだ血の味を知らない剣で——時代錯誤の剣は記章であり、彼の地位の、そして権威のしるしだ。怒りに任せて剣を抜いたことは一度もない。象徴としての短剣、刃渡りは五十センチもない。しかし、心臓を刺し貫くにはじゅうぶんだ——心臓までは十センチぐらいだから。

声はささやきつづける。

「憎い、憎い、憎い」

「腹黒い敵の血を流せ。殺せ、血を流せ、殺せ、血を流せ」

「いまだ。さあ、さあ、さあ」

鞘を払った剣を握りしめ、彼は音もなくドアから忍び出て、階段をおり、ほかの部屋のドアの前を通り過ぎた。

あいているドアがいくつかあった。暗闇のなか、彼はひとりではなかった。彼とともに闇を歩く者たちがほかにもいる。

アパートメントの玄関から忍び出て、ひんやりした夜闇の通りを歩く。明るく照らされているはずの通りが暗い。それもまた、これが夢であることの証拠だ。暗くなってからは街灯が消えることはない。日没から夜明けまで、ずっとついているはずなのだ。

しかし、地平線にかかった木星の光であたりはじゅうぶんに明るい。天上の丸いドラゴンのような木星。赤い斑点《はんてん》が、悪意に満ちた不吉な目のようだ。

夜のなかで声がささやく。四方八方からささやきかけてくる。

「殺せ——殺せ——殺せ——」

「憎い、憎い、憎い」

そのささやきは、周囲を歩く影のような人々から聞こえてくるのではない。人々は彼と同じく黙って歩いている。

声は夜そのものから聞こえてくる。その声の調子が変化しはじめていた。

「待て、今夜ではない。今夜ではない、今夜ではない」

「戻れ、戻れ、戻れ」

「戻れ、わが家へ、ベッドへ、眠りのなかへ」

周囲の人影はその場に立ち止まり、彼と同じくどうしていいかわからなくなっていた。だがやがて、ほとんど同時に、声の命令に従いはじめた。まわれ右をし、いま来た道を引き返していく。来たときと同じように黙々と……

目が覚めたとき、ロッド・ケイカーは軽い頭痛がした。二日酔いのようでもある。小さいが明るい太陽はすでに空高く昇っていた。

時計を見るとふだんより少し遅かったが、それでも数分そのまま横たわって、昨夜の奇妙な夢を思い出していた。夢とはそういうものだ——起きてすぐ、完全に目が覚める前にそれについて考えておかないと、きれいさっぱり忘れてしまう。

ばかげた夢だった。狂った無意味な夢だ。多少先祖返りの気があったかもしれない。人々がしじゅう互いののどくびを狙いあっていた日々、戦争と憎悪と覇権争いの時代への逆行。

それは太陽系会議以前の話だ。まず人の居住する惑星のひとつで開かれ、次はべつの惑星で開かれて、調停によって秩序を、そして統合をもたらした。いまでは戦争は過去のものとなった。太陽系のうち、人の居住可能な場所——地球、金星、火星、そして木星のふたつの衛星——はすべてひとつの政府のもとにある。

しかし、血塗られた古い時代には、あの先祖返りの夢で彼が感じたようなことを人々は感じていたのにちがいない。昔、地球が宇宙航法の発見によって団結して、火星——すでに知的生命の存在していた唯一のべつの惑星——を征服し、足がかりさえあればどこにでも植民地を広げていったころ。

植民地のなかには、独立を求め、次には覇権を求めたところもあった。血塗られた数世紀——そのころのことを、いまではそう呼ぶようになっている。

ベッドを出て着替えようとして、意外なことに気づいて面食らった。服がない。きちんと畳んでベッドわきの椅子の背にかけておいたはずなのに。見れば、床に乱雑に散らばっていた。暗闇のなかで急いで無造作に脱ぎ捨てたかのようだった。

「信じられない！」彼は思った。「昨夜は夢遊病にでもかかったのかな。あの夢を見ていたとき、ほんとうにベッドから起きて通りへ出ていったのだろうか。あの声に命じられたとおりに？」

「まさか」と自分に言い聞かせた。「いままで夢遊病を起こしたことはないし、昨夜だってそうだ。服を脱いだときにうっかりしてただけだ。ディーム事件のことで頭がいっぱいだったから。そう言えば、ちゃんと椅子にかけたのをはっきり憶えているわけじゃないし」

そんなわけで、彼は制服を手早く身に着け、オフィスへ急いだ。朝の光のなかでは、用紙を埋めるのはむずかしくなかった。「死因」の空欄にはこう書いた。「検死官によれば、ブラスターの創傷によるショックで死に至ったとのこと」

うまく切り抜けたぞ。それが死因だと書いたわけではない。たんに検死官がそう言ったと書いているだけだ。

配達人を呼んで報告書を渡し、まもなく出航予定の郵便船に急いで届けるように頼んだ。それからバー・マクスンに電話をかけた。

「行政官、ディーム事件についてご報告します」彼は言った。「すみません、まだなんのめども立っておりません。店を出るところを目撃された者はいませんでした。近隣住民には全員に聞き込みをしましたので、今日は友人知人を当たってみるつもりです」

マクスン行政官は首をふった。

「全力をあげてくれ、警部補」彼は言った。「この事件は解決しなくてはならん。いまのこの時代に、殺人事件というだけでけしからんのに、それが未解決とあっては言語道断だ。ほかの犯罪を誘発することになる」

ケイカー警部補は暗い顔でうなずいた。そのことは彼も考えていた。心配なのは、殺人事件が社会に及ぼす影響であり——そして彼の職に及ぼす影響でもあった。管轄区で起こった殺人事件の犯人をつかまえそこねたとあっては、警部補としての経歴はおしまいだ。

行政官の顔がヴィジフォンの画面から消えたあと、ケイカーはデスクの引出しからディームの友人の名簿を取り出して調べはじめた。おもに訪問する順番を決めるためだ。

鉛筆で、ペリー・ピーターズの名前の横に「1」と書き入れた。理由はふたつ。ひとつは、ピーターズの自宅がほんの数軒先だからであり、もうひとつは名簿にあがっているうちでいちばん親しい相手だったからだ。ジャン・ゴードン教授はべつかもしれないが、こちらは最後に訪ねるつもりだった。そのほうが、病気で臥《ふ》せっている教授が起きている可能性が高いし、また娘のジェインが帰宅している可能性も高い。

ペリー・ピーターズはケイカーが訪ねていくと喜び、すぐにその目的を言い当てた。

「やあ、シャイロック」

「へっ？」とロッド。

「シャイロック——名探偵だよ。警察官として初めて謎に挑戦するんだからな。それとももう解決したのか」

「それを言うならシャーロックだよ、ばかだな——シャーロック・ホームズだ。お尋ねなら答えるけど、まだ解決はしてない。なあペリー、ディームについて知ってることを残らず話してくれないか。ディームとは親しかったんだろう？」

ペリー・ピーターズは考え込むようにあごをこすりながら、作業台に腰をおろした。長身でひょろりとしているから、飛びあがらなくても楽に腰かけられるのだ。

「ウィレムは変わったちびだったよ」彼は言った。「みんなに嫌われてた。皮肉屋だったし、政治について異常な考えかたをしてたし。ぼくとしちゃ、あいつの言うことにも一理はなくても半理ぐらいはあるんじゃないかと思ってたけどさ、ともかくチェスはべらぼうに強かったよ」

「それが唯一の趣味だったのか」

「いや、もの作りも好きだった。たいていは小型の道具だったが、なかにはよくできてるやつもあった。もっとも趣味でやってるだけで、特許をとろうとかそれで儲けようとはしてなかったが」

「つまり発明ってことか。きみと同業？」

「うーん、発明っていうより気の利いた道具だよ。たいていは小さいやつで、独創的なアイデアを出すより細かい職人仕事が得意だった。それにさっきも言ったが、あいつにとってはただの趣味だったし」

「発明に協力してもらったりしてた？」ケイカーは尋ねた。

「ああ、ときどきね。それもやっぱりアイデアのほうじゃなくて、むずかしい部品を作るのを助けてもらってたんだ」ペリー・ピーターズは、いまいる作業部屋全体をさすように手をまわした。「ここにある道具はみんな、比較的粗い作業用なんだ。精度が千分の一より細かいものはひとつもない。だけど、ウィレムは——小さい旋盤を持ってて、それがすごいんだ。なんでも切れるうえに、五万分の一の精度でね」

「ディームには敵がいたのかな」

「ぼくの知るかぎりじゃいなかった。ロッド、これは嘘じゃない。あいつを嫌ってるやつはおおぜいいたが、たんにふつうに虫が好かないって程度だった。わかるだろ、本やマイクロフィルムはあいつの店では買いたくないけど、殺そうと思うほどじゃないってことだよ」

「それじゃ、きみの知ってる範囲で、ディームが死んで得をしそうな人は？」

「うーん——ゼロだな、言ってみれば」ピーターズは考え考え言った。「遺産の相続人は甥《おい》だと思う、金星に住んでる。いちど会ったことがあるが、感じのいいやつだったよ。だけど遺産って言ったって、目の色を変えるほどのもんじゃないだろう。数千クレジットがせいぜいじゃないかな」

「ペリー、これはディームの友人のリストなんだ」ケイカーは紙をピーターズに渡した。「抜けてる名前がないか見てくれないか。それか、なにか思いついたことでもあれば」

ひょろりとした発明家はそのリストを眺め、また返してよこした。

「抜けはないと思うよ。むしろ、二、三人は意外な名前も入ってるぐらいだ。そのリストに載るほど親しかったとはって。それに彼の店の上顧客《とくい》っていうか、あの店でよく買ってた人たちもちゃんと入ってる」

ケイカー警部補はそのリストをまたポケットに入れた。

「いまはなにを作ってるんだ？」とピーターズに尋ねる。

「じつはちょっと詰まってるんだ」発明家は言った。「ディームに手伝ってもらえれば――というか、少なくともあの旋盤を使わせてもらえれば、なんとか作業を先に進められるんだが」と、作業台からゴーグルを取りあげた。ロッド・ケイカーはこんな奇天烈《きてれつ》なゴーグルを見るのは初めてだった。レンズは完全な円ではなく扇形で、伸縮性のあるゴムバンドでかけるようになっている。明らかにレンズの上下を顔にぴったり密着させるようにできていた。そして中央上部、装着者のひたいに当たる部分には、直径四センチ弱の小さな円筒形の箱がついていた。

「なんに使うんだ、それ」ケイカーは尋ねた。

「レイダイト鉱山で使うのさ。レイダイトは原石の状態だと放射線を発するんだが、その放射線ってのが、透明な物質はなんでも破壊しちまうってしろものなんだ。いまのところ、耐性のある透明な物質は作られてないし、発見もされていない。水晶でもだめなんだ。それに裸眼にも害がある。だから鉱夫はいわば目隠しをして、手探りで作業しなくちゃならない」

ロッド・ケイカーはゴーグルをしげしげと眺めた。

「でも、放射線を防ぐためなら、なんでこのレンズはこんな変な形をしてるんだ？」

「そのてっぺんについてる部品は小さなモーターなんだよ。そのモーターで、レンズについてる特殊加工のワイパーを動かすんだ。どこから見ても、旧世界の自動車のワイパーそっくりなんだが、レンズはそのワイパーが描く円弧に合わせてそういう形になってるんだよ」

「なるほど」とケイカー。「つまり、そのワイパーは吸湿性があって、ガラスを保護する液体がしみこませてあるわけだ」

「ああ、ガラスじゃなくて水晶だけどね。ただ、それで保護できるのがほんの数分の一秒なんだよ。だからワイパーはすごい勢いで動くんだ――あんまり速くて、ゴーグルをかけているときでも見えないぐらいだよ。ただ、ワイパーのアームがレンズを半分隠すぐらいでかいから、一度に透けて見えるのはレンズの一部なんだ。しかし、それでもぼんやりとは見えるわけだから、レイダイト採掘の効率は一千パーセントも向上するだろう」

「すごいな、ペリー」ケイカーは言った。「ぼんやりしか見えないって問題は、超強力な照明を使えば解決できるもんな。もう試してみたのか」

「ああ、成功だったたよ。問題は軸でね。摩擦熱で膨張するもんだから、一分かそこら使ってると引っかかって動かなくなるんだよ。軸を細くするのに、ディームの旋盤――というか、ああいうやつがあればいいんだが。あのさ、あれを使えるように手配してもらえないかな。一日かそこらでいいんだが」

「いいとも」ケイカーは言った。「行政官が指名する遺言執行者に話をして、手配しておくよ。それで、相続人からあとで買い取ったらいい。それともその甥って人は、そういうことに興味があるのか」

ペリー・ピーターズは首をふった。「いや、たぶん旋盤と穿孔盤《せんこう》の区別もつかないだろう。あれが使えるように手配してくれたら、すごく恩に着るよ、ロッド」

ケイカーは立ち去ろうとしかけたが、ペリー・ピーターズに呼び止められた。

「ちょっと待った」ピーターズは言ったが、そこで口ごもり、後ろめたそうな顔をした。

「ロッド、たぶんこれは言ってなかったと思うんだが」しまいに発明家は口を開いた。「ひとつ、ウィレムのことで知ってることがあるんだ。彼の死に関係があるかもしれない。どういう関係かって言われてもぼくにはわからないけど。密告なんかしたくないんだが、ウィレムはもう死んでしまって、いまさら困ることもないわけだし」

「どういうことだ、ペリー」

「違法な政治の本だよ。陰でそういう本を売って小銭を稼いでたんだ。つまりその、目録に載ってる本だよ。言いたいことはわかるだろう」

ケイカーは低く口笛を吹いた。「まだあんな本が印刷されてたとは知らなかったよ。会議が厳罰を科すって決めてからは——驚いたな！」

「人間はいまも昔も変わらないよ、ロッド。知らないほうがいいことを知りたがるんだ——ほかに理由はなくても、どうして知らないほうがいいのか知りたくなる」

「灰禁書か黒禁書か、どっちだった？」

発明家は面食らった顔をした。

「なんのことだか。どんな違いがあるんだ」

「公式の禁書目録に載ってる本には二種類あるんだ」ケイカーは説明した。「ほんとうに危険な本が黒禁書で、所持しているだけで重罪だし、書いたり印刷したりすれば死刑だよ。でも、そこまで危険じゃない本は灰禁書って言うんだ」

「ウィレムがどっちを売ってたのか、ぼくにはわからないよ。ただここだけの話、以前貸してくれたのを二冊ほど読んだんだが、どっちもすごく退屈だったな。非正統的な政治理論の本だった」

「それならたぶん灰禁書だ」ケイカー警部補はまゆを開いた。「理論関係はみんな灰禁書だからね。黒禁書ってのは、現実に危険を及ぼすような情報が書かれてる本をいうんだ」

「たとえば？」発明家はケイカーをじっと見つめている。

「非合法物品の製造法の指南書とかね」ケイカーは説明した。「たとえばリーサイトみたいな。リーサイトっていうのは恐ろしく危険な毒ガスなんだ。数キロもあれば、ひとつの都市の住民を皆殺しにできる。リーサイトの製造は非合法化されてるから、それを作る方法を書いた本があったら黒禁書になるだろうね。頭のおかしいやつがそんな本を手に入れたら、自分の住む町を全滅させるかもしれないから」

「でも、そんなことをするやつがいるかね」

「精神的におかしいとか、恨みを抱えてるとか。でなければ、違法な目的で少量使いたいと思うやつもいるかもしれない。あるいは――恐ろしい話だが、どこかの政府の指導者が、となりの国に対して使おうと考えるかもしれないだろ。そういう知識は、太陽系の平和を脅《おびや》かしかねない」

ペリー・ピーターズは考え込むような顔でうなずいた。「なるほど。まあ、殺人と関係があるかどうかはやっぱりわからないけど、ただウィレムの副業のことは言っといたほうがいいと思ったんだ。だれが引き継ぐにしても、あの店が再開される前に在庫のチェックをしといたほうがいいだろうし」

「そうするよ」ケイカーは言った。「ありがとう、ペリー。それで、もしよかったら電話を貸してくれないか。すぐに店の捜索を始めさせたいから。もし黒禁書があったらちゃんと手を打っとかないと」

画面に現われた秘書は、ケイカーを見ておびえたようなほっとしたような顔をした。

「ケイカー警部補、ずっと探してたんですよ。恐ろしいことが起こったんです。また人が死んで」

「また殺人事件か」ケイカーは息をのんだ。

「それがよくわからないんです。十人以上の目撃者の前で、窓から飛びおりたんですって。でも窓の高さは六メートルぐらいしかなくて、ここの重力ではそれぐらいの高さから落ちても死ぬはずないのに、でもみんなが駆けつけたときには死んでたんです。目撃者のなかにはその人を知ってる人が四人いて、それが――」

「うん、いったいだれが死んだんだ」

「それが――ケイカー警部補、その人たちは、つまりその四人はみんな、死んだのはウィレム・ディームだって言うんです！」

悪夢のような非現実感にさいなまれつつ、ロッド・ケイカー警部補は検死官の肩越しに遺体を見おろしていた。すでに担架にのせられていて、そばで公共施設管理課の職員がじりじりしながら待っている。

「先生、急いでくださいよ」ひとりが言った。「もう長くはもたないんですから。あっちに着くまで五分かかるし」

ドクター・スキッダーは気短にうなずき、顔もあげずに検死を続けた。「外傷はなしだ、ロッド」彼は言った。「中毒の徴候もなきゃなんの徴候もない。ただ死んでる」

「落ちたショックで死んだんじゃないんですか」

「すり傷ひとつできてないんだよ。わたしとしては心臓麻痺と判断するしかないね。お待たせ、もう運んでいっていいよ」

「刑事さんももうすみました?」

「ああ、すんだよ」ケイカーは言った。「運んでってくれ。それで先生、どっちがウィレム・ディームなんです?」

白いシートのかかった担架を、職員がトラックに運んでいく。医師はそれを目で追っていたが、処置なしとばかりに肩をすくめた。

「警部補、それはきみの仕事じゃないのかね」彼は言った。「わたしには死因を証明することしかできないよ」

「まったくわけがわからない」ケイカーは嘆いた。「第三区はそこまで大都会じゃないんだから、人に知られずに替え玉を飼っておくことなんかできませんよ。でもふたりのうちどっちかは替え玉のはずだ。ここだけの話、先生はどっちが本物だと思います?」

ドクター・スキッダーはむずかしい顔で首をふった。

「ウィレム・ディームは、鼻に変わった形のいぼがあった」彼は言った。「それがどっちの遺体にもあったんだよ、ロッド。どっちも作りものじゃなかったし、特殊メイクでもなかった。これは医師としての名誉をかけて断言する。それはともかく、わたしのオフィスにいっしょに来れば、どっちが本物のウィレム・ディームか教えてあげられるよ」

「えっ、ほんとですか」

「ディームの親指の指紋は税務署にファイルされてるはずだ。みんなそうなんだからね。またカリストでは、検死のさいには遺体の指紋をとることになってる。ここじゃ遺体はすぐに腐敗してしまうからね」

「つまり、どちらの遺体についても親指の指紋をとったんですね」ケイカーは尋ねた。

「もちろんだ。どっちもきみが現場に来る前にとっておいたんだよ。ウィレムの——つまり、もういっぽうの遺体の指紋は、わたしのオフィスに保管してある。だから、税務署にファイルされてる指紋を持ってきてくれ。オフィスで待っているから」

ケイカーはほっとため息をついて同意した。少なくともこれでひとつは解決する——どっちの遺体が本物かという点だけは。

そんな比較的幸せな精神状態は、しかし三十分しかもたなかった。つまり三十分後、ドクター・スキッダーとともに三つの指紋を見比べたのだ。ひとつはロッド・ケイカーが税務署から確保してきたもの、残りふたつはそれぞれの遺体の指紋だ。

どれも同じだった。三つとも。

「うーん」ケイカーは言った。「ドクター・スキッダー、指紋がごっちゃになったりしてませんか」

「どうしたらごっちゃにできるんだね。どっちの遺体からもひとつずつしか指紋はとってないんだよ。いま見ているあいだに取り違えたにしても、結果は同じじゃないかね。三つともおんなじなんだから」

「でもそんなはずありませんよ」

スキッダーは肩をすくめた。

「これは、行政官にじかに伝えたほうがいいと思うね」彼は言った。「電話をして面会を申し込んでおくよ。いいね」

ケイカーは三十分後、バー・マクスン行政官にすべてを話していた。重要な点ではドクター・スキッダーも口添えしてくれた。マクスン行政官の表情を見て、ロッド・ケイカー警部補は医師の口添えをありがたいと思った。それはもう、心の底から。

「では同意してくれるかね」とマクスンは尋ねた。「この問題を区間調整官に伝えて、特別捜査官を派遣してもらおうと思う。捜査はそちらに引き継がれることになるが」

いささか不承不承ではあったが、ケイカーはうなずいた。「行政官、自分が無能だと認めるのも、人からそう思われるのも不本意ですが、しかしこれはふつうの犯罪ではありません。なにが起こっているにせよ、わたしの理解を超えています。ひょっとしたら、殺人よりずっとたちの悪いものが潜んでいるんじゃないかと思います」

「警部補、わたしもそう思うよ。今日じゅうに本部から適任者を派遣してもらって、きみに連絡してくるように手配しておくから」

「行政官」ケイカーは尋ねた。「機械とか技術とか発明されてるでしょうか、つまりその――精神はともかく、人間の身体を複製できるような……」

マクスンは面食らった顔をした。

「ディームはなにかをいじりまわしていて、それにやられたんじゃないかと思っているのかね。いや、そういう発明発見の話を耳にしたことはないな。いまだかつて人間の複製が作られたことはない。人体構造の模型ならべつだが、生命のない物体としても複製はないね。スキッダー、きみはそういう話を聞いたことがあるかね」

「ありません」検死官は言った。「ロッド、きみの友人のペリー・ピーターズにもそんなことは無理だと思うよ」

マクスン行政官のオフィスを出てから、ケイカーはディームの店に向かった。そこはブレイガーに任してあったから、ブレイガーとふたりで徹底的に捜索をおこなった。時間と手間のかかる仕事だ。本を一冊一冊、マイクロフィルムを一本一本、細かく調べなくてはならない。

違法な書物を印刷する業者は、抜け目なく商品に偽装を施すものだ。発禁本はふつう、表紙やタイトルページ、そして多くは最初の数章まで、人気の小説本に見せかけてある。マイクロフィルムも偽装という点では同様だ。

作業が終わったときには、外には闇がおりて木星が輝いていた。しかし、ロッド・ケイカーは徹底的に仕事をやり終えたと納得していた。店のどこにも発禁本はなかったし、マイクロフィルムもすべて映写機でチェックしたのだ。

ロッド・ケイカーの指示で、ディームのアパートメントもほかの警官たちが徹底的に捜索していた。そちらに電話をかけて報告を聞いたが、結果は完全にシロだった。

「ポルノのパンフレット一冊ありゃしません」アパートメントを任された警官が言った。なんだか残念そうな声だった。

「旋盤はあったか。小型で微細な作業用の」ロッドは尋ねた。

「ええと——いえ、そういうものは見かけませんでした。一室が作業部屋になってましたが、旋盤はなかったです。大事なことですか」

ケイカーはどっちつかずな声でうなった。こんな事件に、ひとつ謎が——それもささいなやつが増えたからといってなんだろう。

「それで警部補」電話の画面が消えると、ブレイガーが言った。「これからどうします?」

ケイカーはため息をついた。

「ブレイガー、きみはもう帰っていい」彼は言った。「でもその前に、ここ とアパートメントに見張りを立てるように手配してくれ。きみの手配した人員が交代に来てくれるまで、おれはここに残ってるから」

ブレイガーが出ていくと、ケイカーは手近の椅子にへたへたと座り込んだ。身体は疲れているし、頭はまるで働いていないようだ。店内に整然と並ぶ棚をまた見まわすうちに、その整然とした様子が耐えがたくなってきた。

せめてなにか手がかりでもあれば。ワイルダー・ウィリアムズも、手がかりがふたつの遺体――それも同一人物の遺体だ――しかないような、こんな事件を扱ったことはあるまい。しかもうち一体は五種類の方法で殺されていて、もう一体には傷もなければ暴力の痕跡すらない。なんというでたらめ。ここからどう捜査を進めればいいというのか。

とはいえ、話を聞きに行く人々のリストはまだある。そして今夜じゅうに少なくともそのひとりに会う時間はある。

またペリー・ピーターズを訪ねて、旋盤の消失からなにか推測できることがないか、あのひょろりとした発明家に訊いてみようか。彼になら、なにがあったか思い当たるところがあるかもしれない。しかしそうは言っても、こんな滅茶苦茶な事件に旋盤がなんの関係があるというのか。旋盤では遺体の複製など作れはしない。

それともゴードン教授を訪ねようか。と思いついて、さっそくそうすることにした。

ゴードン家のアパートメントにヴィジフォンをかけると、画面にジェインが現われた。

「ジェイン、お父さんの具合はどう」ケイカーは尋ねた。「今夜、ちょっと話をさせてもらえそうかな」

「もちろんよ」ジェインは言った。「今夜はずいぶん調子がよくて、明日には講義ができそうだって言ってるわ。でも来るなら早く来てね。ロッド、疲れた顔してるじゃない。どうしたの」

「なんでもない、頭がぼんやりしてるだけだよ。大したことない」

「げっそりやつれた顔してるわよ。ちゃんと食べてる?」

ケイカーは目を丸くした。「あっ、食事のことをすっかり忘れてたよ。今朝は寝坊したもんだから、朝食も食べてなかったんだ」

ジェイン・ゴードンは笑った。

「おばかさんね! それじゃ急いで来てね、なにか用意しておくから」

「でも――」

「でもはなしよ。いつごろ出られるの」

ヴィジフォンを切ってまもなくノックの音がして、ケイカー警部補は閉めた店のドアに向かった。

ドアをあけて彼は言った。「ああ、リーズか。ブレイガーに言われて来てくれたんだな」

「念のためここに張ってろって言われたんです。なんの念のためですか」

「規定の警備のためさ。それだけだ」ケイカーは説明した。「おれは午後じゅうずっとここに缶詰になってたんだ。なにかあったか」

「少々騒ぎがありましたよ。何人か街頭演説者を引っ張ってきたんですが、それが一日じゅうで。どうかしてますよ。まるで伝染病みたいだ」

「街頭演説だって? なにを演説してたんだ」

「第二区のことですよ、どういうわけだかわかりませんが。第二区は極悪非道だ、なんとか手を打つべきだってアジってるんです。まるで筋の通らない理屈をこねて、頭がおかしいとしか思えませんよ」

ロッド・ケイカーの記憶のなかで、ぞわりとうごめくものがあった——が、はっきりとは思い出せない。第二区だと？　最近第二区のことでだれかがなにか言っていたような——高利貸しとか不正とか汚れた血とか、そういうばかなことを。もちろん、あちらの住民には火星人の血の混じった者がおおぜいいるのはたしかだが……

「何人逮捕したんだ」彼は尋ねた。

「七人です。あとふたりいたんですが、取り逃がしまして。でも、またあんなたわごとをわめき散らすようならつかまえますよ」

ケイカー警部補は考えごとをしながら、ゆっくりとゴードン家のアパートメントまで歩いていった。つい最近、反第二区的プロパガンダをどこで聞いたのか、なんとか思い出そうとしていたのだ。なにか理由があるはずだ。そうでなければ、いきなり九人も過激な街頭演説者が出てきて、同じ信条を宣伝しはじめるはずがない。

秘密の政治組織だろうか。しかし、もう百年近くも前からそんなものは存在しなくなっている。完璧に民主的な政府——太陽系全体にまたがる、安定した社会体制を支える構成要素のひとつだ——のもとでは、そんな活動をする必要性がない。もちろんときおり不満を抱える変人は出てくるが、そんないかれた連中が集団で現われるとはあきれた話だ。

ウィレム・ディームの事件に劣らず狂っているし、同じぐらいわけがわからない。こんなに常軌を逸したことが起こるとは、まるで夢でも見ているようだ。夢……夢のことでなにか思い出そうとしていなかっただろうか。昨夜、なにか変な夢を見ていなかったか。どんな夢だっただろう。しかし夢の例にもれず、思い出そうとすればするほど思い出せなかった。

いずれにしても、その逮捕された過激派どもを明日になったら尋問してみよう——あるいは尋問を手伝うことになるのかもしれないが。背後を洗わせたら、まずまちがいなく、共通の背景というかつながりが見えてくるだろう。

全員が同じ日に出てきたというのは偶然ではありえない。突拍子もない話だ。書籍・マイクロフィルム店の店主の、説明のつかないふたつの遺体と同じぐらい突拍子もない。両方とも突拍子もなかったせいだろうか、どうもこのふたつに結びつきがあるような気がしてしかたがなかった。しかしふたつ合わせたからといって、べつべつのときより呑み込みやすくなるわけではない。むしろもっとわけがわからなくなっただけだ。

くそいまいましい、ガニメデで働かないかと声がかかったとき、どうして受けておかなかったのだろう。ガニメデはしごくまっとうな衛星だ。あそこの住民は二日連続で殺されたりしない。しかし、ガニメデにはジェイン・ゴードンがいない。ジェインはこの第三区に住んでいて、彼はいましも彼女に会いに行くところなのだ。

そうだ、バラ色じゃないか。ただ疲れがひどくてものがちゃんと考えられないし、ジェイン・ゴードンはいつも彼をお兄さん扱いで求婚者とは見てくれないし、ついでにもうすぐ彼は失業するというだけだ。きっとカリストじゅうで笑いものにされるだろう。本部から派遣された特別捜査官が、彼の見落としていた単純な真相をあっさり見抜いてしまって……

ジェイン・ゴードンが出迎えてくれた。こんなにきれいだったかと思うほどきれいだ。笑顔だったが、彼が明るい室内に足を踏み入れると、その笑顔が心配そうな表情に変わった。

「まあ、ロッド！」と声をあげる。「ひどい顔色、すごく具合が悪そうよ。食べるのを忘れてただけじゃないでしょ、なにがあったの」

ロッド・ケイカーはなんとか笑ってみせた。

「袋小路で堂々めぐりをしてたんだよ。ヴィジフォンを使ってもいいかな」

「ええ、もちろんよ。食事を作っておいたから、電話してるあいだにテーブルに出しておくわ。お父さんはいまうたた寝をしてるの。あなたが来たら起こしてくれって言ってたけど、食事がすんでからにしましょう」

彼女が急いでキッチンに向かうと、ケイカーは倒れ込むようにヴィジフォンの前の椅子に座り、警察署に電話をかけた。夜番のボーゲセン警部補のでっぷりした赤ら顔がぱっと現われる。

「やあ、ボーグ」ケイカーは言った。「なあ、今日つかまった七人の変人のことだけど――」

「九人だ」ボーゲセンが口をはさんだ。「ほかのふたりもつかまえた。つかまらなきゃよかったのにと思うよ。こっちじゃみんな頭がおかしくなりそうだ」

「つまり、そのふたりはまたやろうとしたってことか」

「いや、それがとんでもない話でな、自首してきたんだ。指名手配されてるんだから蹴り出すわけにもいかん。ところがな、あいつら警察署じゅうで自白してまわってるんだぜ。それでなんて自白してるか知ってるか」

「なんて言ってるんだ」

「おまえに雇われたんだとさ。ひとりにつき百クレジットやるって言われたそうだ」

「はあ?」

ボーゲセンは笑った。いささか狂気じみた笑いだった。「自首してきたふたりがそう言うんだよ。残りの七人もそうだ。まったく、なんで警察官になんかなっちまったんだか。勉強して宇宙船の消防隊員になるチャンスもあったってのに、いまじゃこのざまだ」

「あのさ――これからそっちへ戻って、おれの前でも同じことを言うか試してみようか」

「たぶん言うだろうがな、そんなことしたってしょうがないんだよ。そいつらは今日の午後おまえに雇われたって言ってるんだ。でもおまえは午後じゅうずっと、ブレイガーといっしょにディームの店にいたんだからな。ロッド、この衛星は発狂しかけてるんだ。おれもご同様だがな。ワルサー・ジョンスンが行方不明だ。今朝から姿が見えない」

「なんだって。行政官の腹心の秘書官が？　ボーグ、冗談はよせ」

「冗談だったらよかったんだがね。おまえ感謝しろよ、いま非番なんだから。秘書を捜し出せってマクスンはすごい剣幕で、あっちからもこっちからも雷を落としてきやがったよ。それにディームの事件のことでもご機嫌ななめでな。みんな警察が悪いと思ってるらしい。ひとりの人間がいちど殺されただけでも警察の怠慢だってわけさ。ところでロッド、どっちがディームだ。なんかわかったか」

　ケイカーは力ない笑みを浮かべた。

「どっちがどっちかわかるまでは、ディームとリディーム（deem は「考える」、redeem は「挽回する、弁済する」の意）とでも呼ぶか」彼は言った。「両方ともディームだと思うけど」

「ひとりの人間がどうしてふたりになれるんだ」

「ひとりの人間がどうやったら五通りの方法で殺せるんだ」ケイカーは言い返した。「これに答えてくれたら、おまえの質問に答えてやるよ」

「狂ってる」ボーゲセンは言い、控えめもいいところの傑作な表現を付け加えた。「この事件はどっかおかしいよ」

　ケイカーは腹の皮がよじれるほど笑い、ジェイン・ゴードンが食事の用意ができたと言いに来たときは、目に涙を浮かべていたほどだった。ジェインは顔をしかめてみせたが、その陰でこちらを気づかっているのがわかる。

ケイカーはおとなしく彼女のあとについていき、気がつけばがつがつむさぼり食っていた。三度のふつうの食事にじゅうぶんな量を詰め込むと、やっと人心地ついた気がした。まだ頭痛はするが、遠くでかすかにずきずきしているだけだ。

キッチンからリビングルームに移動してみると、病気がちなゴードン教授はすでにそこで待っていた。「ロッド、よれよれになってるじゃないか」彼は言った。「倒れないうちに座りなさい」

ケイカーは苦笑した。「食べすぎのせいですよ。ジェインの料理があんまりおいしくて」

教授の向かいの椅子に腰をおろすと、ジェイン・ゴードンは父の椅子の肘掛《ひじか》けに腰かけた。その姿をケイカーは目で堪能《たんのう》した。あんなに柔らかそうでキスしたくなる唇をした娘が、結婚なんか学術的な研究テーマでしかないなどと、どうしてそんなことを言い張ったりできるのだろう。どうして――

「これが死の原因になりうるか即座には判断がつかないのだがね、ロッド、しかしウィレム・ディームは政治的な書物の貸出をしていたんだよ」ゴードンは言った。「もうしゃべっても害はないだろう。気の毒に、彼は死んでしまったんだから」

ほとんど同じせりふだ。ケイカーは、ペリー・ピーターズが同じことを言ったのを思い出した。

ケイカーはうなずいた。

「店舗もアパートメントも捜索したんですが、一冊も見つかりませんでした。ご存じないでしょうね、どんな種類の――」

ゴードン教授はにやりとした。「それが知っているんだよ。ロッド、ここだけの話――きみはいま録音はしていないだろうね――わたしはかなり読んでいるんだ」

「ほんとですか」本気で驚いたのが声に表われていた。

「教育者の好奇心を甘く見てはいけないよ。灰禁書を読むのは、大学の教師のあいだではありふれた悪徳なんだよ。ほかのどんな階級よりもそれははなはだしいと思う。もちろんそれを助長するのはよくないことだが、バランス感覚と分別を備えた人間なら、そんな本を読んでも悪影響を受けたりはしないからね」

「もちろん、お父さんはバランス感覚と分別を備えた人よ、ロッド」ジェインが少し挑むような口調で言った。「ただ――いまいましいんだけど、わたしにはそういう本は読ませてくれないの」

ケイカーはジェインににっと笑ってみせた。教授の口にした「灰禁書」の語にほっとしていたのだ。

なんと言っても、灰禁書の貸し借りならただの軽犯罪だ。

「ロッド、きみは灰禁書を読んだことは？」教授に尋ねられて、ケイカーは首をふった。

「それじゃ、催眠術なんて聞いたこともないだろう。ディームの事件では、いくつか状況証拠的に――つまり、催眠術が使われたんじゃないかと思うんだよ」

「先生、それがなんなのかすらぼくにはわからないんですが」

病弱な小男はため息をついた。

「それは、違法な本を読んだことがないからだよ。催眠術というのは、べつの人間の心をコントロールする技術でね、非合法化される以前はきわめて高度な発達を遂げていたんだ。〈カプレリア会〉とか〈ヴァーガスの輪〉とか聞いたことはないかね」

ケイカーは首をふった。

「灰禁書のなかには、催眠術の歴史を扱ったものもあってね」と教授は言った。「実際の手法とか、〈ヴァーガスの輪〉の作りかたが書いてあったら黒禁書だ。それも、禁書目録のかなり上位に名前があがるだろう。わたしはもちろん、その手の本を読んだことはないよ。でも、歴史のほうは読んでるからね。

話は遠く十八世紀にさかのぼるが、催眠術を初めて使ったのはメスマーという人物だった。発見したのかどうかはともかくね。いずれにしても、あるていど科学的な基礎を作ったのはこの人物だったんだ。二十世紀になるころには、かなり多くのことがわかってきて、医学の世界では広く利用されるようになっていたんだよ。

百年後には、医師は催眠術で多くの患者を治療していた。薬物や手術による治療とほとんど変わらないほど盛んになっていたんだ。たしかに濫用される場合もあったが、それは比較的まれな例だった。

しかしさらに百年経つころ、大きな変化が起こった。催眠術が発達しすぎて、社会の安全をおびやかすほどになったんだ。この技術をかじれば、どんな悪事を働いても、また政治家が利己的に悪用しても咎《とが》められることはない。なにしろ、いつでもだれでもだますことができるから、まんまと逃げおおせてしまうんだ」

「つまり、なんでも好きなことを人に信じさせられるってことですか」

「それだけじゃない。なんでも好きなことをやらせることもできるんだ。テレビを使えば、ひとりで何百万何千万という人に視覚的に直接訴えかけることができる」

「でも、政府はその技術を取り締まれなかったんですか」

ゴードン教授はかすかな笑みを浮かべた。「どうやって取り締まるんだね。立法者も同じ人間で、ほかの人々と同じく催眠術にかかってしまうのに。しかもそうこうするうちに、ほとんど絶望的に深刻な事態がもちあがった。〈ヴァーガスの輪〉が発明されたんだよ。

　はるか十九世紀から、適切に配置した鏡を動かすことによって、見る人を簡単に催眠状態に導くことができるのはわかっていた。そして、二十一世紀中には思考伝達の実験はおこなわれていた。その次の世紀になって、ヴァーガスがそのふたつを結びつけて〈ヴァーガスの輪〉を完成させたんだ。実際にはヘルメットのようなもので、てっぺんに回転する輪がついていた。特製の巧妙な鏡の輪だよ」

「どうやって使うんですか」ケイカーは尋ねた。

「〈ヴァーガスの輪〉のヘルメットをかぶると、ただちに、かつ自動的に、こちらを見る人を操ることができるんだ――直接にでも、あるいはテレビ画面からでも」ゴードンは言った。「小さな回転する鏡の輪を見て、相手はすぐに催眠状態に陥る。そこに、そのヘルメットから――原理はわからないが――装着者の思考が輪を通じて伝えられて、どんな考えでも相手の心に植えつけることができるんだ。

　それどころか、そのヘルメットだけで――つまりその輪だけで、特定の幻想を深く植えつけることができるから、装着者は口をきく必要もなく、精神集中の必要すらない。つまり、自分の心から直接相手を操ることができるわけだよ」

「まいったな」ケイカーは言った。「そんなものがあったら――〈ヴァーガスの輪〉の作りかたを書いた本が、黒禁書になるのも無理はありませんね。まったくなんてことだ！　それがあったらどんなことでも――」

「できないことはほとんどないね。人を殺しておいて、五人の目撃者に五通りの死にざまを見せることもできるだろう」

ケイカーは低く口笛を吹いた。「それに、街頭演説をする過激派を使って、ナイン・メンズ・モリス（戦略的なボードゲームの一種）をやることもできるでしょうね——いや、過激である必要すらない。ただのふつうの穏健な市民でもいいんだ」

「ナイン・メンズ・モリス？」ジェイン・ゴードンが鋭くついてきた。「それなんのこと？ 聞かせてもらってないわ」

しかし、ロッドはもう腰を浮かせていた。

「いまは説明するひまがない」彼は言った。「明日話すよ。でももう行かないと——そうだ先生、〈ヴァーガスの輪〉についてほかにご存じのことはありませんか」

「いや、知ってることはみんな話したよ。たんにひとつの可能性として思いついただけなんだ。これまでに五台か六台しか作られていないが、最終的に政府がひとつひとつ没収して破壊した。その過程で何百万何千万という人命が失われたのだよ。

すべて片がついたころ、ちょうど惑星への植民が始まって、国際会議が各国政府を支配下に置くようになりつつあった。国際会議は、催眠術の分野はおしなべて危険すぎると判断して、禁止項目に指定したんだよ。何世紀もかかったが、知識の根絶は成功したようだね。きみが聞いたこともなかったというのがその証拠だ」

「でも、役に立つ面もあったんでしょう」ジェイン・ゴードンが尋ねた。「それも消してしまったの？」

「そうだよ」と父が答える。「ただ、そのころには医学が大幅に進歩していたから、それほど大きな損失ではなかったんだ。今日の医学では、催眠術で扱えるようなものならなんでも、身体的な治療で治すことができるようになっているから」

ケイカーは、ドアの前で足を止めていたが、また戻ってきた。

「先生、ディームからだれかが黒禁書を借りて、その秘密を知ってしまったということはあるでしょうか」彼は尋ねた。

ゴードン教授は肩をすくめた。「可能性はあるね。ディームはときどき黒禁書を扱うこともあったのかもしれない。もっとも、わたしに売ろうとか貸そうとかするほどばかではなかった。だから、かりにあったとしてもわたしの耳には入らなかっただろう」

ケイカー警部補が警察署に戻ってみると、ボーゲセン警部補はいまにも卒倒しそうになっていた。

ケイカーに目を留めると「ああ！」と声をあげ、哀れっぽい口調で言った。「なにもかも狂ってる。あのな、ウィレム・ディームを発見したのはブレイガーだよな。昨日の午前十時ごろ。それでそのまま見張りに立ってたんだよな、スキッダーとおまえと管理課の職員があそこに着いたとき」

「そうだよ、なんでそんなこと訊くんだ」ケイカーは言った。

その表情からして、ボーゲセンはことの成り行きに動転しきっているようだった。

「なんでもない。なんでもないんだ。ただな、昨日の午前中、九時から十一時過ぎまで、ブレイガーは救急病院にいたんだ。足首を捻挫《ねんざ》して治療を受けてたんだとさ。だからディームの店にいたはずはないんだ。七人の医者と付添いと看護婦が、そのころブレイガーは病院にいたって言ってるんだ。絶対まちがいないって」

ケイカーは眉をひそめた。

「そう言えば今日、ディームの店をいっしょに捜索してたとき足を引きずってたな」彼は言った。

「ブレイガーはなんて言ってるんだ」

「あそこにいたってさ。つまり、ディームの店に。それでディームの遺体を発見したって言ってる。ただ、たまたまそれが違うってことがわかったわけだ——もし違うとしたらだけどな。ロッド、おれは頭がおかしくなりそうだよ。宇宙船の消防隊員にだってなれたってのに、なんでこんな職についちまったんだろう。それで、なんかわかったか」

「まあな。でもその前に訊きたいことがあるんだ。おまえがしょっぴいた頭のいかれた九人だけどな、身元の確認を——」

「あいつらなら」ボーゲセンが口をはさんだ。「釈放したよ」

ケイカーは度肝を抜かれて、夜番の警部補の赤ら顔をまじまじと見つめた。

「釈放した？」とおうむ返しに尋ねた。「それは法律違反じゃないか。あいつらは告発されてるんだぞ。裁判もなしに釈放なんかできないはずだ」

「ああ、でも釈放したんだ。責任はおれがとるよ。なあロッド、だってあいつらの言うとおりじゃないか」

「えっ」

「だってそうだろ。みんな目を覚まして、いま第二区でなにが起こってるか考えなきゃ。あのペテン師どもに思い知らせてやらなきゃならんし、それをやるのはおれたちしかいない。ここがカリストの本部であるべきなんだ。なあ、聞けよロッド、カリストが団結すればガニメデはこっちのもんだぞ」

「ボーグ、今夜テレビでなんかやってたのか。だれかが演説するのを聞いたのか」

「ああ、おまえは聞いてないのか。われらがスキッダー先生の演説だぞ。そうか、おまえはこっちに向かって歩いてるところだったんだな。どこのテレビも自動的にスイッチが入って――一斉放送だったんだ」

「それで――なにか具体的な提案があったのか。第二区やガニメデや、そういうことについて」

「ああ、明日の午前十時に全体会議があるんだ。広場で。全員出席することになってる。おまえも出るだろ」

「そうだな」とケイカー警部補は言った。「出なきゃならんだろうな。ボーグ、おれ――おれもう行かないと」

ロッド・ケイカーはもう、なにがあったのか気づいていた。なにがやりたくないと言って、警察署にぐずぐずしてボーゲセンのおしゃべりを聞いているぐらい、いまやりたくないことはまずあるまい。彼は――どう見ても――〈ヴァーガスの輪〉の影響を受けている。そうでなかったら、またそれぐらいよっぽどなことがなかったら、ボーゲセン警部補があんなことを口走るわけがない。一分ごとに、ゴードン教授の推測どおりにちがいないという気がしてくる。それ以外に原因は考えられない。

木星の輝く夜をやみくもに歩き、自分のアパートメントの前を通り過ぎた。部屋に戻る気にもなれなかった。

第三区の通りは人でいっぱいのように思えた。もうとっくに日も暮れたのに――待てよ、何時だっけ。腕時計を見て低く口笛を吹いた。日が暮れたどころの騒ぎではない。すでに午前二時になっていた。ふだんなら通りは完全に人けがなくなっているころだ。

なのに、今夜はそうではなかった。人々はひとりで、あるいは少数の集団を作って歩きまわっている。何人かで歩いている人々も不気味に黙りこくっていた。足を引きずりながら、しかし声ひとつ立てずに。ささやき声すら――

　ささやき声！　この通りとそこを歩く人々のなにかに触発されて、いまになってロッド・ケイカーは前夜の夢を思い出した。いまになってようやく、あれが夢ではなかったと悟った。また夢遊病――ふつうの意味での――が起こったわけでもない。

　前夜、彼は服を着て、アパートメントをこっそり出た。街灯も消えていた。あれは、管理部門の人員が仕事をさぼっていたからだ。かれらもほかの人々と同じく、群衆にまぎれてさまよい歩いていたのだ。

　昨夜のささやきを思い出そうとした。あの声はなんと言っていたのだろう。一部は思い出すことができた……

「殺せ――殺せ――殺せ――憎い……」

　背筋に悪寒が走った。前夜の夢が現実だったとすれば、その意味するところは……これに比べたら、ささやかな書籍・マイクロフィルム店の店主が殺された事件などものの数ではない。

　これはひとつの都市を巻き込む事件、世界じゅうを引っくり返すような事件、二十四世紀以来のすさまじい規模で、信じがたい恐怖と殺戮《さつりく》をもたらしかねない事件だ。これは――最初は単純な殺人事件だったのに！

　どこか前方で、人々に訴えかける男の声がする。熱狂的な声、狂信的な金切り声だ。足を速めてかどに向かい、それをまわり込むと、そこは人だかりの端っこだった。階段のてっぺんに男がひとり立って話していて、そのまわりに人々がぎっしり寄り集まっている。

「――いいか、明日こそ決行の日だ。いまでは行政官もわれわれに賛同しているから、行政官を排除する必要もない。きみたちは今夜ひと晩じゅう働いて、明日に備えなくてはならない。明朝、広場での集会が終わったら、われわれは――」

「おい！」ロッド・ケイカーは怒鳴った。男は話をやめ、ロッドに目を向けてきた。まわりの群衆がゆっくりと、まるでひとりの人間のようにいっせいにふり向いて見つめてくる。

「おまえを逮捕――」

そのとき、こんな脅しは無益だと気がついた。

そう悟ったのは、男たちがこちらに殺到してきたからではない。暴力はこわくない。むしろ歓迎したいくらいだ、不気味な恐怖から解放されるだろうから。その機会があれば、張り切って剣の平《ひら》で打ちかかっていきたいぐらいだ。

しかし、演説者の背後には制服の警官が――ブレイガーが立っていた。それを見てケイカーは思い出した。いま警察署を任されているボーゲセンはあちら側なのだ。いまの責任者はボーゲセンなのだから、あの演説者を逮捕しても収監を拒否されるだけだ。それにここで騒動を引き起こし、罪もない人々にけがをさせてなんになるだろう。自分の意志で行動しているのではなく、ゴードン教授が話してくれた隠微な力で動かされているだけなのに。

剣のつかに手をかけたまま、ケイカーはあとじさった。だれも追ってこない。自動機械《オートマトン》のように、人々はいっせいに演説者に向きなおり、演説者は演説者で、邪魔など入らなかったかのようにまた熱弁をふるいはじめた。ブレイガー巡査は身じろぎもせず、自分の上官のほうを見ようともしない。ケイカーが声をあげたとき、こちらに顔を向けなかったのはブレイガーひとりだった。

ケイカー警部補は歩きだした。演説者の声を聞いたときに向かっていた方向に急ぐ。こちらへ行くとダウンタウンに引き返すことになる。まだあいていて、ヴィジフォンの使える店を見つけよう。そして区間調整官に電話をするのだ。これは非常事態だ。

だれが〈ヴァーガスの輪〉を使っているにせよ、その影響はまだ第三区の境界の外へは及んでいないはずだ。

終夜営業のレストランが見つかった。開いていたが、がらんとしている。照明はついているのに、客を待つウェイターはおらず、カウンターの向こうにレジ係はいない。ヴィジフォンのブースに入り、ボタンを押して長距離電話の交換手を呼び出した。ほとんど即座に、ぱっと交換手の顔が現われる。

「カリスト市の区間調整官に」ケイカーは言った。「急いで頼む」

「申し訳ありませんが、公共施設管理官の命令で、区外への通話はしばらくおつなぎできません」

「しばらくとはいつまで?」

「それはお答えできないことになっております」

ケイカーは歯ぎしりした。しかし、力になってくれそうな人間がひとりだけいる。声を荒らげないようにこらえながら、彼は言った。

「それじゃ、大学アパートメントのゴードン教授を頼む」

「お待ちください」

しかし画面は暗いままだった。小さな赤いボタンが点滅しているから、呼び出しブザーは鳴っているはずなのに。ボタンの点滅は数分間続いた。

「お出になりません」

たぶんゴードン父娘は眠っているのだ。あまりぐっすり眠っていてブザーが聞こえないのだ。走っていこうかとしばし考えた。しかしゴードン家は町の反対側だし、だいたいどうやって助けてもらえるというのか。できることはなにもないし、ゴードン教授はひ弱な老人で、しかも病気なのだ。

　いや、ここは独力でなんとかしなくては——またヴィジフォンのボタンを押した。ややあって、宇宙船格納庫の責任者が画面に現われる。

「警察署の快速艇を出してくれ」ケイカーは頭ごなしに言った。「すぐに用意しろ、数分でそちらへ行く」

「すみません、警部補」そっけない返事。「特別命令で、出発用パワービームはすべて遮断されています。非常事態のため船は出港できません」

　電話が通じないのに船が出るはずはなかったな、とケイカーは思った。しかし、調整官のオフィスから特別捜査官が派遣されてくるはずではないか。「入港する船の着陸はいまも許可されているのか」彼は尋ねた。

「着陸はできますが、特別命令がないかぎり離陸はできなくなります」

「わかった」ケイカーは言って画面を消し、夜の明けはじめた戸外へ出ていった。それならまだ見込みはある。特別捜査官なら手を貸してくれるだろう。

　しかし、彼すなわちロッド・ケイカーが、まず特別捜査官をつかまえなくてはならない。ほかの人々と同じように〈ヴァーガスの輪〉にやられてしまわないうちに、特別捜査官に事情を説明し、その意味するところをわかってもらわなくては。ケイカーは大股でターミナルに急いだ。船はもう着陸していて、すでに影響を受けてしまったあとだったらどうしよう。

　狂信的な演説者を囲む人だかりのわきを、いまいちど通り過ぎた。いまごろはほぼ全員が操られているにちがいない。しかし、なぜケイカーはそれを免れているのだろう。なぜほかの人々とちがって、その邪悪な影響を受けずにすんでいるのか。

スキッダーの演説が放送されていたとき、警察署に向かって通りを歩いていたのはたしかだ。しかし、それだけでは説明がつかない。この人々がみんな放送を見ていたはずがない。なかにはもう眠っていた人もいるはずだ。

ロッド・ケイカーもまた、前日の夜、あの夜のささやきには操られていた。殺人事件——二件の殺人事件だ——を捜査していたときには、やはり〈輪〉の影響にやられていたはずだ。

ではなぜ、いまは操られていないのか。彼はひとりきりなのか、それともほかにもいるのだろうか——影響を免れて、正気を保ち、ふだんの自分のままでいる者が。

もしいないとすれば、彼だけが正気なのだとすれば、なぜひとりだけ影響を受けずにいられるのか。

待てよ、ほんとうに影響を受けていないのだろうか。

いまもその指示を受けて行動しているということはないだろうか。いまやっていることも、なにかの計画の一部なのではないのか。

しかしそんなことを考えていたら、前に進めないだけでなく頭がおかしくなってしまう。自分のできる範囲で精いっぱいやるしかない。そしていま見ているとおりに現実は動いていると信じるしかない。

彼は走りだした。前方、ターミナルの開けた場所に、小型宇宙船が着陸しようとしていたのだ。夜明けの空に銀色に輝いている。政府専用の小型高速艇だ——特別捜査官にちがいない。彼はチェックイン棟を迂回し、ワイヤフェンスのゲートを抜けて宇宙船に向かって走った。船はすでに着陸していた。ドアが開く。

小柄で引き締まった体格の男が出てきて、ドアを閉じた。ケイカーを見て笑顔になる。

「ケイカー警部補？」と愛想よく声をかけてきた。「調整局から捜査のために派遣されてきた者だよ。なにかお困りだそうだね。わたしの名は——」

ロッド・ケイカー警部補は目を見開き、総毛立ちながらもまじまじと見つめずにはいられなかった。小男の見知った目鼻だち、鼻の横にあるあまりにおなじみのいぼを目にし、そう名乗るだろうとわかっている名が小男の口から発せられるのを耳にした。

「——ウィレム・ディームだ。きみのオフィスに案内してもらえるかな」

だれにでも限界というものはある。

カリスト第三区警察署のロッド・ケイカー警部補は、許容量を超える経験をしてきた。ひとりの男が二度べつべつに殺されたという事件を、どうして捜査することができよう。しかもその被害者がぴんぴんして現われて、事件の捜査を手伝いにやって来たというのだ。一警察官として、こんな事態にどう反応すればいいのだろうか。

たとえその男がほんとうにそこにいるのではないと知っていたとしても——あるいはそこにいたとしても、自分の目が伝えてくる人物ではなく、自分の耳に聞こえる言葉を口にしているのではないとしても。

人の心には許容量がある。それを超えたらまともに働かなくなる。その許容量に達し、そしてそれを超えてしまったら、どんな反応を示すかは人によってさまざまだ。

ロッド・ケイカーの反応は、突然の盲目的で激しい怒りだった。ほかによい対象がなかったので、その怒りは特別捜査官——彼が実際に特別捜査官であって、催眠術の見せた幻影ではなく、ほんとうにそこにいたとすればだが——に向けられた。

ロッド・ケイカーのこぶしが飛び出し、相手のあごに当たった。だからと言ってなんの証明にもなりはしない。たんに、高速艇からおりてきたこの小男がまぼろしだとすれば、視覚のみならず触覚も備えたまぼろしだというだけだ。ロッドのこぶしがロケット砲のように炸裂し、それをあごに受けた小男の身体はぐらりとかしぎ、やがて前のめりに倒れた。そのときも顔には笑みを浮かべていた。表情を変えるひまがなかったのだ。

男はうつぶせに倒れ、それから裏返った。目は閉じていたが、明るんでいく空に穏やかな笑みを向けている。

震えながらケイカーは身をかがめ、男のチュニックの胸もとに手を当てた。心臓の鼓動が伝わってくる。ほっとした。一瞬、いまの一撃で殺してしまったのではないかとこわくなったのだ。ケイカーはわざと目を閉じ、手で男の顔を探ってみた——が、それはやはりウィレム・ディームの顔のようだった。あのいぼも、目で見えていたとおりに手にも感じられた。

チェックイン棟から男がふたり飛び出してきて、こっちに向かって走ってくる。ロッドはそのふたりの表情を目にとらえ、ほんの数歩先にある小型高速艇のことを考えた。第三区から脱出して、ここでなにが起こっているか人に伝えなくてはならない。手遅れにならないうちに。

出発用パワービームは遮断されていると言われたが、もしそれが嘘でありさえすれば。殴り倒した男の身体を飛び越え、高速艇のドアに飛び込み、操縦桿《そうじゅうかん》をぐいと引いた。しかし船は反応しなかった。ということは——やはり、パワービームの話は嘘ではなかったのだ。

となれば、ここにとどまって闘ってもしかたがない。闘ってなにかが変わるわけではないのだ。こちらに駆けつけてくる男たちとは反対側のドアを開き、高速艇から飛び出してフェンスに向かって走った。

電流が流されているはずだ、あのフェンスには。人が死ぬほど強力な電流ではないが、触れたらくっついて離れなくなり、ゴム手袋をはめた係員にワイヤを切断して引きはがしてもらうしかなくなる。しかしパワービームが切られているなら、フェンスの電流も切れているかもしれない。飛び越えるには高すぎる。いちかばちか取りついてみたら、フェンスの電流は切れていた。よじ登ってぶじに乗り越えると、追ってきた男たちはそこであきらめ、高速艇のわきに倒れている男を介抱しに引き返していった。

ケイカーは走る足をゆるめたものの、立ち止まらずにそのまま歩きつづけた。どこへ行くあてもなかったが、とにかく歩きつづけなくてはならない。ややあって、自分が町の端に向かっているのに気がついた。町の北側、カリスト市の方向だ。

北の市境近くの小さな公園まで来たところで、この方向に進む意味とその無益さに思い当たった。と同時に、全身の筋肉が疲れてこわばり、頭が割れそうに痛むのにも気がついた。このまま歩きつづけることはできない――挑戦する甲斐があって、実現可能な目標でもあればべつだが。公園のベンチにへたり込み、痛む頭を両手に抱えた。しばらくそうしていたが、なんの名案も浮かばない。

顔をあげると、なにか目を惹くものがあった。おもちゃの風車だ。公園の芝生に突き立ててあって、風に吹かれてまわっている。気まぐれな風に合わせてあるいは速く、あるいは遅く。くるくるまわるさまが、彼の頭のなかのようだ。なにが現実でなにが幻覚なのかわからないとき、頭のなかはぐるぐる堂々めぐりをするしかないではないか。ぐるぐるまわりつづけるだけだ、〈ヴァーガスの輪〉のように。

まわる……

しかし、なにか方法があるはずだ。〈ヴァーガスの輪〉を持っていても完全に無敵ではない。

無敵だったら、製作された数少ない〈輪〉を、どうして会議がすべて破壊できるはずがあろうか。たしかに〈輪〉の持主どうしなら、あるていどまでその影響を打ち消しあうことはできただろうが、最後のひとつはだれかの手にあったはずだ。太陽系の運命をコントロールしようとするだれかの手に。

しかし、会議はその〈輪〉を止めた。

止めることはできるのだ。しかしどうやって？　見ることができないのに——というより、見てしまったら完全に操られて、ひと目見たあとはそこにあることすらもうわからなくなるのだ。なぜなら、見た瞬間に精神がとりこになってしまうから。

〈輪〉を止めなくてはならない。それが唯一の解決法だ。しかしどうやって？

あの風車が〈ヴァーガスの輪〉ということだってありうる。彼の目には子供のおもちゃと見えるという、そういう幻想を生み出すように仕組んであるのかもしれない。あるいはその持主が、そのヘルメットをかぶって、いまこの瞬間にも真正面の道に立ってこちらを見ているのかもしれない。〈輪〉の持主は目に見えないのかもしれないのだ、ケイカーの精神が見るなと言っているせいで。

しかし、もしそいつがそこにいるのなら、ほんとうにいるのなら、そしてロッドが剣をふるったら、その脅威は終わるのだろう？　それはもちろんそのとおりだ。

しかし、見えない〈輪〉をどうやって見つける？　見ることができないのだ、なぜなら——とそのとき、風車をあいかわらず見つめたまま、ケイカーはある可能性に気づいた。うまく行くかもしれない。ほんのわずかだが、可能性は可能性だ！

急いで腕時計に目をやった。九時半。広場で〈輪〉の力が実証されるまであと三十分。まちがいなく〈輪〉の所有者もそこにいるはずだ。

ふしぶしの痛みも忘れて、ロッド・ケイカー警部補は走りだし、町の中心部へ戻りはじめた。通りはがらんとしていた。だれもが広場へ行っているのだ。なにしろ来いと言われているのだから当然だ。

数ブロックも走ると息切れがしてきた。走るのはやめたが、それでも早足で歩きつづけた。しかし、時間はあるはずだ。たとえ開始には間に合わなくても、終わる前には行けるだろう。

そう、問題なく行けるはずだ。そして、もしこのアイデアがうまく行けば……

自分のオフィスの入っている建物の前に差しかかったときには、もう十時になりかけていた。彼はそのまま歩きつづけ、数軒先のアパートメントに入っていった。エレベーターの操作員はいなかったが、ケイカーは自分で動かして上階に向かい、一分後にはドアの錠をこじあけてペリー・ピーターズの作業室に入っていた。

もちろんピーターズはいなかったが、例のゴーグルはあった。特別製のゴーグル。巧妙なワイパー効果のおかげで、レイダイト鉱山で重宝されるはずのゴーグルだ。

ロッド・ケイカーはゴーグルをかけ、携帯用バッテリーをポケットに入れ、側面のボタンに触れた。ちゃんと動いた。ワイパーが高速で行ったり来たりするのがぼんやり見える。しかし、一分後には止まってしまった。

そうだった。使いだして一分すると、軸が熱くなって膨張するとピーターズが言っていた。まあ、それは問題にはなるまい。一分もあればじゅうぶんだろうし、広場に着くころには金属はまた冷えているにちがいない。

しかし、速度が変えられなくては話にならない。作業台に散らばる部品のなかに、小さな可変抵抗器があったので、バッテリーとゴーグルをつなぐワイヤにそれを取りつけた。

これが彼にできる精いっぱいだ。試験しているひまはない。ゴーグルをひたいに押しあげ、廊下に走り出て、エレベーターで一階まで降りた。そして降りると同時に走り出し、二ブロック先の広場に向かった。

広場にできた人だかりの端にたどり着いてみると、人々は区庁舎のふたつのバルコニーを見あげている。低いほうには見知った顔がいくつか見えた。ドクター・スキッダー、ワルサー・ジョンスン。ボーゲセン警部補までいた。

高いほうのバルコニーには、バー・マクスン行政官がたったひとり立っていた。下の広場の人人に向かって朗々たる声で演説し、強大な帝国を称える言葉をすみずみまで響きわたらせていた。人だかりのなか、ほんの少し離れたところに、ゴードン教授の白髪頭が見えた。となりに娘ジェインの金髪も見える。やはり魔力に屈してしまったのだろうか。それは当然そうだろう。幻惑されたのでなかったら、ここに来ているはずがない。話しかけても無意味だ。これからなにをしようとしているか説明してもしかたがない。

ケイカー警部補はひたいのゴーグルをおろして目にあてた。最初はなにも見えなかったが、それはワイパーの位置がずれていたからだ。指で可変抵抗器を探しあて、ゼロにセットしてから、ゆっくりとダイヤルを最大までまわしていった。

やがてワイパーは狂ったように動きだし、それがしだいに加速するにつれ、あたりがぼんやり見えてきた。扇形のレンズ越しに周囲を見まわす。低いバルコニーにはとくにおかしなところはなかったが、上のバルコニーに目をやると、マクスン行政官の姿がふいにぼやけた。

上のバルコニーには男がひとり立っていた。ワイヤのついた奇妙なヘルメットをかぶっている。

ヘルメットのてっぺんには、鏡とプリズムでできた七、八センチの輪がのっていた。

輪は止まっていた。ゴーグルのストロボ効果のおかげだ。そのせつな、ワイパーの速度が〈輪〉の回転速度と一致したのだ。ワイパーのせいで〈輪〉は断続的にしか見えないわけだが、速度が同じだからつねに同じ位置に見え、それでケイカーの目には止まって見える。だから見ることができたのだ。

そのときワイパーが引っかかって止まった。

しかし、いまではもう必要ない。

バー・マクスンが、あるいはだれであれあのバルコニーに立っているやつが、〈輪〉を装着しているのだ。

静かに、できるだけ目立たないように気をつけながら、ケイカーは群衆の端をまわって走り、区庁舎の通用口に向かった。

そこには守衛が立っていた。

「すみませんが、立ち入りは――」

守衛は頭を下げようとしたが間に合わなかった。ロッド・ケイカーの短剣の平《ひら》がその頭に叩きつけられる。

庁舎のなかは人けがなかった。ケイカーは三階ぶんの階段を駆けあがり、高いバルコニーの階にたどり着くなり、廊下を走ってバルコニーに出るドアに向かった。

そのドアから飛び出すと、マクスン行政官がふり向いた。マクスンはもうヘルメットをかぶっていなかった。ケイカーはゴーグルをなくしていたが、見えようと見えまいと、ヘルメットと〈輪〉がいまもそこにあって動いているのはわかっていたし、これを逃したら二度のチャンスはないのもわかっていた。

ふり向いたマクスンは、ケイカー警部補の顔を、そして抜き身の剣を見た。

とたんにマクスンの姿は消えた。ケイカーの目には——それはまぼろしだとわかってはいたが——目の前にいる人物はジェイン・ゴードンに見えた。すがりつくような目でこちらを見て、とろけるような声で話しかけてきた。

「ロッド、ねえ——」

しかし、これはジェインではない。自己保身のために、〈ヴァーガスの輪〉の装着者がこちらに向けて投射してきたまぼろしだ。

ケイカーは剣を振りあげ、力いっぱい振りおろした。

ガラスが砕け、金属の輪を鋼鉄の剣が切り裂き、ヘルメットをまっぷたつにした。

もちろん、もうそこにジェインはいなかった——ただ男がひとり死んで倒れているだけだ。奇妙で複雑で、しかし完全に壊れたヘルメットの割れ目から血があふれ出てくる。いまではその場のあらゆる人々の目に、そしてケイカー警部補自身の目にも、明らかにヘルメットが見えていた。それと同時に、ケイカー自身も含めてその場のあらゆる人々が悟っていた——それを装着しているのはだれだったのか。

小柄で引き締まった身体をした男だった。鼻の横に見苦しいいぼがある。

そう、それはウィレム・ディームだった。今度こそまちがいない。ロッド・ケイカーは、これがウィレム・ディームなのを知っていた。

ジェイン・ゴードンは言った。「さっさとカリスト市へ行ってしまうつもりなのかと思ったわ。

わたしたちにはさよならも言わずに」

ロッド・ケイカーは、帽子かけの方向に適当に帽子を投げた。

「ああ、そのことか」彼は言った。「まだどうするか決めてもいないんだよ。昇進して向こうで警察調整官の職につけって急に言われてもね。一週間以内に決めることになってるから、少なくともそれまではこの町にいるよ。元気だったかい、氷の女王さま」

「おかげさまでね。どうぞ座って。お父さんもすぐに戻ってくるし、あなたに訊きたいことが山ほどあるみたいよ。そう言えばずいぶん久しぶりね、あの合同ミサのとき会ったきりだもの」

不思議議なことだ。頭のいい男が、どうしてときどきこんなに鈍感になってしまうのだろう。しかしそうは言っても、いままでしょっちゅう結婚を申し込んでは断わられてきたのだから、すべてが彼の落ち度というわけではない。

彼はぽかんとしてジェインを見つめた。

「ロッド、ニュースでは言ってないこともあるでしょう」彼女は言った。「お父さんが帰ってきたら一からまた説明しなくちゃならないのはわかってるけど、待っているあいだに少しは話してくれない?」

ロッドはにやりとした。

「じつは話すことなんかないんだよ。ウィレム・ディームは黒禁書を手に入れて、〈ヴァーガスの輪〉の作りかたを知った。それで作ってみて、これを使おうと思いついたんだ。最初に思いついたのは、バー・マクスンを殺して行政官の地位を乗っ取ることだった。ヘルメットをかぶってマクスンになりすまそうってわけさ。マクスンの死体を自分の店に運んで、自分が殺されたことにして大いに面白がっていたんだ。あいつのユーモアセンスは異常だね。それでぼくたちを堂々めぐりに追い込んでくれたわけさ」

「でも、そのあとはどうやったの」

「ディームはそこでブレイガーになりすまして、自分の死体を見つけたふりをしたんだよ。死因については適当な話をしておいて、スキッダーとぼくと管理課職員には、マクスンの死体をべつべつの姿に見せてくれた。ぼくたちが発狂しそうになったのも当然だよね」

「でも、ブレイガーは自分がそこにいたって言ってたんでしょう」ジェインが反論する。

「ブレイガーはそのとき病院にいたんだけど、ディームはあとでブレイガーに会って、ディームの死体を発見したって記憶パターンを彼の頭に刻みつけたんだ」ケイカーは説明した。「だからとうぜん、ブレイガーは自分がそこにいたって思ってたんだよ。

ディームは次にマクスンの腹心の秘書を殺した。行政官とあまりに近すぎるから、なにか変だと勘づかれるだろうからね、どこが変なのかはわからなくても。それがウィレム・ディームの二番めの死体だよ。このころには、ぼくたちを引っかけるのが本気で面白くなってきてたんだろう。

それから、もちろんカリスト市に特別捜査官の派遣を要請したりもしてなかった。あいつはたんにぼくをからかってたんだよ。特別捜査官を出迎えてみたら、そいつがまたウィレム・ディームだったんだから、あのときはほんとに気が変になりかけてたと思うよ」

「でもロッド、あなたはどうしてほかの人たちみたいに影響を受けなかったの？　つまり、カリストを征服するとか、ああいう話のことだけど」彼女は尋ねた。「あなたはその部分では催眠術にかからなかったでしょう」

ケイカーは肩をすくめた。

「スキッダーのテレビ演説を見なかったからかなあ」と自信なげに言った。

「もちろん、ほんとはあれはスキッダーじゃなくて、ディームがヘルメットをかぶってなりすましてたんだけどね。たぶんあいつは、わざとぼくを除外してたんじゃないかな。ふたりのウィレム・ディーム殺しをぼくが必死で捜査してるのを見て、サイコパス的に面白がってたのかもしれない。なんとも言えないけどね。ひょっとしたら、ぼくはその緊張のせいで少し精神的におかしくなってて、おかげで集団催眠にかかりにくくなってたのかもしれないな」

「ディームは本気でカリスト全体を支配しようとしてたのかしら。ねえロッド、どう思う?」

「確実なことはわからないよ、あいつがどこまで考えてたか、あのあとどうするつもりだったのか。最初のうちは、たんに催眠術の威力を〈輪〉を使って実験していただけだったんだろうね。最初の夜、人を家から通りへ出ていかせて、また戻らせてそのことを忘れさせたりしてる。あれはまちがいなく試験だったんだ」

ケイカーはいったん口ごもり、考え込むように眉をひそめた。

「でも、あいつがサイコパスだったのはまちがいないね。だから、あいつの計画をすべて推測することなんかとてもできないよ」彼は続けた。「ゴーグルが〈輪〉の力をどうやって打ち消したのかはわかってるんだろう?」

「ええ、そう思うわ。ロッド、すごく冴えてたわね。あれって、回転するタイヤの映像みたいなものでしょう。カメラの速度がタイヤの回転速度と同期すると、その後の絵ではタイヤが完全に一回転したあとの絵ばかりになるから、映画で見るとタイヤが止まって見えるのよね」

ケイカーはうなずいた。

「そのとおりだよ」彼は言った。「でも、あのゴーグルが手に入ったのはほんとにたまたまだからね。ほんの一瞬だけ、あのバルコニーにヘルメットをかぶって立ってる男が見えたんだ。だけど、それだけわかればじゅうぶんだった」

「でもロッド、バルコニーに飛び出してきたとき、あなたはもうゴーグルをつけてなかったじゃない。催眠術であなたを止めることはできなかったのかしら」

「うん、止められなかったね。ぼくを完全に操るには時間が足りなかったんじゃないかな。でも、ぱっとまぼろしを見せてきたよ。最後の瞬間、あそこに立っていたのは、ぼくの目にはバー・マクスンでもウィレム・ディームでもなかった。きみだったんだよ、ジェイン」

「わたし?」

「うん。ぼくがきみに恋をしてるのをあいつは知ってたんだろうね。とっさにそれを思い出したんだ。あそこに立っているのがきみだと思ったら、剣をふるうことはできないだろうと考えたんだな。でも、この目がなんと言おうと、きみじゃないのはわかってた。だから剣を振りおろした」

彼はかすかに身震いした。あのとき、剣をふるうのにどれだけ意志力が必要だったか思い出したのだ。

「最悪だったのは、あそこに立ってたきみは、ぼくがずっと見たいと思ってたきみだったんだ。ぼくに向かって両手を差しのべて、恋に落ちたみたいな目でぼくを見つめて」

「こんなふうに?」

こうまでされて、気がつかないほど鈍感な男はいないだろう。

パラドックスと恐竜　Paradox Lost

いつのまにか、アオバエが網戸のすきまから入ってきていた。教室の天井をものうげに飛びまわって退屈な堂々めぐりをしている。そして教壇では、ドローハン教授がものうげな声で単調な論理の堂々めぐりをやっていた。ショーティ・マッケイブは後ろの列に座り、そのふたつを見比べて、しまいにアオバエのほうを見ることにした。こっちのほうがまだ教授よりは面白い。

「否定的な絶対は」と教授は言っていた。「言ってみれば、絶対的な否定とはちがう。これは一見すると矛盾のようだがそうではない。語順を逆転させることで、このふたつの単語は新たな内包を獲得するのだ。したがって——」

ショーティ・マッケイブは、声には出さずにため息をついた。アオバエを見ながら、自分もあんなふうに飛べればいいと思った。心を慰められるあんなものうい羽音を立てながら、ぐるぐる円を描けたらいいのに。相対的な大きさと音の強度で言えば、ハエは飛行機より大きな音を立てていることになる。

また、相対的な大きさから言えば電動ノコギリ《バズ・ソー》より大きな音だ。電動ノコギリは金属を挽《ソー》くことができるだろうか。たとえばノコギリ《ソー》を。その場合、電動ノコギリがノコギリを切るのを見た《ソー・ア・バズ・ソー・ソー・ア・ソー》と言えるわけだ。

「またこうも考えられる」と教授。「すなわち、絶対は存在の一様相であって――」

そうだろうとも、とショーティ・マッケイブは思った。考えるだけならなにをなんだと考えたってかまいやしない。でもそんなことをしたって頭が痛くなるだけだぞ。ともかく、アオバエはさっきより面白くなってきた。いまでは高度を下げて、教室の前方に向かって飛んでいる。ドローハン教授の頭に止まってブンブン言うつもりかもしれない。

残念ながらそうはせず、教授のデスクの陰、どこか見えないところに止まった。気をまぎらすハエがいなくなり、ショーティは教室を見まわし、ほかに見るものか考えることはないかと探した。学生たちの後頭部が見えるだけだ。後ろの列に座っているのは彼ひとりで、そして――しかたがない、人間のうなじに髪の毛がどんなふうに生えてくるか観察しようか。しかし、それはあまり興味を惹くテーマとは思えなかった。

前の席の学生のうち、何人ぐらい居眠りをしていることだろうか。たぶん半分ぐらいは眠っているにちがいない。自分も眠れたらいいのにと思ったが、さっぱり眠くはならなかった。愚かにも昨夜は早くベッドに入るというあやまちをおかし、そのせいでいまはぱっちり目が覚めて退屈しきっているわけだ。

「しかし」とドローハン教授は言う。「肯定的な絶対は絶対的な肯定よりも弱いという命題において生じる蓋然性《がいぜんせい》への違背を無視するならば、そこから導かれるのは――」

やった！　アオバエがまた飛びあがり、デスクの裏側という一時的な隠れ処《が》から姿を現わした。ものうい羽音とともに天井まで上昇し、いったんそこで休んで翅《はね》を掃除すると、また高度を下げて、今度は教室の奥に向かってきた。

アオバエがあの螺旋形《らせんけい》のコースをそのままたどるなら、ショーティの鼻先を飛び過ぎることになるはずだ。思ったとおりだった。寄り目になってそれを見届け、見失うまいとして首をまわした。ハエは飛び過ぎていって――

次の瞬間にはもういなかった。いままでショーティ・マッケイブの二十センチほど左を飛んでいたのに、とつぜん飛ぶのをやめ、ぶーんと羽音を立てるのもやめ、いなくなってしまった。死んだわけでも、通路に落ちたわけでもない。ただたんに――

消えた。空中で、通路の一メートルと少し上で、なんの前触れもなく存在しなくなった。立てていた羽音も途中でぷつりと止まり、突然の静寂のなかで教授の声がいままでより大きく――いままでより変ではないにしても――聞こえるような気がする。「事実に反することを前提として出発すれば、疑似現実の公理の集合を作り出すことができる。ある意味では、それは既存の――」

ショーティ・マッケイブは、ハエが消えた空間の一点を見つめ、「嘘だろ！」と声をあげた。

「なにか言ったかね」

「すみません先生、なんでもないんです」ショーティは言った。「ただ……ただちょっと咳払《せきばら》いをしただけです」

「――既存の公理を逆転することで――ええと、なんの話をしていたかな。ああそうだ。疑似論理の公理の基盤を生み出すと、その基盤からは、あらゆる問題に対して異なる答えが導かれることになる。つまり――」

教授が向こうを向いたのを確かめてから、ショーティはまた首をまわし、ハエが飛ぶのをやめた一点を見つめた。飛ぶのをやめた（ceased to fly）というより、ハエとして存在するのをやめた（ceased to be a fly）というべきだろうか。ばかな、目の錯覚に決まっている。ハエは飛ぶのがかなり速い。とつぜん見失ったせいで――

目の隅からドローハン教授に一瞥《いちべつ》を投げ、教授がこちらを見ていないのを確かめた。それからショーティは恐る恐る手を伸ばし、ハエが消えたように見えた一点、というかだいたいそのあたりに近づけていった。

なにを期待していたのか自分でもわからないが、手がなにかに触れることはなかった。まあ、理屈に合っているよな。ハエが無の空間に飛び込んだのだとすれば、手を伸ばしてもなにかに触れるはずがなく、これではなにを証明したことにもならない。しかし、どういうわけか、彼はいささかがっかりした。なにがあると思っていたのかわからない。そこにいないハエに触れると思っていたわけではないし、実体はあるが目に見えない障害物かなにかに出くわすと思っていたわけでもない。しかし——それでは、あのハエはいったいどこに行ったのだろう。

ショーティは両手を机にのせ、まる一分間、ハエのことは忘れて教授の話に耳を傾けようとした。しかしそれは、ハエがどうなったか考えるよりずっと退屈だった。

もう何回めかわからないが、彼はまた首をひねった。いったいなにを考えて、自分はこの「論理学２Ｂ」の講義をとることにしたのだろう。これでは試験に通りっこない。いずれにしても、彼は古生物学を専攻するつもりだった。古生物学は好きだ。恐竜は、言ってみればかじる甲斐のあるテーマだ。しかし論理学なんて。２Ｂだろうとなかろう《トゥ・ビー・オア・ノット・トゥ・ビー》と。化石について学ぶのはいいが、化石みたいな講義を聞くのはうんざりだ。

ふと机にのせた自分の手を見た。「嘘だろ！」彼は言った。

「マッケイブくん、なんだね」教授が言った。

ショーティは返事をしなかった。できなかった。自分の左手を見つめていた。指がなかった。彼は目を閉じた。

教授がいかにも教授然とした笑みを浮かべた。「われらが友人は、後ろの席で……その……眠ってしまったようだね」彼は言った。「だれか起こして――」

ショーティはあわてて両手をひざにおろした。「だ……大丈夫です、先生。すみません。あの、なんでしょうか」

「きみこそなんだね」

ショーティは息を呑んだ。「な……なんでもありません」

「いま話していたのは」と教授は言った――ありがたいことに、ショーティひとりにではなく全員に向かって――「不可能と呼ばれる物事の可能性についてだ。これは語義矛盾ではない。というのは、『不可能』と『可能性がない』は慎重に区別することが必要だからだ。後者は――」

ショーティはこっそり両手を机のうえに戻し、まじまじと見つめた。右手はなんともない。しかし左手は――いったん目を閉じてまたあけてみたが、やはり左手の指はなくなっていた。なくなったような感じはしない。試しに指を動かす筋肉を動かしてみると、ちゃんと動いている感じがした。

しかし、目で見るかぎりはなくなっている。右手を伸ばして触ってみた――が、触ることはできなかった。左手の指があるべき空間を右手は通り抜け、なにも感じられなかった。しかし、にもかかわらず左手の指を動かすことはできるし、現に動かしている。

まったくわけがわからない。

そのときはたと思い出した。あのアオバエが消えた場所を探ろうとして、伸ばしたのはたしかにこちらの手だった。そしてそのとき、突然の疑惑を裏書きするかのように、そこにない指の一本になにかが軽く触れるのを感じた。軽いものが止まって、指を這《は》いまわっている。ちょうどアオバエぐらいの重さのものが。そうするうちに、また飛んでいったかのようにその感触は消えた。

また「嘘だろ！」と叫びそうになり、ショーティは唇をかんでこらえた。だんだんこわくなってきた。

頭がおかしくなったのだろうか。それとも教授の言ったとおり、やはり眠り込んでしまったのか。どうしたらわかるだろう。つねってみるか。唯一使えるほうの指を、というのはつまり右手の指だが、それを下げて太腿《ふともも》を強くつねってみた。痛い。しかし、自分で自分をつねる夢を見ているのだとしたら、夢のなかでもやはり痛いのではないだろうか。

首をまわし、左側を眺めた。とくに見るものはない。通路をはさんで向こうの机にはだれも座っていない。その向こうには壁があって窓があり、窓ガラスの向こうに青い空が見えた。

こっそりうかがうと、いま教授は黒板に向かって記号を書いていた。「既知の無限をNとおき、記号aが蓋然性であるとしよう」ショーティは、恐る恐る左手をまた通路に伸ばしていきながら、それをじっと観察していた。確かめたほうがいいと思ったのだ。もう少し先まで伸ばしてみる。手が消えた。さっと手首を引き戻す。冷汗が噴き出してきた。

頭がおかしくなったのだ。そうにちがいない。

また指を動かしてみると、ありがたいことに動くのが感じられる。ごくごく当たり前に。ちゃんと感覚はあるし、運動能力もすべて異常はなさそうだ。しかし――手首を机に向けてみたが、机に手が触れた感覚はなかった。手首の位置がここなら、その先に手がついていれば当然ぶつかるか、さもなくば通り抜けるかするはずだが、なにも感じなかった。

どこにあるにしても、手首の先についていないのはまちがいない。左手はいまもあの通路にあるのだ。腕がどこにあるかにかかわらず。立ちあがって教室から出ていったら、それでも左手は目に見えないまま、この通路に残っているのだろうか。彼が一千キロ先まで行ったらどうなるだろう。だが、そんなことはばかげている。

しかし、腕はこの机のうえにあるのに、手は五、六十センチ先にあるのも同じぐらいばかげているのではないだろうか。六十センチと一千キロのばかばかしさの差は、たんなる程度問題でしかない。

ほんとうに、左手はあそこにあるのだろうか。

ポケットから万年筆を取り出し、だいたいこのへんと思われる場所に、右手で近づけていった。すると――まちがいなく――右手に握った万年筆の一部、だいたい半分ぐらいは消え失せた。それ以上突っ込まないように用心しながら、持ちあげて、さっと振りおろしてみた。

するとそれは――まちがいなく感じたのだが――消えた彼の左手のこぶしに当たった。確実に触れたのだ！　驚いたはずみに手を放してしまい、万年筆は消えた。通路の床には落ちていない。どこにも見当たらない。ただ消えてしまった。五ドルもしたのに。

嘘だろ！　万年筆の心配なんかしてる場合か、自分の左手がなくなってるっていうのに。いったいどうやって取り戻したらいいのだろう。

目を閉じた。「いいか、ショーティ・マッケイブ」と自分に言い聞かせる。「論理的に考えろ。あそこになにがあるのかわからないが、どうしたら自分の手を取り戻せるか方法を考えるんだ。びびってる場合じゃないぞ。たぶん眠って夢を見てるんだろうが、そうじゃないかもしれない。もしそうでないとしたら、これはすごくやばい状況だ。論理的に考えるんだ。あそこには空間だか平面だかなんだか知らないが、なにかそういうものがあって、そこに外からものを入れることはできても、外に出すことはできない。

あっち側になにがあるにしても、左手はまちがいなくあそこにある。そして右の手は左の手のすることを知らない（新約聖書マタイによる福音書六・三のもじり）、なぜならいっぽうはこっちに、もういっぽうはあっちにあって、両者がまみえることはけっして（キップリングの詩「東と西のバラード」の一節のもじり）──おいやめろ、ショーティ。ちっとも面白くないぞ」

しかし、できることがひとつある。あの──なんだかわからないが、あれのだいたいの大きさと形を調べてみよう。机のうえにはペーパークリップの箱がある。右手でクリップをいくつか取り出し、ひとつを通路に投げ込んでみた。クリップは通路を十五センチから二十センチほど飛んだところで消えた。どこかに落ちたような音は聞こえなかった。

ここまでは上々だ。次は少し低い位置に投げてみた。結果は同じだ。机の下に身をかがめ、頭を通路に突き出さないよう気をつけながら、クリップを通路の床すれすれに投げてみると、やはり二十センチほど飛んだところで消えた。次は少し前に、その次は少し後ろに投げてみた。その平面は少なくとも前後一メートルほど、おおよそ通路に平行する形で広がっていた。

高さはどうだろう。通路の上に投げあげてみると、高さ二メートルほどのアーチを描いたところで消えた。もうひとつをさらに高く、また前方に向かって投げてみた。空中でアーチを描き、通路をはさんで三列前の座席の女子学生の頭に落ちた。女子学生は少しぎくっとして、手で頭を探った。

「マッケイブくん」ドローハン教授が厳しい声で言った。「わたしの講義は退屈かな」

ショーティは飛びあがりそうになった。「は──いいえ、先生。ぼくはただ──」

「どうやらきみは、弾道学と放物線の実験をしていたようだね。放物線というのは、初期の運動力と重力以外に継続的な力が加えられないとき、発射体が空中で描く曲線のことです。さてそれでは、わたしの先ほどまでの講義を続けていいかね。それとも、ほかの学生諸君の啓発のために、きみが前に出てきて放物運動の実演をしてくれますか」

「すみません」ショーティは言った。「ぼくは……その……つまり……つまり、すみませんでした」

「けっこう、では——」教授はまた黒板のほうに向きなおった。「ここで記号bが不可能性の程度を表わすものとし、それと対比して記号cは——」

ショーティは憂鬱《ゆううつ》な気分で、ひざのうえの自分の両手を——片手というべきか——見つめた。ドアのうえの壁にかかる時計を見あげると、あと五分で講義は終わりだった。ぐずぐずしてはいられない、早くなんとかしなくては。

また通路に目を向けた。といっても見るものがあるわけではない。しかし、考えることならどっさりあった。ペーパークリップが六つ、いちばん高い万年筆、そして左手。

あそこには目に見えないなにかがある。さわっても感じないし、ペーパークリップのような物体が当たってもはね返らない。一方向に通ることはできるが、反対方向には通れない。右手を伸ばせば左手に触れることはできるだろうが、そうすると右手は戻ってこなくなる。しかもうすぐ講義は終わって——

くそ。試す甲斐のある手だてがひとつだけある。あの平面の向こう側には、左手を傷つけるようなものはなにもないようだ。とすれば、なかに入ってみたらいいではないか。どこに出るにせよ、そこへ出たときには両手両足そろっているにちがいない。

教授のほうをうかがい、また向こうを向いて黒板になにか書きだすのを待った。それからなにも考えず、あえてなにも考えずに、ショーティは席を立って通路に出た。

明かりが消えた。というより、足を踏み入れたところは闇のなかだった。

もう教授の声は聞こえなかったが、おなじみのブンブンいう音が耳に響いた。暗闇のなか、アオバエがどこか近いところで円を描いて飛んでいるようだ。

両手を握りあわせてみると、両手ともそろっていた。右手が左手を握っている。ここがどこかはわからないが、全身で入ってこられたようだ。しかし、なぜなにも見えないのだろう。

だれかがくしゃみをした。

ショーティは飛びあがり、ややあって言った。「あの……だれか……だれかいるんですか」声が少し震えている。ほんとうは眠っていて、まもなく目が覚めるのならいいのに。

「もちろんだ」と声がした。険しい不機嫌そうな声。

「その……だれですか」

「どういう意味だ、だれですかっていうのは。わたしだよ。見えないのか――そうか、見えないんだな。忘れていたよ。ほら、あの男の言うことを聞け！　そのくせ、わたしたちのことを狂っていると言うんだからな！」声の主は闇のなかで笑った。

「あの男って？」ショーティは尋ねた。「だれが、だれのことを狂ってるって言ってるんですか。あの、ぼくにはなんのことか――」

「あの男だよ」と声が言った。「あの教師だ。ほら、あの――ああ、きみには見えないんだったな。いずれにしてもきみには関係のない話だ。しかしわたしは、あの教師の話を聞いているんだ。トカゲ類がどうなったかっていう」

「なに類ですって」

「トカゲ類だよ、この間抜け。恐竜のことだ。あの男は頭がおかしい。そのくせ、わたしたちが狂っているというんだからな！」

　ショーティ・マッケイブは、ふいに、どうしても腰をおろしたい、おろさねばならないと感じた。闇のなかで手探りすると、机の表面に手が触れ、そのわきにあいた椅子があったので、そろそろと腰をおろした。それから言った。「ぼくにはなんのことかちんぷんかんぷんです。だれが、だれのことを狂ってるって言ってるんですって？」

「世間の連中が、わたしたちのことをさ。わかりきった――ああそうか、きみにはわからんわけだ。あのハエはどこから入ってきたんだ」

「最初から説明してもらえませんか」ショーティは頼んだ。「ここはどこです？」

「きみたち正常人は」といらいらした声になって、「ふだんとちがう状況に直面すると、すぐにあれこれ訊きたがって――まあいい、ちょっと待て、説明するから。そのハエを叩き殺してくれ」

「見えないんですよ。ぼくには――」

「うるさい、黙れ。この話が聞きたいんだ。そのためにここに来たんだから。あいつは――やれやれ、恐竜は餌がなくなって絶滅したと言ってるぞ。でかくなりすぎたからだとさ。ばかじゃないのか。大きくなればなるほど、餌は見つけやすくなるはずじゃないか。しかも、あんな森林があって、草食恐竜がどうして飢え死にするというんだ。草食恐竜がいくらでもいるのに、どうして肉食恐竜が飢え死にするんだ。おまけに――しかし、なんでこんなことをきみに説明してるんだ、わたしは。きみは正常人じゃないか」

「な……なんのことかわかりません。ぼくが正常人なら、あなたはなんなんですか」

　声の主は笑った。「わたしは狂人だ」

　ショーティ・マッケイブは息を呑んだ。なんと言ってよいかわからない。その点に関しては、声の言うことはあまりに当然すぎるように思えた。

　第一に、外界の音声が聞こえるとすれば、ドローハン教授は肯定的絶対について話しているはずなのに、この声――その声がなにか、あるいはだれかに属しているとすればだが――はトカゲ類の絶滅について話を聞きに来たと言っている。そんなはずはない。ドローハン教授は、風変《ピクシレイ》わりな翼竜《テッド・プテロダクティルス》と偏平楕円面《オブレイト・スフェロイド》の区別もつかないだろう。

　それに――「あいたっ！」ショーティは言った。肩をなにかに強打されたのだ。

「すまん」声が言った。「いまいましいハエを叩いたんだ。きみに止まってたんでね。結局、叩きそこねたわけだが。ちょっと待って、スイッチをまわしてあのいまいましいハエを外へ出してしまうから。きみも外へ出たいかね」

　ふいに羽音がやんだ。

　ショーティは言った。「あの、ぼくは……その、外へ出たいかどうか考える前に、どうしても知っておきたいんですが、つまりその、なにから出るのかっていうか、なにの外へ出ることになるのか、少しでもわかればと。頭がおかしくなったんじゃないかと思うんですが、でも――」

「いや、きみは正常だよ。頭がおかしいのはわたしたちのほうだ。ともかく、世間ではそう言われてるんだ。それはそうと、あの男の恐竜の話には飽きてきた。あいつの話を聞くより先にきみと話したほうがよさそうだ。しかし、きみにしろあのハエにしろ、これに乗ってくる筋合いはなかったんだがね。装置に欠陥があったんだな。ナポレオンに言って――」

「だれですって」

「ナポレオンだよ。この地域のボスなんだ。ほかの地域でも、ナポレオンがボスをやっているところはあるがな。自分がナポレオンだと思ってる者が多いんでね、わたしはちがうが。よくある妄想だからな。ともかく、わたしが言ってるのはドニブルックのナポレオンだよ」

「ドニブルック？　それは精神病院じゃありませんでしたっけ」

「もちろんだ。自分のことをナポレオンだと思っている人間が、ほかのどこにいるというんだ」

ショーティ・マッケイブは目を閉じたが、そんなことをしても意味がないと気がついた。いずれにしても真っ暗で、目をあけていてもなにも見えないのだ。彼は胸のうちでつぶやいた。「なんとか質問を続けて、意味の通る話を聞き出さないと、こっちの気が狂ってしまう。ひょっとしたらもう狂ってるのかも。気が狂うっていうのはこういうことなのかも。でもほんとうに狂っているとしたら、ぼくはいまもあの教室に座ってるんだろうか。それとも……それとも、なんだ？」

目をあけて尋ねた。「あの、べつの角度から話を進めてみたいんですけど。いまあなたはどこにおられるんですか」

「わたしかね。そりゃ、わたしもドニブルックだよ。つまり、ふつうはね。この地域ではわたしたちはみんなあそこに入るんだ。まだ入ってない者も何人かはいるがね。いまわたしは」――急に恥ずかしそうな声になって――「クッション張りの部屋に入ってる」

「それじゃ」ショーティはぞっとして尋ねた。「ここは……そこなんですか。つまりその、ぼくもいまクッション張りの部屋に入ってるんですか」

「まさか、そんなわけないだろう。きみは正気なんだから。いいかね、こんなことをきみと議論する筋合いはないんだ。はっきりした境界線があるんだからね。こんなことになったのは、たんにこの装置に不具合が生じたからなんだよ」

ショーティは「なんの装置ですか」と尋ねてみたかったが、その質問をすれば七つか八つは新しい質問が出てくるだろうという気がした。ある点について質問したら、それが理解できるまでほかの点は棚上げにしておいたほうがいいだろう。そうすれば、ほかの点も理解できるようになってくるかもしれない。「それじゃ、ナポレオンの話に戻りましょう。あなたたちのなかには、ナポレオンが複数いるっていうんですね。どうしてそんなことがありうるんですか。同一人物がふたりいるはずないでしょう」

声がくすくす笑った。「きみたちにはわからないのさ。だからきみは正常人だと言うんだよ。それは正常人の理屈だし、もちろんそれは正しい。しかし、自分はナポレオンだと思っている連中は気が狂ってるんだから、その理屈は通用しないんだ。百人が百人、自分はナポレオンだと思ってたたって不都合はなかろう。頭がおかしくて、そんなことは不可能だと理解できないんだから」

「でも、たとえナポレオンが死んでいなかったとしても、少なくとも九十九人はまちがってるはずじゃありませんか。それが理屈です」

「だから、そこがまちがってるんだよ」声は言った。「さっきから言ってるじゃないか。わたしたちは気が狂ってるんだ」

「わたしたち？　ということは、ぼくも——」

「いやいや、ちがうちがう。わたしが『わたしたち』というのは、わたしとほかのみんなのことで、きみは入ってない。だから、きみはほんとうはここにいる筋合いはないと言ってるんだよ」

「なるほど」ショーティは言った。不思議なことに、もう少しもこわくなくなっていた。眠って夢を見ているにちがいないのはわかっていたが、それでいてそんなはずはないとも思っていた。しかし、ほかのことはともかく、自分が狂っていないということだけは確信がもてた。彼がいま話している相手というか声に、きみは狂っていないと言われたからだ。そしてその声は、この問題に関してはまちがいなく権威のようだった。百人のナポレオンとは！「面白いですね。目が覚める前にできるだけいろいろ知っときたいな。あなたはだれなんですか。つまり、名前はなんとおっしゃるんですか。ぼくはショーティです」

「お目にかかれてちょっとうれしいよ、ショーティ。ふつうはきみたち正常人にはうんざりするんだが、きみは少しはましなようだ。しかし、ドニブルックで呼ばれている名前は教えたくないな。面会に来たりしてもらいたくないんでね。ドーピイ（「愚かな」の意。『白雪姫』の七人の小人のひとりの名）と呼んでくれ」

「つまり……その……七人の小人のあれですか。あなたは自分がそのひとりだと――」

「いやちがう、そんなんじゃない。そういう妄想はないよ。わたしの妄想は、きみたちなら妄想と呼ぶだろうがね、自分という人間に関するものではないんだ。たんに、このあたりじゃわたしはそのニックネームで知られてるんだよ。きみがちび《ショーティ》と呼ばれてるのと同じさ。本名のことは気にしないでくれ」

　ショーティは言った。「それじゃ、どんな……その……妄想があるんですか」

「わたしは発明家なんだよ。気狂い発明家ってやつさ。ひとつには、タイムマシンを発明してると思ってるんだ。これはそのうちの一台だよ」

「これって――つまり、ぼくはいまタイムマシンに乗ってるってことですか。なるほど、それなら……ひとつふたつの疑問に説明がつきます。でも、その、もしこれがタイムマシンでちゃんと動くのなら、どうして発明してると思ってるっておっしゃるんですか。もしこれがそうなら――つまり――」

　声は笑った。「しかし、タイムマシンは不可能だからさ。パラドックスなんだ。きみの大学の教授たちなら、タイムマシンは存在しえないと説明してくれるだろう。なぜなら、ふたつのモノが同時に同一空間を占めることになってしまうからさ。それに、過去に戻って若い自分を殺すことができたり、ええと――まあそんなことがなんでも可能になってしまう。まったく不可能だ。だから狂人にしか――」

「でも、あなたはこれがタイムマシンだって言うんですね。その……いまどこにあるんです？いえその、時間的にってことですけど」

「いまかね。いまはもちろん一九六八年だよ」

「えっ――ちょっと待って、いまはまだ一九六三年ですよ。ぼくが乗ってから動かしたんならべつですけど。動かしたんですか」

「いや。わたしはずっと一九六八年にいたんだ。わたしはその年に恐竜の講義を聞いてたんだよ。ところがきみは五年前から乗ってきた。歪みのせいだ。だからそれをナポレ――」

「でも、いまぼくは……つまりぼくたちは……どこにいるんですか」

「きみがこれに乗ってきたあの教室だよ、ショーティ。ただ五年未来だけどな。外に出てみたらわかる――ちょっと左に動いてごらん。きみ自身が座っていた場所に出るよ」

「ええと――手もいっしょに出られますか。それとも、最初に手を入れたときみたいになっちゃうんですか」

「大丈夫だ、ちゃんといっしょに出るから」

「それじゃ――」ショーティは言った。

恐る恐る手を伸ばしてみた。柔らかい髪の毛のようなものに手が触れた。ためしにつかんでちょっと引っ張った。

それはぐいと彼の手から逃げていき、ショーティはとっさに手を引っ込めた。

「うひょー！」そばで声が言った。「いまのは面白かったな！」

「な……なにがあったんですか」ショーティは尋ねた。

「女子学生だよ、赤毛の美人だ。五年前にきみが座ってた席にいま座ってるのさ。きみはその髪の毛を引っ張ったんだよ。びっくりして飛びあがるところを見られなくて残念だったな。ほら、聞いて――」

「なにをですか」

「しーっ、黙って。わたしが聞いとくから――」間があって、しばらくして声が笑った。「あの教師、デートの約束を取り付けてるぞ！」

「えっ?」とショーティ。「講義中に? そんな――」

「いや、彼女が悲鳴をあげたときにそっちを見て、講義のあと教室に残るようにと言っただけだよ。しかしあの目つきからすると、ほんとうの動機はほかにありそうだな。あんな美人なら無理もない。もう一回髪の毛を引っ張ってやったらどうだ」

「いや、それは……ちょっとそういうのは……えーと――」

「ああ、そうか」と声がむっとしたように言った。「つい忘れてしまう。わたしとちがって、きみは気が狂ってないんだったな。正常人てのはつまらないもんだ。さあ、それじゃここから出ようか。もう退屈してきたしな。狩りに行きたくないかね」

「狩りですか? あんまり射撃は得意じゃないんです。とくにいまはなんにも見えないんで」

「ああ、この装置から外へ出ればもう真っ暗じゃなくなるよ。外はきみ自身の世界だからな、でも狂ってるがね。つまり、その――きみの先生ならなんと言うかな?――論理の非論理的な側面なわけだ。ともかく、わたしたちはいつもパチンコで狩りをしてるよ。そのほうがフェアだからな」

「なにを狩るんです?」

「恐竜さ。すごく面白いんだよ」

「恐竜を! パチンコで? そんな、気でもくる――つまりその、そんなことできるんですか」

声は笑った。「もちろんできるさ。いいかね、あの教師が恐竜について言ってることが、おかしくてたまらないのはここなんだよ。つまりね、恐竜が絶滅したのはわたしたちのせいなんだ。このタイムマシンを発明してから、わたしたちはジュラ紀をお気に入りの狩場にしてたからな。しかし、あと一頭か二頭ぐらいはまだ残ってるだろう。いい場所を知ってるんだ。ここだよ」

「ここって……ここは一九六八年の教室じゃなかったんですか」

「あのときはな。さて、極性を反転させるから、すぐに外へ出られるぞ。さあ、どうぞ」

「でも――」ショーティは言い、それから「それじゃ――」と言って、一歩右へ移動した。

太陽に目がくらんだ。

こんな太陽は初めて見る。こんなに明るくぎらぎら輝いていたのか。ついさっきまで真っ暗闇のなかにいただけに、その対比は強烈だった。両手で目をふさいでかばい、だいぶたってからやっとその手をどけて目を開いた。

そこは狭い砂地で、湖の岸辺の近くだった。湖面は鏡のように静かだ。

「ここに水を飲みに来るんだ」聞き慣れた声が言い、ショーティはくるりとふり向いた。そこに立っていたのは、変わった風貌のちびすけだった。ショーティは百六十五センチだが、そのショーティよりゆうに十センチは背が低い。鼈甲縁《べっこうぶち》の眼鏡をかけ、ちょぼちょぼのあごひげを生やしている。高さのある黒いシルクハットをかぶっているせいで、顔が小さくしなびて見えた。そのシルクハットも古びて緑がかっている。

ポケットに手を入れ、パチンコを取り出した。小さいものだったが、かなりごついゴムがついている。「よかったら最初はきみからどうぞ」とパチンコを差し出す。

ショーティは力いっぱい首をふった。「あなたからどうぞ」

小男は身をかがめ、じっくり選んだすえに砂地から石ころをいくつか拾った。ひとつを残してポケットに入れ、そのひとつをパチンコの革製の部分に当てがった。それから岩のうえに腰をおろし、「隠れる必要はないんだ。頭が悪いからな、恐竜ってやつは。すぐそばを通っていくよ」

ショーティはまた周囲に目をやった。湖から百メートルほど下がったところに木々が生えていたが、見慣れない巨大な木で、ばかでかい葉はこれまで見たどんな木の葉より緑が薄い。その木木と湖のあいだには、小さな褐色がかったいじけた茂みと、ごわごわした黄色い草地のようなものがあるだけだ。

なにかが足りない。ショーティははたと気づいた。「タイムマシンはどこにあるんですか」

「えっ？　ああ、ここだよ」小男が左のほうに手を伸ばすと、ひじから先が消えた。

「ああ」とショーティ。「外から見たらどんな感じなのかなって思ってたんですが」

「どんな感じかって？」小男は言った。「どんな感じもこんな感じもありゃせんよ。言ったじゃないか、タイムマシンなんてもんは存在しないんだ。存在するはずがない。存在したら完全なパラドックスだよ。時間は固定的な次元なんだ。それを自分で証明したせいで、わたしは気が狂ったんだから」

「いつのことです？」

「いまからおよそ四百万年後、一九六一年ごろだ。タイムマシンを作ることに打ち込んでいたから、それが不可能と知って気が変になってしまったわけさ」

「そうでしたか。あの、それで、未来ではあなたの姿が見えなかったのに、どうしてここでは見えるんですか。それと、ここはどっちの世界の四百万年前なんですか。あなたの世界のですか、それともぼくの？」

「どっちの質問にも答えはひとつだ。ここは中立的な場所だからさ。正気と狂気の二分化がまだ起こってないからね。恐竜は恐ろしく頭が悪いから、気が狂えるほどの頭脳がないし、まして正気でなんかありえない。なんの区別もつかないし、タイムマシンなんかありえないということも知らない。だからわたしたちはいっしょにここに来られるのさ」

「そうでしたか」ショーティはまた言った。そのあとはしばらく黙っていた。どういうわけか、パチンコで狩るためにここで恐竜を待っているのが、もうとくべつおかしなこととは思えなくなっていた。そもそも、恐竜が来るのを待っていることじたいが突拍子もないのだ。たしかにこれよりばかばかしくは思えないだろう、ここに座って来るのを待っているのが——「それで」彼は言った。「恐竜をパチンコで狙うのがフェアだとしたら、ハエ叩きを試してみたことはあるんですか」

小男は目を輝かせた。「それは悪くないアイデアだ。なあ、ひょっとしてきみは、ほんとうは狂人の資格が——」

「とんでもない」ショーティはあわてて言った。「ただの冗談です、ほんとに。でも、ちょっと聞いて——」

「なにも聞こえないぞ」

「いや、そういう意味じゃなくて、つまり——ちょっと聞いてください、まもなくぼくは目が覚めるかどうかすると思うんで、いくつか質問させてもらいたいんです。つまり、あなたが……あなたがまだここにいるうちに」

「それを言うなら、きみがまだここにいるうちに、だろう」小男は言った。「言ったじゃないか、きみがこれに乗ってきたのはまったくの偶然で、さらにまた、このことはナポレオンに――」

「ナポレオンなんかどうでもいいんです」ショーティは言った。「ねえ、ぼくにわかるように答えてもらえませんか。ぼくたちはいまここにいるんですよね？　つまり、あなたがタイムマシンを作ったのなら、どうしてそんなことが可能なんですか。だってありえないんでしょう。そしてぼくは、いまもドローハン教授の教室に残ってるんですか、いないんですか。もし残ってるのなら、いまここでぼくはなにをしてるんですか。それに――ああくそ、なんなんだこれはいったい」

小男は悩ましげな笑みを浮かべた。「どうやらきみは完全にこんがらがってるようだな。筋道を立てて説明したほうがよさそうだ。論理学は勉強したかね」

「ええ、多少は……ミスター……その――」

「ドーピイと呼んでくれ。ともかく、多少は論理学を勉強したとなると、これは厄介だな。そのことは忘れて、わたしが狂人だということを思い出してくれ。すると事情はちがってくるんだ、わかるだろう。狂った人間は論理的である必要がない。わたしたちの世界はちがってるんだよ、わかるかな。ところで、きみはわたしたちの言うところの正常人だ。つまり、世間一般と同じものの見かたをするということだ。しかし、わたしたちはちがう。物質は精神の生み出す概念にすぎないのは明白だから――」

「そうなんですか」

「もちろんだ」

「でも、それは論理に従ってますよね。デカルトは――」

小男は気取ってパチンコを振りまわした。「ああ、まあね。しかし、ほかの哲学者はそうは言ってない。つまり二元論者はだ。論理学者がこんなだから、わたしたちはまごつくんだよ。やつらはふたつの陣営に分かれて、同じ問題についてまったく正反対の立場をとってる。つまり、両方ともまちがってるってことはありえないわけだ。ばかげた話だよ。しかし事実は事実だ。物質は意識の生み出す概念なんだ。たとえ、ほんとうの狂人でない人間のなかにもそう思っている者がいるとしてもな。というわけで、正常な物質観というものがひとつあって、きみもそれを持っているわけだが、いっぽうで異常な物質観はどっさりあるわけだ。そして異常な物質観はいわば団結しているんだよ」

「よくわからないんですが、それはつまり、秘密結社のようなものを作って、その、精神……異常の人たちは、そこがべつの世界であるかのように生きてるってことですか」

「であるかのようにではない」と小男が力を込めて訂正した。「でないかのように、だ。それに秘密結社なんてものはない。なんにせよ、そんなふうに組織化したものではない。ただそこにあるだけだよ。わたしたちはふたつの宇宙に投影されてるんだ、言ってみればね。いっぽうは正常な宇宙だ。わたしたちの肉体はそこで生まれ、もちろんいまもそこにある。そして目をつけられるぐらい気が狂っていると、そちらで精神病院に収容される。しかし、わたしたちには精神というべつの世界がある。いまわたしはそこにいるんだ。そしていまきみはそこ、わたしの精神世界にいるんだよ。実際にはわたしもここには存在していないんだがね」

「驚いたなあ！」ショーティは言った。「でも、どうしてそんなことがありうるんですか。ぼくがあなたの――」

「言っただろう、機械の不具合だよ。しかし、論理はわたしの世界にはあまり居場所がない。パラドックスは多かれ少なかれ問題ではないし、タイムマシンはつまらん機械にすぎん。持ってる者はおおぜいいるんだ。それで時間をさかのぼってここで恐竜を狩ってる者がおおぜいいるわけだ。だから恐竜は絶滅したんだし、だからこそ――」

「ちょっと待ってください」とショーティ。「いまぼくらが座ってるこの世界ですが、このジュラ紀の……これはつまりあなたの……その……概念なんですか、それとも現実なんですか。現実に見えるし、本物に見えますけど」

「現実ではあるが、実際に存在したことはない。当然だろう。物質が精神の生み出す概念だとすれば、トカゲ類には精神なんかないのに、どうやって自分の生きる世界を作り出すことができるんだね。あとで人類の精神が生み出したものでしかありえないだろう」

「そうなんですか」ショーティは力なく言った。頭のなかがブンブン言いながら輪を描いている。

「ということは、恐竜は実際には――」

「ほら、一匹来た」小男が言った。

ショーティは飛びあがった。あわててきょろきょろ見まわしたが、恐竜らしい姿はどこにも見えない。

「下だよ」小男が言った。「こっちの茂みを抜けてくるとこだ。見てろ、仕留めるから」

ショーティが下を見るのと同時に、小男はパチンコを構えた。小型の生物がいじけた茂みの陰から姿を現わした。トカゲに似ているが、あんなふうに上体を起こしてはねるトカゲはいない。体高は五十センチぐらいだった。

ぴしっと鋭い音がしてゴムが弾け、続いてどすんと音がして生物の目と目のあいだに石が命中した。生物は倒れ、小男は近づいていって拾いあげた。「次のはきみが狙うといい」彼は言った。

ショーティは目を丸くして死んだ恐竜を見つめた。「ストルティオミムスだ！　信じられない。でも、でっかいのが来たらどうするんですか。たとえばブロントサウルスとか、ティラノサウルス・レックスとか」

「そういうのはみんな死に絶えたんだよ。わたしたちがみんな狩り尽くしちまってね。いまはもう小さいのしか残っていないが、ウサギを狩るよりはましだろう。さて、今回は一匹でじゅうぶんだ。わたしはもう飽きてきてるんでね。だが、きみがやってみたかったら待ってあげるよ」

ショーティは首をふった。「そのパチンコじゃ、ぼくにはまともに狙えそうにないし、遠慮しときます。タイムマシンはどこですか」

「ここだよ。きみの二歩前にある」

ショーティが二歩前に出ると、また光が消えた。

「ちょっと待って」と小男の声がした。「レバーを設定するから。乗ってきたところにおろせばいいんだね」

「ええと……そうしてもらえると助かります。でないと厄介なことになるかもしれないし。いまはどこですか」

「また一九六八年に戻ったところだ。あの男はいまも、恐竜になにが起こったと思うか学生にしゃべってる。それとあの赤毛の女子学生――いや、じつに美人だな。また髪の毛を引っ張ってみないかね」

「やめときます」とショーティ。「一九六三年におりたいんですけど、どうやったらそこに着けます？」

「きみはこれに一九六三年から乗ってきたんだろう。歪みが生じてるんだ。だからここでおりればちょうどいいと思うよ」

「思うですって」ショーティはぎょっとした。「それじゃ、たとえば一日前に出てしまって、あの教室のあの席に着いてる自分のひざに座っちゃったらどうなるんですか」

声が笑った。「そんなことはありえんよ。きみは気が狂ってないからな。わたしは一度やっちまったことがあるがね。まあ、大丈夫だよ。わたしもそろそろ戻らないと――」

「どうも、乗せていただいて」ショーティは言った。「でも――ちょっと――もうひとつ訊きたいことがあるんです。恐竜のことで」

「そうか、それじゃ急いでくれ。この歪みはいつまでももつわけじゃないからね」

「大型のやつ、ほんとに巨大なやつですけど。あんなのをどうやってパチンコで殺したんですか。それともべつの方法で?」

小男はくすくす笑った。「もちろんパチンコで仕留めたよ。ただ、もっと大きいパチンコを使っただけさ。それじゃ、さよなら」

ショーティは押されるのを感じ、また光に目がくらんだ。気がつけば教室の通路に突っ立っていた。

「マッケイブくん」ドローハン教授の皮肉な声がする。「講義が終わるまでまだあと五分あるんだがね。申し訳ないが、座席に戻ってもらえないかな。それとも、夢遊病の発作でも起こしたのかね」

ショーティは急いで腰をおろした。「あの……つまりその――すみません、先生」

残りの時間を彼はぼうっとして過ごした。夢にしてはあまりにあざやかすぎる気がしたし、万年筆はなくなったままだ。しかし、万年筆はどこかよそでなくしたということも考えられる。とはいえ、なにもかもあまりに鮮明で、あれは夢だったのだと納得できるまでまる一日かかった。納得してからも、一週間ぐらいはしょっちゅう思い出してばかりいた。

記憶はなかなか薄れていかなかった。一年経ってからも、とくべつ変てこな夢を見たことをまだぼんやり憶えていた。しかし五年後にはそんなこともなくなった。それほど長く夢を憶えていられるものではない。

いまでは助教授になって、自分の講義を持って古生物学を教えるようになっていた。「トカゲ類は、ジュラ紀の終わりに絶滅しました」彼は学生たちにそう話していた。「あまりに巨大化しすぎ、巨体を扱いかねて、じゅうぶんに餌がとれなくなり──」

そう話しながら、後列に座ったきれいな赤毛の大学院生を見つめていた。勇気を出してデートに誘うことができるだろうか。

教室にアオバエが入ってきている。ものうい羽音を立てつつ、どこか奥の一点からせんを描いて上昇していく。マッケイブ助教授はなにかを思い出しそうになり、話をしながらなんだったろうかと考えていた。とそのとき、後列の女子学生が急に飛びあがって悲鳴をあげた。

「ウィリスくん」マッケイブ助教授は言った。「どうしました?」

「いえ……髪の毛を引っ張られたような気がして」真っ赤になっている。そんな彼女はいつにも増して魅力的だった。「あの、たぶん……ちょっと寝ぼけてたんだと思います」

彼女を見る助教授の目は──厳しかった。ほかの学生たちがみんなこっちを見ているからだ。しかし、これこそ待ち望んでいたチャンスだった。彼は言った。「ウィリスくん、講義のあと少し残ってくれますか」

イヤリングの神　And the Gods Laughed

小惑星で仕事をするってのがどういうことかわかるだろう。契約の一か月間はどこにも行けず、四人の仲間とずっと顔をつきあわせて、むだ話をする以外にやることがない。行きも帰りも、また現場で仕事をするときも、ずっと小さい牽引船《けんいんせん》のなかだ。ああいう船では空間は貴重品だから、本も雑誌もゲームの道具も積み込む余裕はない。地球日に一度、定例の太陽系全域ニュース放送が聞けるだけで、ほかにはラジオの電波も入らない。

そんなわけで、唯一のインドアの娯楽は雑談だ。しゃべったり、仲間の話を聞いたり。どっちの時間もたっぷりある。宇宙服を着て仕事をするのは一日にたった四時間で、おまけにその途中で四度、十五分間船に戻って休憩することになってるんだからな。

ともかくなにが言いたいかというと、こういう作業班では雑談は大安売りだってことだ。一日ほかにすることもほとんどないから、とんでもない駄法螺《だぼら》や作り話に耳を傾ける。そのとんでもないことったら、地球の昔なつかしい嘘つき《ライアーズ》クラブ（飲みながら法螺話をしあう集まりのこと）が日曜学校の集会に見えるぐらいだ。もしその気があるなら、自分でなにかしらでっちあげる時間もたっぷりある。

おれたちの班にはチャーリー・ディーンってやつがいたが、このチャーリーがいろいろ面白い話を知っていた。むかし、まだボリーたちといさかいがあったころに火星に住んでたんだ。当時の火星で暮らすのは、インディアンの襲撃があった時代の地球で暮らすのとそっくりだった。ボリーどもは、考えかたも戦いかたもアメリカインディアンにそっくりだったんだ。もっともやつらは四足獣で、竹馬に乗ったワニ――竹馬に乗ったワニなんか想像できればだが――にそっくりで、使ってたのは吹き矢だった。アメリカインディアンが入植者に対して使ってたのは弓矢だったけどな。いや、それとも石弓だったっけ。

そんなことはともかく、そのときチャーリーはちょうど法螺話を終えたところだった。それがすごくとんでもない話で、旅の最初の小手調べにしちゃできすぎだった。つまり、船は着陸したばっかりで、おれたちは休憩中だったってことさ。ここに来るまでなんにもすることがなかったんだから、疲れてたわけじゃないけどな。で、こういう時期の雑談ってのは、わりあい気楽ないかにもありそうな話から始まって、本格的な深宇宙用の大風呂敷までは行かないものなんだよ。そういう話が始まるのは、みんながすっかり飽き飽きしてきた四週めに入るころでさ。

「それで、ボリーの頭目《とうもく》をやっつけたわけよ」とチャーリーが話を締めくくる。「あいつらはほら、ぺらぺらの小さい耳をしてるだろ。おれたちゃその耳に、ジルコンを嵌《は》めたイヤリングを着けて放してやったんだ。そいつが仲間んとこへ戻ったとき、もし――」いや、ここでチャーリーの法螺話を続けるのはやめておこう。あいつの話はなんの関係もないんだ、たんにそれのおかげでイヤリングの話題になったっていうだけで。

ブレイクが憂鬱《ゆううつ》そうに首をふり、おれに向かって言った。「ハンク、ガニメデはどうだった？　二、三か月前にあっちに行く船に乗ってたんだろ――初めてたどり着いた船だったよな。それにしちゃ、あんまり記事もニュースも見なかったが」

「おれもだ」チャーリーが言った。「ただ、ガニメデ人は人間型の生物だって話は聞いたぜ。身長は百二十センチぐらいで、イヤリング以外はなんも身に着けてないんだってな。そいつはちょっと品がないんじゃないか」

　おれはにやりとした。「実際にその目で見たらそうは思わないだろうな。ガニメデ人にとっちゃ、そんなことどうでもいいんだ。それに、あいつらがイヤリングを着けてるわけじゃない」

「どうかしてるぜ」チャーリーは言った。「そりゃな、おまえがあの遠征に参加してたのは知ってるし、おれは参加してなかったけどさ、でもやっぱりおまえはどうかしてるぜ。だって、地球に伝送された写真をおれはざっと見たんだからな。原住民はイヤリングを着けてた」

「ちがう」おれは言った。「イヤリングが原住民を着けてたんだ」

　ブレイクが深くため息をついた。「やっぱりな、だろうと思ってたんだよ。今度の旅行は最初からなんかおかしかったんだ。チャーリーは初日からあんな法螺話をおっ始めるし。法螺話ってのはな、徐々に盛りあげてくもんなんだよ。あんな話は最後にとっとくもんだ。しかも今度はおまえまでみょうなことを言いだすし――それともあれか、おれのイヤリング、もとい聴覚《ヒヤリング・センス》がどっかおかしいのかね」

　おれはくすくす笑った。「いや船長《スキッパー》、おかしくないよ」

　チャーリーが言った。「人間が犬を噛《か》んだって話は聞いたことがあるが、イヤリングが人を着けるなんてのは初耳だぜ。認めたかないが――ほんとのことだからしかたがねえや」

　ともかく、ふたりの耳はつかんだわけだ。となればもう話してしまってもかまわないだろう。

　おれは言った。「あの遠征の記事を読んだんなら、地球を出発したのが八か月ぐらい前だったのは知ってるよな。半年間かけて往復したんだ。M94型の船に六人で乗って、おれを含めて乗務員が三人で、残り三人は研究調査の専門家だった。ただ、ほんと言って超一流の専門家ってわけじゃなかった。危険な遠征だからな、もったいなくてそんなのは送れなかったのさ。なにしろガニメデを目指す遠征は三度めで、前の二回は木星の外周の衛星に衝突して大破しちまったんだ。地球の観測所からじゃ見つけられなくてさ、あの距離だと小さすぎてスコープに映らなかったんだよ。

行ってみたら、木星の周囲には小惑星帯があるも同然だった。ほとんどは真っ黒で、光をろくすっぽ反射しないんで、こっちからぶつかるか向こうからぶつかるかするまで気がつかないんだ。だけどほとんどは――」

「衛星の話はもういい」ブレイクが口をはさんだ。「イヤリングをしてたってんならべつだがな」

「それか、イヤリングが衛星を着けてたか」とチャーリー。

「どっちもちがうな」おれは認めた。「わかったよ、まあおれたちは運がよくて、どうにかその小惑星帯を通り抜けて着陸までこぎ着けた。さっきも言ったが、メンバーは全部で六人だ。生物学の専門家がレッキーで、地質学と鉱物学の専門家がヘインズ。それにヒルダ・レイスは花が好きで植物学者になったんだとさ、やれやれだぜ。ヒルダをいいと思う男もいるだろうさ、お近づきになる前ならな。たぶんあの遠征に送り込まれたのは、だれかがあの女を厄介払いしたくなったからだろう。しゃべりだしたら止まらないんだ、いるだろ、そういうタイプ。

それで、残りの乗務員がアート・ウィリスとディック・カーニイだった。あの遠征でスキッパーに指名されたのはディックだったが、小惑星に詳しくて、船がぶじ通り抜けられたのはそのおかげだった。そんなわけでディックがスキッパーだったから、アートとおれが助手と用心棒をやってたのさ。おもな仕事は、専門家が船を離れるときいっしょについてって護衛することだった。危険なことが起こるかもしれないからな」

「それで、起こったのか」チャーリーが尋ねる。

「その話はそのうちな」おれは言った。「ガニメデは、ああいう衛星としちゃそう悪いとこじゃなかった。もちろん重力は小さいが、いっぺん慣れちまえば歩きまわるのも楽だし、バランスも保てるようになる。空気も呼吸できる。ただ、一、二時間もすると犬みたいにぜえぜえ言いだすけどな。

変てこな動物がどっさりいたが、とくべつ危険なやつはいなかった。爬虫類《はちゆうるい》はいなくてぜんぶ哺乳類《ほにゆうるい》だったけどな、それが変てこなのばっかりなんだ。見てみなきゃわからんだろうけどさ」

ブレイクが言った。「そんなこたどうでもいい。原住民とイヤリングの話はどうなったんだ」

おれは続けた。「だがもちろんああいう動物の場合、危険かどうかはしばらく観察してみなきゃわかるもんじゃない。大きさや外見じゃ判断できないんだ。たとえばさ、へビをいっぺんも見たことがなかったら、小さいサンゴへビをおっかないとは思わないだろ。火星のジージーなんか、どう見たって育ちすぎたモルモットだもんな。だけど、銃を持たずに——ていうか、それを言うなら持ってたって、あいつに出くわすぐらいならハイイログマとか——」

「イヤリングはどうなった」とブレイク。「イヤリングの話をしろよ」

おれは言った。「そうだった、イヤリングな。つまり、原住民がイヤリングを着けてたわけだが——いまのところはそういうふうに言っとくよ、そのほうが話が早いからな。それが、耳はふたつあるのにみんな片っぽにしか着けてないんだ。それでちょっと不釣り合いに見えるんだよな、だってかなりでかいイヤリングだから。ただの黄金《きん》の環《わ》っかみたいなやつなんだが、直径が五センチから八センチ近くもあるんだ。

ともかく、船が着陸したとこの近くの部族は、そんな着けかたをしてたわけさ。船のなかから村が見えたが、泥小屋でできたすごく原始的な集落だった。おれたちは作戦会議を開いて、三人が船に残り、三人がその村を訪ねることにした。それで、生物学者のレッキーと、アート・ウィリスとおれが武器をもって出かけたわけさ。なにに出くわすかわからないからな。レッキーが選ばれたのは、言語学者としてもけっこう優秀だったからだ。生まれつき語学の才能があって、聞いただけですぐに話せるようになるんだぜ。

原住民は船が着陸する音を聞きつけて、四十人ぐらいだったと思うが、集団で出迎えに来てな、それで船と村の中間地点でおれたちは出会ったんだ。友好的だったよ。面白い連中だった。物静かで堂々としてて、空から人が降りてきたとき野蛮人がやりそうなことはいっさいやらなかった。たいていの原住民がどう反応するかわかるだろ。ほとんど神さまみたいに崇《あが》めたてまつるか、さもなきゃ殺そうとしてくるんだ。

その四十人といっしょに行ってみたら、村にもやっぱり四十人ぐらいが残ってた。おれたちとおんなじで、歓迎委員会のために戦力を半分に分けてたのさ。これも高い知能の表われだよな。レッキーがリーダーだとわかると、レッキーに向かってぺちゃくちゃしゃべりだしたんだが、豚がうなってるようにしか聞こえなくて、人の言葉とはとても思えなかったよ。だけどレッキーはすぐに、試しにひとうなりかふたうなりして返事してた。

首尾は上々で、なんの危険もなさそうだった。それに、向こうもアートとおれにはろくすっぽ目もくれないんで、ふたりで抜け出して村を散歩してまわることにしたんだ。ここがどんな土地なのか、危険な獣とかそういうのがいないか見てみたくてさ。動物はぜんぜん見なかったが、ほかの原住民をひとり見かけた。けどな、そいつの行動はほかのとちがった。ぜんぜんちがうんだ、なんせ槍《やり》を投げてきて、それから逃げてったんだから。これはアートが気づいたんだが、そいつはイヤリングをしてなかった。

　そのうち呼吸がちょっと苦しくなってきた。船を降りてから一時間以上経ってたからな。それで村に引き返してレッキーを呼んで、いっしょに船に戻ったんだ。レッキーはすっかり原住民と仲よくなってて村を離れたがらなかったけど、でもやっぱりぜいぜい言いはじめてたから、説得して帰らせたんだ。そのときにはレッキーも片っぽの耳にイヤリングをしてて、プレゼントしてくれたんだって言ってた。それでお返しに、たまたま持ってきてた携帯用の計算尺をやったって言うんだよ。

『なんで計算尺なんだ』っておれは訊いたよ。『ああいうのはいい値段するし、原住民がもっと喜びそうながらくたがいくらでもあるのに』ってさ。

　そしたら『きみはそう思うだろうけどね、でもあの人たちに見せたら、あっというまにあれを使った掛け算や割り算のやりかたを理解したんだよ。だから平方根の出しかたを教えてやって、きみたちが戻ってきたときには立方根の出しかたを説明してるところだったんだ』って言うじゃないか。

　おれは口笛を吹いて、レッキーの顔をまじまじと見たが、冗談を言ってるようには見えなかった。だけど、なんか歩きかたがおかしいのに気がついた――というか、全体にちょっとふつうじゃない感じがしたな、はっきりどこがどうとは言えなかったけど。だけどまあ、たぶんちょっと興奮してるんだろうと思ったんだ。なんせこれまで地球を離れたことがなかったんだから、それも無理はないと思ってさ。

　船にまた乗り込んで、呼吸がやっともとに戻ると――最後の百メートルぐらいは完全に息があがってたんだよ。そしたらレッキーはさっそく、ヘインズとヒルダ・レイスにガニメデ人のことを話しだした。専門的すぎてほとんどわからなかったが、ただみょうな矛盾があるのはおれにも理解できた。生活様式を見るかぎりじゃ、オーストラリアのブッシュマンより原始的なのに、そのくせすごく知能が高くて、哲学とか、数学や純粋科学の知識を身につけてるんだよ。原子構造についてなんか説明されたとかで、レッキーはめちゃくちゃ興奮してた。地球に戻ったら、その説明が正しいかどうか機械を使って確かめるんだって騒いでたよ。

それから、イヤリングはその部族の一員のしるしなんだって言ってた。イヤリングをくれたのは、友人だか仲間だか、なんかそういうもんとして認められたからなんだとさ」

ブレイクが尋ねた。「黄金だったのか」

「いまその話をしようとしてたんだ」おれは言った。寝棚にずっと同じかっこうで座ってたせいで脚がしびれてきたんで、立ちあがって伸びをした。

と言っても、小惑星牽引船に伸びをする空間なんか大してないから、壁のクリップに止めてあった拳銃に手がぶつかった。「ブレイク、なんで拳銃なんか備えつけてあるんだ」とおれは訊いた。

ブレイクは肩をすくめた。「規則でな。宇宙船には拳銃を一挺《いっちょう》備えつけることって決まってるんだ。小惑星用の船になんで必要なのかは知らん。軌道から引き離されてべつのにぶつけられるのに腹を立てて、いつか小惑星が逆襲してくると委員会が思ってるんならべつだけどな。そういえばあんときの話をしたかな、二十トンぐらいの小さい岩を牽引して――」

「黙れよ、ブレイク」チャーリーが言った。「いまはイヤリングの話を聞いてんだから」

「そうだ、イヤリングだったな」おれは言った。拳銃を壁から外してみると、旧式の金属製の発射武器で、弾は二十発、二〇〇〇年ごろの製造だった。装塡《そうてん》済みで使える状態だったが、汚れてた。おれは汚れた銃を見ると放っとけないんだよ。

おれは話を続けたが、また寝棚に腰をおろすと、物入れから古いハンカチを取り出して、しゃべりながら拳銃を清掃したり磨いたりしはじめた。

「レッキーは、そのイヤリングを外させようとしなかった。ヘインズが金属を分析したいって言うと、なんかちょっと態度がおかしくなって、そんなにいじりたいなら自分で行ってもらってこいって言うんだ。それからまた、ガニメデ人から教えられたすごい知識の話に戻っちまって、熱烈に語りだすんだよ。

翌日は全員村に行きたがってたけど、一度に船を出てよいのは六人中三人までって決めてあったんで、順番に出かけるしかなかった。レッキーはガニメデ人のうなり言葉が話せるから、最初はレッキーとヒルダが出かけて、護衛にアートがついていった。もうその割合でじゅうぶん安全だと思ったんだよ。つまり、専門家がふたりに護衛がひとりってことさ。アートとおれに槍を投げてきた原住民をべつにすれば、危険の徴候はなんにもなかった。あの原住民もちょっと頭が足りない感じで、槍だっておれたちの五、六メートル先に落ちてたしな。撃ち返そうって気にもならなかったぐらいだ。

三人は、二時間近くしてから息を切らして戻ってきた。ヒルダ・レイスは目をきらきらさせて、左耳には例のイヤリングを着けてた。すごく得意そうだったよ。王冠かなにかをもらって火星の女王にでもなったみたいだった。息切れが治ってぜいぜい言わなくなったら、とたんに堰《せき》が切れたみたいにその話を始めたもんさ。

その次は、おれがレッキーとヘインズについていった。

ヘインズはなぜかちょっと不機嫌で、あんな環っかを耳に着けさせるつもりはないって言ってた。分析のために欲しいとは思うが、ただの手渡しとかそんなのでもいいはずだって言うんだ。

今度もやっぱり、村に着いたあとはだれもおれに構ってくる者はいなかったから、おれはひとりで村を歩きまわってた。そしたら、村はずれに来たときに悲鳴が聞こえたんだ。それで大急ぎで村の中心に走って戻った。ヘインズの悲鳴みたいだったからさ。

人だかりができてた。つまりその、境内《けいだい》とでも言うかな、その中心に。それをかき分けて進むのに一分ぐらいかかった。原住民をみんな追い散らして進まなきゃならなかったんだよ。やっと人だかりの中央に着いてみたら、ヘインズはちょうど起きあがろうとしてるとこで、リネンの白衣の正面に大きな赤いしみができてた。

おれはヘインズの身体をつかんで助け起こして、『ヘインズ、どうした。けがしたのか』って訊いた。

そしたらのろのろと首をふるんだ。なんか頭がぼうっとしてるみたいだったな。それで『大丈夫だよ、ハンク、なんともない。転んで倒れただけだ』って言うんだが、おれが赤いしみを見てるのに気がつくと、笑顔になった。たぶん笑顔だとは思ったけど、でもなんか不自然なんだよ。それで『血じゃないよ、ハンク。地元の赤ワインかなにかをこぼしたんだ。儀式の一環で』って言うんだ。

なんの儀式だって訊こうとしたんだが、そのとき気がついたんだ。ヘインズのやつ、例の黄金のイヤリングをしてたんだよ。すごく変だと思ったんだが、ヘインズはレッキーと話を始めて、見た感じじゃやることもまともだった――まあその、わりかしまともだったっていうかな。レッキーはあれやこれやのうなり声の意味を説明してて、ヘインズはものすごく興味を惹《ひ》かれたような顔をして聞いていた。だけどなんだか、それはあらかた演技だって気がしたな。おれと話をしなくてすむように、興味があるふりをしてたんだな。なんだか頭のなかでは必死でべつのことを考えてるふうだった。服にしみはついてるし、イヤリングのことであっさり宗旨がえしちまってるしで、もっといい言い訳をでっちあげなきゃと思ってたんだろうな。

ガニメデのこの状況はどこか変だって気がしてきたんだが、なにが変なのかはわからなかった。それで、口は開かず目は閉じずって方針で行こうと決めたんだ。真相がわかってくるまではな。

でも、ヘインズを観察する時間はあとでたっぷりあるだろうから、おれはまた村の端のほうへ歩いていって、ちょっと外に出てみたんだ。それで思いついたんだが、もしよそ者に見られて困るようなことがあるのなら、どこかに隠れてるほうが目撃できる可能性は高くなるだろう。そのあたりには灌木《かんぼく》がいっぱい生えてたから、よく茂ってるとこを選んで身を隠したんだ。肺の感じからして、船に戻らなくちゃならなくなるまで三十分ぐらいは余裕がありそうだった。

それでな、その余裕時間の半分も経たないうちに、見ちまったんだよ」

おれはそこでいったん口をつぐみ、拳銃を光にかざしてなかをのぞいた。だいぶきれいになってきたが、銃口近くに二箇所ほどまだ汚れがこびりついている。

ブレイクが口を開く。「当ててみようか。火星のトラーグ犬が尻尾で立って、アニー・ローリーを歌ってたんだろ」

「そんな甘っちょろいもんじゃない」おれは言った。「ガニメデの原住民のひとりが両脚を嚙み切られてな、それでもむっとしてたんだ」

「そりゃだれだってそうだろう」とブレイク。「おれだってむっとするさ、こんなに穏やかな男はいないってぐらいなのに。なにに嚙み切られたんだ」

「それはわからなかった」おれは答えた。「水中になにかいたんだ。川があってな、村のそばを流れてて、そんなかにワニみたいなのがいたんだろう。原住民がふたり村から出てきて、その川を渡りだしたんだが、半分ほど渡ったところで、ひとりが悲鳴をあげて水中に沈んだ。もうひとりがつかまえて、反対岸に引っぱりあげたんだけど、そんときにゃ両脚とも膝から下がなくなってた。

とんでもないことが起こったのはそんときだ。脚をなくした原住民は、残った脚で立ちあがって、連れに向かって平然と話しはじめた——っていうか、うなりはじめた。連れはうなり返した。それで、その声の調子から判断するかぎりじゃ、そいつはむっとしてた。ほんとにむっとしてただけだった。半分になった脚で歩こうとしたんだが、あんまり速く歩けないことに気がついたんだな。

それから、どこの世界で見ても肩をすくめたとしか思えないしぐさをして、手をあげてイヤリングを外して、それをもうひとりの原住民に差し出した。恐ろしく突拍子もないことが起こったのはこのときだ。

もういっぽうの原住民がそれを受け取った。そしたら最初のやつ、つまり脚を嚙み切られたやつだが、手からイヤリングが離れた瞬間に、そいつはばったり倒れて死んじまったんだ。もういっぽうは、死体を抱えあげて川に投げ込んで、そのまま行ってしまった。

その姿が見えなくなるとすぐに、おれはレッキーとヘインズのとこに引き返して、ふたりを連れて船に戻った。おれが行ったときは、ふたりとももう帰る用意をして待ってたよ。

これはやばいかもしれないと思っちゃいたけど、おれはまだなんにもわかってなかったんだ。レッキーやヘインズといっしょに船に戻るまではな。ヘインズは、これはすぐに気づいたんだが、上着の正面についてたしみがなくなってた。ワインだかなんだか知らんが、だれかがとってやったんだな。上着は濡れてもいなかったよ。ところがな、裂けて穴があいてたんだ。こんときに初めて気づいたんだけどな、槍をそこに突き立てられたんじゃないかって感じに見えた。

それから、ヘインズがたまたまおれの前に立ったとき、見たら上着の背中にも同じように裂け目っていうか穴があいてるじゃないか。それとこれを考え合わせてみるに、身体の正面から背中へ槍が貫通したんじゃないかと思った。あの悲鳴をあげたときにさ。

だけど、もし槍があそこに刺さったんなら、生きていられるはずがない。それなのに、ヘインズはおれの前を歩いて船に戻ろうとしてるんだ。左耳にあのイヤリングをして――それを見たら、あの川で見た原住民のことをいやでも思い出したよ。あの原住民も、あんなふうに脚を嚙み切られたらとうぜん死んでたはずなのに、イヤリングを手放すまでそれに気づいてなかったんだ。

言うまでもないが、その夜は考えることがどっさりあった。よく見てると、どうもみんな言動がふつうでないような気がした。とくにヒルダがな――カバが子猫みたいにふるまってるって言ったら感じがわかるかな。ヘインズとレッキーは考え込んでて自分を抑えてるみたいで、なにか企んでるのかって雰囲気だった。しばらくしてアートが機関室からあがってきたんだが、見たらイヤリングをしてるじゃないか。

それに気づいてちょっとぞっとしたよ。もしおれの考えてるとおりだとしたら――そしたら、無事なのはおれとディックだけだ。できるだけ早くディックと話しあったほうがいい。ディックはいま報告書を書いてるが、もうすぐ就寝前のいつもの倉庫点検に出るはずだ。そのときつかまえよう。

それまでのあいだほかの四人を観察してたんだが、あやしさはつのるいっぽうだし、ますますこわくなってきた。ふつうにふるまおうとすごく努力してるんだが、ときどきうっかりしちまうことがある。たとえば、話をするのを忘れるんだ。つまりさ、なにか話しかけるみたいに相手に顔を向けてるのに、なにも言わないわけさ。それがしばらくすると、思い出したように途中から話しだすんだよ。それまでは口に出さずにテレパシーで話してたみたいに。

まもなくディックが立ちあがって出てったんで、おれはあとを追いかけた。側面の倉庫のひとつに入っていって、おれはドアを閉めた。『ディック、気がついてるか』とおれが尋ねると、なんの話だと訊いてきた。

だから説明したよ。『あっちの四人だけど——あいつらはもう、いっしょに出発してきたときのあいつらじゃない。アートとヒルダとレッキーとヘインズはどうしちまったんだろう。ここではなにが起こってるんだ？　なんかおかしいと思わないか』っておれは言った。

そしたらディックはため息みたいなのをついて、『そうか、だめだったか。もっと練習が必要だな。来いよ、説明するから』って言って、ドアをあけて、こっちに向かって片手を伸ばしてきた。そしたらシャツの袖が手首から少しずりあがって、黄金のあれがはまってるのが見えたんだ。ほかの連中のとおんなじだったけど、ただイヤリングじゃなくてブレスレットにしてたんだよ。

おれは——その、度肝を抜かれちまって声が出なかった。ディックが伸ばしてきた手を取りはしなかったが、あとについてメインルームに戻ってったよ。それからレッキー——どうやらレッキーがリーダーだったらしいんだ——に銃を突きつけられて、その状態で説明を聞かされたんだ。どんなに想像をたくましくしたってとうてい思いつけないってぐらい、不気味でひでえ話だったよ。

やつらはひとりひとりに名前がついてないんだ、自分の言語がないから。つまり、ほんとに話したり書いたりする言葉は持ってないんだよ。テレパシーが使えるから言語は必要ないわけさ。

自分のことを考えるときの言葉ってか思考を翻訳しようとすれば、いちばん近いのはたぶん『われわれ』だろうな。一人称複数代名詞さ。ひとりひとり区別するときは、名前じゃなくて番号を使ってる。

自分の言語を持ってないだけじゃなくて、自分の肉体も持ってないし、自分の生きた精神すら持ってない。地球人には想像もできないような意味で、べつの生物に寄生するんだ。実在はしてるんだが、ただ——どうも説明がむずかしいな。動かすことができて、それを使って思考のできる肉体にくっついてないときは、ある意味では存在してないんだ。こう言えばいちばんわかりやすいかな、ええとその、イヤリングの神は——てのはつまり、ガニメデの原住民はそう呼んでたんだよ。ともかくイヤリングの神は、肉体から切り離されてるときは眠ってるんだ。冬眠してて活動してないんだよ。だから、自分で思考したり動いたりする能力がないわけさ」

チャーリーとブレイクは面食らった顔をした。チャーリーが口を開く。「それじゃハンク、こういうことか。人間に接触すると、そいつはその人間を乗っ取って、好きなように操縦して、人間の頭を使ってものを考えるけど、その——自分のアイデンティティは保ってるっていうのか。それじゃ、乗っ取られた人間のほうはどうなるんだ」

おれは言った。「おれにわかるかぎりじゃ、その人間もいわばそこにいるんだが、そいつに支配されてるんだ。つまり、記憶も個性もみんな残ってるんだけど、運転席にはべつのなにかが座ってる。操縦してるんだ。もとの人間が生きてても死んでても、それも関係ない。肉体がそれほどひどくぶっ壊れてなければな。ヘインズみたいに——ヘインズの場合は、殺してからでないとイヤリングを着けさせられなかったんだな。ヘインズはもう死んでたんだ。つまり、イヤリングを外されたら、ばったり倒れて二度と起きあがらなかっただろうな、また着けなおされるまでは。

脚を噛み切られた原住民とおんなじさ。あの原住民に乗ってたやつは、その肉体がこれじゃもう使えないと思って、それで自分をべつの原住民に渡したわけだよ、な。もっと状態のいいべつの肉体を見つけてそっちを使おうってことさ。

やつらがどこから来たのかは教えてくれなかった。ただ、太陽系の外から来たってだけ。どうやってガニメデにたどり着いたのかも聞いてない。ただ自力で来たわけじゃない。だって、自力では存在すらできないやつらだからな。ガニメデまでは、訪問者に寄生してやって来たにちがいない。いつかはわからないが、たぶん何百万年も前だろう。だけど、そのあとはもちろんガニメデからは出られなかったんだ、おれたちが着陸するまでは。ガニメデでは宇宙旅行は開発されてなかったから——」

チャーリーがまた口をはさんだ。「でも、そいつらがそんなに頭がいいんなら、どうして自分で開発しなかったんだ」

「できなかったんだよ」おれは答えた。「あいつらは、そのとき乗っかってる生物以上には賢くなれないんだ。まあその、ある意味では多少は賢くなれるけどな、ていうのは、その生物の能力を限界まで活用できるから。人間は——地球人でもガニメデ人でも、そういうことはできないだろ。だけど、ガニメデの未開人の脳みそじゃ、限界いっぱいまで活用したって宇宙船を開発するには足りなかったのさ。

そんなときに、やつらはおれたちをつかまえた——つまり、レッキーとヘインズとヒルダとアートとディックのことだよ。しかも宇宙船まで手に入れた。だから地球に行こうとしてたんだ。おれたちの精神を読んで、地球のことやらそこの状態のことやらなにもかも知ったからな。やつらは単純に地球を乗っ取って——それでその——支配しようと計画してたんだよ。自分たちがどうやって繁殖するのか、くわしいことは教えてくれなかったが、イヤリングを地球に行き渡らせるのに不足はないんだろうって感じだったな。イヤリングでもブレスレットでも、どんな手段で自分をくっつかせるにしてもな。

たぶんブレスレットか、腕や脚のバンドかだろうな。あんなイヤリングを着けてたら地球じゃ目立ちすぎる。しばらくはこっそりことを進めなきゃならないだろうし。なにが起こってるか気づかれないように、一度に数人ずつ乗っ取ってくわけだ。

それからレッキーが言うには——というか、レッキーを操縦してるやつが言うには、やつらはおれをモルモットにしてたんだ。イヤリングを着けさせて乗っ取ることはいつでもできる。だけどその前に、おれを使って確かめようとしてたんだ。ふつうの人間になりすましたとして、それがちゃんと通用するかってことだな。おれがおかしいと勘づくかどうか調べたかったのさ。

それで、ディック——ていうか、ディックを操縦してるやつは、ディックの袖のかげに見えないように隠れてたんだ。そうすれば、もしおれがおかしいと勘づいたらディックに話すだろ。実際おれはまんまと引っかかったわけだが、それで、この船で地球に戻って作戦に着手するには、もう少しこの肉体をうまく動かす練習を積まなきゃだめだってわかったのさ。

まあそんなわけで、これで話は全部だった。やつらがこの話をしたのは、ふつうの人間としておれがどう反応するか観察するためだったんだ。それからレッキーはポケットからリングを取り出して、片手では拳銃をおれに向けたまま、片手でそのリングを差し出してきた。

そして、おとなしく着けたほうが身のためだって言った。いやだと言うなら、まず射殺してから着けさせるだけだって。だけど、傷のついてない肉体を乗っ取るほうがずっと好ましいし、おれにとってもましだろうってわけさ——つまり、先に自分を、というか自分の肉体を殺されずにすむんだから。

だけどもちろん、おれはそんなふうには考えなかった。おれは恐る恐るリングに手を伸ばすふりをしておいて、そこでレッキーの手から拳銃を叩き落として、床に落ちたところをダイビングキャッチした。

うまいこと拳銃をつかんだのはよかったが、やつらは全員で襲いかかってきた。三発撃ち込んでやったんだけど、まるで平気な顔をしてやがるんだ。あのリングに操られてるやつを食い止めるには、脚を切り取るかどうかして、肉体が物理的に動かないようにするしかない。心臓に銃弾を撃ち込まれたぐらいじゃ、まるでどこ吹く風なんだぜ。

それでも、おれは後退してドアから外へ逃げた――ガニメデの夜に、上着も着けずに。おまけにおっそろしく寒かったよ。それに外へ出たはいいが、逃げていく場所があるわけじゃない。船に戻るしかないが、おれにそんな気はなかった。

やつらは追いかけてはこなかった――そんな手間をかける必要ないもんな。三時間もすれば――外では四時間かな――酸素欠乏で意識を失うのはわかってるんだから。たとえ寒さかなにかで先にやられなかったとしてもだ。

どこかに突破口はあったのかもしれないが、思いつけなかった。船から百メートルほど先まで逃げて、石のうえに腰をおろして、どうしたらいいか考えてた。だけど――」

おれは「だけど――」で口をつぐんで、そのあとは黙ってた。沈黙がしばらく続いたが、やがてチャーリーが言った。「それで?」

ブレイクも言った。「それでどうしたんだ?」

「なんにも」おれは答えた。「なんにも思いつけなかった。ただそこに座ってたんだ」

「朝までか」

「いや。朝になる前に意識を失ってた。気がついたときはまだ暗かった。船のなかだったけど」

ブレイクは、面食らったように顔をしかめておれを見た。「なんだって、それじゃ――」

そのときチャーリーが急に叫び声をあげて、それまで寝そべってた寝棚から飛びかかってきて、おれの手から拳銃を引ったくった。ちょうど清掃を終えて、カートリッジを装塡しなおしたとこだったんだ。

それから、拳銃を握ってそこに突っ立って、初めて見るみたいな目でおれを見つめてた。

ブレイクが言った。「座れよ、チャーリー。からかわれてんのがわからないのか。でも――そうだな――その銃は持っといたほうがいいかもな、やっぱり」

もちろんチャーリーは銃を手放そうとはせず、銃口をおれに向けてきた。「おれはいま、めたくそにばかなことをしてるのかもしれん。だけどな――ハンク、袖をめくってみせろ」

おれはにっと笑って立ちあがった。「足首もちゃんと確認しろよ」

しかし、チャーリーの顔にはどっか大まじめなとこがあったから、あんまり刺激するのはやめといた。ブレイクが言った。「どこかべつんとこに、粘着テープでくっつけることだってできる。つまりその、万にひとつか百万にひとつか、ただの冗談じゃない可能性もあるし」

チャーリーは、ブレイクのほうには目を向けずにうなずいた。「ハンク、こんなこた言いたくないが――」

おれはため息をつき、それから苦笑しながら言った。「いいとも、どうせシャワーを浴びようと思ってたとこだ」

船内は暑くて、おれは靴とオーバーオールしか身に着けてなかった。ブレイクにもチャーリーにも目もくれず、それを両方とも脱いで、オイルシルクのカーテンを抜けて狭いシャワーブースに入っていった。水栓をひねった。

シャワーの水音越しに、ブレイクが笑っているのが聞こえた。チャーリーは小声で毒づいている。

シャワーを浴びて外へ出て、タオルで身体を拭くころには、チャーリーもうにやにやしていた。ブレイクが言った。「まったく、さっきチャーリーが言った法螺話を傑作だと思ってたこれだもんな。今度の旅行はあべこべだな。大法螺から始まって、だんだんふつうの話をするようになってくんだ」

エアロックのそばで船体を叩く鋭い音がした。チャーリーはそれをあけに行きながら、うなるように言った。「おれたちをどんだけこけにしてくれたか、ゼブとレイに言ってみやがれ、めたくそにぶん殴ってやるからな。まったくくそいまいましいぜ、おまえもおまえのイヤリングの神さまも……」

小惑星J－864Aの678443番から地球の5463番へのテレパシー報告（一部抜粋）。

「計画どおり、ガニメデであったことをありのままに話し、地球人がどれぐらいだまされやすいか確認した。

その結果、じゅうぶんに通用することが判明。

このことからわかるように、地球生物の体内にわれわれを埋め込むのはすぐれた方策であり、計画を成功に導くために必須の手段である。たしかにガニメデでとっていた手法ほど手軽ではないが、地球生物を乗っ取るたびにこの手術を実施しつづけなくてはならない。ブレスレットその他の付属物では疑惑を招くだろう。

ここで一か月むだにする必要はない。すぐにこの船の指揮権を掌握して帰還する。ここに鉱石はなかったと報告すればよい。この船に搭乗している四体の地球生命をわれわれ四名で操り、地球の諸君のもとへ戻るつもりである。……」

収録作品解題

牧《まき》 眞《しん》司《じ》

『フレドリック・ブラウンSF短編全集』全四巻は、そのタイトルどおりブラウンのSF短編全てを執筆年代順にまとめる企画である。底本として *From These Ashes: The Complete Short SF of Fredric Brown*（NESFA Press, 2001）を用いた。ブラウンのSF短編の多くは、創元SF文庫既刊の短編集『未来世界から来た男』『天使と宇宙船』『スポンサーから一言』『宇宙をぼくの手の上に』などに収められているが、この機会に新しく訳をおこした（解題中に表示した旧題とは、これら創元SF文庫版などに収録された際のタイトルである。なお、漢字を開く程度の軽微な改題については、煩雑《はんざつ》を避けるため記していない）。また、これまで邦訳されていなかった数編も収められている。現時点で望めるかぎりの決定版といえる全集だ。

各巻ごとに簡単な作品解題をおこなっていく。

最後の決戦《ハルマゲドン》 Armageddon（初出：*Unknown Fantasy Fiction*, August 1941）旧題「悪魔と坊や」

掲載誌〈アンノウン〉は、その当時のSFを牽引《けんいん》していた〈アスタウンディング〉の姉妹誌であり、ジョン・W・キャンベル・ジュニア編集のもと、（怪奇譚《かいきたん》や異郷冒険物語ではなく）洗練されたファンタジイを多く掲載した。ブラウンにはうってつけの舞台だったといえよう。この作品と同じ号には、ヘンリイ・カットナー「おなじみの悪魔」や、ロバート・アーサー「ミスター・ジンクス」などが掲載されている。

「最後の決戦《ハルマゲドン》」は、わんぱく少年の機転（？）が、世界を救うユーモア・ファンタジイ。大仰なタイトルと落差のある展開、洒落《しやれ》たオチのつけかたが、まさにブラウンだ。物語の途中に出てくる、チベットの「祈りの回し車」というのは、マニ車のことだろうか？　普通のイメージではマニ車は手持ちだけど……と思って調べてみたところ、実際にあるようです、水車式の巨大マニ車。

いまだ終末《おわり》にあらず Not Yet the End（初出：*Captain Future*, Winter 1941）旧題「身代わり」

ジョン・クルート&ピーター・ニコルズの*Encyclopedia of Science Fiction*やマイク・アシュリー『SF雑誌の歴史 パルプマガジンの饗宴《きようえん》』など多くの資料では、この作品をブラウンのSF第一作と見なしている。掲載誌〈キャプテン・フューチャー〉は、日本でも大人気のスペースオペラ・シリーズのホームグラウンドとなった季刊誌。誌面の主軸はエドモンド・ハミルトン作の《キャプテン・フューチャー》長編一挙掲載だが（ちなみにこの号は『太陽系七つの秘宝』）、それ以外に別の作家の短編が数作併載されていた。

「いまだ終末《おわり》にあらず」は外宇宙からの侵略を、エイリアンの視点に立って描き、最後に地球側の視点でタネ明かしをする。うっちゃりのような感覚があるが、こんにちではこのパターンはもはや常套になっている。SF専門誌用ということで、それっぽい超科学用語をちりばめているのがご愛敬。

エタオイン・シュルドゥル Etaoin Shrdlu（初出：*Unknown Worlds*, February 1942）旧題「諸行無常の物語」

この作品によって、ブラウンは〈アンノウン〉に二度目の登場。同じ号にはL・スプレイグ・ディ・キャンプ『勇者にふられた姫君』、フリッツ・ライバーの《ファファード&グレイ・マウザー》の新作、ロバート・ブロック、カットナーの短編が掲載。同誌のクオリティがおわかりいただけよう。
「エタオイン・シュルドゥル」とは奇異なタイトルだが、E・T・A・O・I・N……は英語で頻出する文字であり、自動鋳造植字機《ライノタイプ》の入力ボードではこれらのキーが左側に配置されている。活版印刷が廃れてしまったいまではピンと来ないかもしれないが、ネットでの戯言「くぁwせdrftgyふじこlp」のようなものと理解すればよかろう。機械が意識を持って人間の制御を受けつけなくなる。古典的なSFのテーマだが、事態を収拾させる方法がいかにもブラウンらしいウィットだ。

星ねずみ Star Mouse（初出：*Planet Stories*, Spring 1942）

スペースオペラ専門誌〈プラネット・ストーリーズ〉に発表。初出時は“The Star Mouse”だったが、短編集『宇宙をぼくの手の上に』（一九五一）収録時に、定冠詞を除いた形となった。しかし、その後もアンソロジー収録などで、定冠詞付きのタイトルが混在している。

この主人公はミッキー・マウスならぬ、ミツキー（Mitkey）である。ディズニーのミッキー（Mickey）は一九二八年に誕生し、ブラウンが「星ねずみ」を発表したころにはすっかり人気者になっていた。読めばおわかりのとおり、この作品は読者がミッキーを知っていることを前提として書かれており、ぬかりなくディズニーへのリスペクトも盛りこまれている。

最後の恐竜 Runaround（初出：*Astounding Science-Fiction*, September 1942）

当時のSF界の頂点である〈アスタウンディング〉に登場した第一作。同じ号には、レスター・デル・リイ「神経線維」（中編版）や、カットナー（ルイス・パジェット名義）「トオンキイ」が掲載されている。初出時のタイトルは“Starvation”（意味は「飢餓」）。これはおそらく編集長のキャンベルがつけたものだろう。短編集『未来世界から来た男』（一九六一）収録時に“Runaround”と改められ、以降は、このタイトルが用いられている。
タイトルが示すとおり、滅びゆくティラノサウルス・レックスの視点で綴られている。現代の古生物学では、哺乳類《ほにゅうるい》の繁栄がはじまった始新世《ししんせい》にはすでに恐竜は絶滅していたとされるが、そこはロマンである。

新入り The New One（初出：*Unknown Worlds*, October 1942）旧題「新しい神」〈アンノウン〉に、ロバート・A・ハインライン（ジョン・リヴァーサイド名義）「ジョナサン・ホーグ氏の不愉快な職業」や、カットナー「著者謹呈」と並んで掲載された。
神々や精霊といった観念的存在は、物質的存在よりも次元が高く、人間の信仰によってその存在性の強度が決まる——といったロジックは、いかにも〈アンノウン〉の編集長であるキャンベルの好みである。

天使ミミズ The Angelic Angleworm（初出：*Unknown Worlds*, February 1943）旧題「ミミズ天使」〈アンノウン〉掲載のノヴェレット。主人公の身に不可解なできごとがつぎつぎと降りかかるさまを、卓抜なストーリーテリングで引っぱっていく。主人公が無関係に思える複数の事件に共通する原因を見つけだそうとする、つまりミステリ的な趣向もあるので、作品より先にこの解題をお読みのかたは、これ以降の行は素通りしてください。
「エタオイン・シュルドゥル」につづき、この作品でもライノタイプ絡みのアイデアを膨らませている。素朴な言霊《ことだま》信仰からサピア＝ウォーフ仮説まで、言葉によって現実が形づくられるという考えかたは普遍的なものだろう。それを天界のライノタイプとして物象化すると、こういうギミック・ストーリーになる。しかし、天国は英語が基本なのだろうか？

帽子の手品 The Hat Trick（初出：*Unknown Worlds*, February 1943）

これも〈アンノウン〉掲載作。しかも「天使ミミズ」と同時掲載である。そのため、フェリックス・グラハム名義で発表された。

日常会話のなかでハットトリックという言葉が出てくれば、ああ、サッカーの話（ひとりの選手が一試合に三点以上得点すること）だなと思うが、もともとはクリケットの用語らしい（打者を三連続で打ちとった投手に、賞賛の意味で帽子を贈る）。手元の英和辞典にも、そちらの用法が先に出てくる。しかし、本作品のように「帽子を用いた手品」という意味もある。ちなみに初出時には、エド・カーティアがタイトルページに、帽子から大きなネズミを出している人物を描いていた。

「帽子の手品」は、それまでのハッキリした結末のある作品と異なり、読者の想像に委ねる余白を残して終わる。「奇妙な味」の骨法といえよう。

ギーゼンスタック一家 The Geezenstacks（初出：*Weird Tales*, September 1943）旧題「人形」

初出誌の〈ウィアード・テールズ〉は怪奇小説ファンなら知らぬ者はいない伝説の雑誌。ブラウンはこれが初登場だが、同誌の歴史（一九二三—五四年、全二百七十九冊）を通じて、三作しか登場していない。いっぽう、同じファンタジイ系雑誌でも〈アンノウン〉は短命に終わったのだが（一九三九—四三年、全三十九号）、五作を寄稿している。

「ギーゼンスタック」とは聞き慣れない姓だが、どうやら実在はしないようである。ちなみに、『未来世界から来た男』の邦題で知られる短編集の原題は*Nightmares and Geezenstacks*だ。ブラウンは「ギーゼンスタック」という響きが気に入っていたのかもしれない。この作品も謎めいた終わりかたで、読者の想像を刺激する。ふいにあらわれる老婆は何者か？　そもそも人形の入った箱はどこから来たのか？

白昼の悪夢 Daymare（初出：*Thrilling Wonder Stories*, Fall 1943）

初出誌〈スリリング・ワンダー・ストーリーズ〉は、当時のSF誌ランクでいえば〈アスタウンディング〉や〈アンノウン〉には及ばない二流誌ながら、レイ・ブラッドベリの諸作をはじめ、秀作・佳作をしばしば掲載していた。先述の〈キャプテン・フューチャー〉は、〈スリリング・ワンダー・ストーリーズ〉の姉妹誌である。

「白昼の悪夢」は、木星の衛星カリストで起こった不可解な殺人事件をめぐるSFミステリ。不可解なのは、遺体の目撃者ごとに死因に関する証言が甚だしく食い違っていることだ。ある者は古典的な銃による殺害だと言い、ある者は熱線銃《ブラスター》で撃たれたのだと言い、また別な者は首が切り落とされていたと言う。殺されたのは、ウィレム・ディームという書籍やマイクロフィルムを扱う業者だ。カリストでは遺体の腐敗が早いため、すぐさま火葬に付されていて確認のしようがない。ケイカー警部補が頭を悩ませていると、まったく別なところでウィレム・ディームが飛び降り自殺をしたという報告が入る。なぜ、殺されたはずのディームが、また死ぬ？

パラドックスと恐竜 Paradox Lost（初出：*Astounding Science-Fiction*, October 1943）旧題「恐竜パラドックス」

この作品で、ブラウンは〈アスタウンディング〉に二度目の登場を果たした。やがて同誌はブラウンにとって主要なクライアントのひとつになる。SF長編の代表作『火星人ゴーホーム』も同誌に一挙掲載された（一九五四）。

「パラドックスと恐竜」は、ブラウンがマック・レナルズと共同で編んだユーモアSFのアンソロジー『SFカーニバル』（一九五三）にも再録されている。自信作だったのだろう。このアンソロジー収録時にレナルズが付した解説には、こうある。「ブラウン氏は、明らかに恐竜《ダイノソア》にとり憑《つ》かれて、なんとかそれから逃れようと苦心しています。恐竜がいかにして消滅したかについて、彼はこれまでに、それぞれ独立し

て、しかも相互に矛盾した解釈を三編書きました」（小西宏訳）

イヤリングの神 And the Gods Laughed（初出：*Planet Stories*, Spring 1944）旧題「かくて神々は笑いき」

初出誌〈プラネット・ストーリーズ〉は、もともと宇宙冒険小説パルプとして出発したが、しだいに質をあげ、ブラウンが寄稿するころは、その当時の才能ある若い作家が活躍する舞台となっていた。この作品が掲載された号には、レイ・ブラッドベリ、デーモン・ナイト（スチュアート・フレミング名義）、ロバート・アバーナシイ、チャド・オリヴァーらも作品を発表している。

「イヤリングの神」は、宇宙船内でひまつぶしのために、乗員のひとりが木星の衛星ガニメデでの体験談を話しだす。そこでは、イヤリングがガニメデ人をつけていた。ガニメデ人がイヤリングをつけるのではなく、その逆だというのだ……。この作品が発表された当時としてはひねりのある侵略ＳＦだが、いま読むと「アウターリミッツ」や「トワイライト・ゾーン」あたりのスリラーＳＦドラマのような味わいだ。フィリップ・Ｋ・ディックの初期短編のようでもある。一九八七年にファンタジア・プレスから刊行された大部な再編集版ブラウン短編集の表題作にもなっている。

フレドリック・ブラウンを讃える。

鏡《かがみ》　明《あきら》

フレドリック・ブラウンの短編をまとめて読んだのは、ほぼ半世紀ぶりだ。フレドリック・ブラウンは、わたしがSFファンになるきっかけの一つだった。初めて読んだSFがフレドリック・ブラウンであると言えたら、ドラマティックで素敵なのだが、残念ながら、そうではない。よく覚えていないのだが、たぶんH・G・ウェルズではなかったかと思う。フレドリック・ブラウンを読んだのは、それからしばらくしてからであった。それは十代の初めだった。SFファンというわけではなく、ミステリも好きだった。今でもミステリはわたしの読書の範囲ではあるけれども、熱心な読者というわけではない。でもSFは今でもかなりの部分を占めている。そのきっかけがフレドリック・ブラウンであった。やはり残念なのだが、どの短編だったか、覚えていない。半世紀以上前のことだから、当然と言えば当然だろう。

実を言えば、今、フレドリック・ブラウンを再読することについては、かなり不安があった。いくら好きな作家だったとは言え、五十年以上の時間を経ているのだから、最初に読んだ時と同じ筈がない。作品は変わらないにしろ、読む側のわたしは変わっている。具体的に言うなら、たとえば、大好きだったアーサー・C・クラーク、それほどではないが、感心するところがあったアイザック・アシモフを幾つか読み直して、それが思いがけないほど退屈なものであったという苦い体験があった。

では、フレドリック・ブラウンはどうだったのかと言えば、ほっとするではないか、面白い。この〈フレドリック・ブラウンSF短編全集〉は作品の発表年代順に編集されている。つまりこの第一巻はフレドリック・ブラウンの初期、一九四一年から四四年の作品が収められているわけだ。八十年も前の作品なんて、歴史的な意味しかないと思うかも知れないが、読めば、驚くよ。古くない。この十年ほどの間に書かれたものと言われても、納得するだろう。

考えてみれば、わたしがフレドリック・ブラウンを読んでいた頃には、発表年代など、考えてもいなかった。その意味では、それを意識して読んだのはこれが初めてのことだった。デビューした時点で、フレドリック・ブラウンは既に完成していたのだ。これは驚くべき発見だった。

具体的に言うと、「最後の決戦《ハルマゲドン》」、いや具体的に言うといっても、内容を明らかには出来ないから、抽象的な言い方になるが、一瞬の間に世界が破滅しそうになり、そしてその一瞬の間に救われる。この一瞬の処理がうまい。そして何よりも何故破滅するのか、いかに救われるのか、この謎解きが秀逸。これがほぼ初めての作品。以前に読んだときには、一行でオチに繋げるという短編やショートショートの定石に飽きたフレドリック・ブラウンが、ちょっと凝った仕掛けにしたように思っていたのだが、違っていた。最初からこういうことをやっていたのだ。

注意深い読者なら、軽く疑問に思うところを見事に説明してくれる。わたしはそんなに注意深くないから、あわてて読み直してしまった。やられたなぁ。そんな気分を味わった。「最後の決戦」のオリジナル・タイトル“Armageddon”は、ストーリーそのもののことでもあるが、同時に最後の一行に通じることでもある。

「いまだ終末《おわり》にあらず」はショートストーリーの見本のような作品だが、これが〈キャプテン・フューチャー〉誌に発表されたものだというのは、ちょっと驚く。この雑誌は誌名からわかるようにスペース・オペラのファンを対象に造られたものだ。この作品を売り込んだフレドリック・ブラウンも立派だが、これを買った編集者も偉い。スペース・オペラは、基本的に人類、つまり読者のあなたの優位性を基本にするのだが、この作品はそうした体裁を保ちながら、人類批判になっていくところがある。そこがフレドリック・ブラウンらしいところだ。

これ以外の作品についても、色々言いたいことが出てくるのだが、それは読者のあなたにゆだねることにしよう。「星ねずみ」「最後の恐竜」「天使ミミズ」といったよく知られた作品がこの初期に書かれたものだというだけで十分かも知れない。

フレドリック・ブラウンはショートストーリーの名手といわれることが多いが、わたしは長編のファンでもある。『火星人ゴーホーム』や『発狂した宇宙』といった作品がフレドリック・ブラウンの長編の代表作として挙げられるわけだが、わたしもそれに異論はない。ただ好きな作品となると、『シカゴ・ブルース』（わが街、シカゴ）を挙げる。〈エド・ハンター〉シリーズです。SFではない。ミステリ、ハードボイルド系のシリーズです。主人公の少年が私立探偵の仕事を手伝って行く中で成長して行く。三作目ぐらいまでが成長物語としては素敵な出来になっている。フレドリック・ブラウンの作品は乾いた感じがすることが多い。それがモダンな雰囲気を創り出しているのだが、この〈エド・ハンター〉シリーズはウエットです。好きなんですね、そこが。

フレドリック・ブラウンは何でも書ける作家なのだと思う。かれの作品のバラエティは、短編だけではなく長編でも同様で、それは逆にかれの評価にも影響しているように思う。たとえば、ギャグやパロディが詰め込まれた『発狂した宇宙』と、そのかけらもない〈エド・ハンター〉シリーズのどちらがフレドリック・ブラウンを代表しているのかと言えば、回答に困る。どちらも素晴らしいと言うしかない。あるいはかれのショートストーリーの代表作を挙げろと言われても、みんないいんだよ、というのが正解という気がする。結局は好みの問題ということになってしまうだろうし、それは評価というよりも好き嫌いという感覚の問題でしかない。

フレドリック・ブラウンの作品の特徴はアイディアにある。これは正しいと思うのだが、もう一つ重要なのはプロットだと思う。アイディアが最高の形で機能するためにプロットが存在している。ショートシヨートの神様のような存在である星新一には『できそこない博物館』というような自作の生成の過程を記してくれた本があるが、それを読むとかれの作品が幾つかのアイディアの複合体であることがわかる。プロットというよりも、アイディア同士のぶつかり合いが驚きに満ちた作品となって行く。その結果として、星新一の作品はショートショートというより短いものに向かい、プロット派のフレドリック・ブラウンは、ショートショートも巧みだが、それ以上に長めのショートストーリーに向かっていったのではないかと思う。プロットにはそれなりの長さが必要になるからだ。

かつて、SFはマイナーなジャンルであった。そして、SFの仲間を増やしたいと思って、友人や知人にSFを読ませようとしたことがある。そのときに選んだのはフレドリック・ブラウンだった。そしてほぼ全員が面白かったと言ってくれた。だが、SFファンになってくれた人間は一人もいなかった。何故だ？　そう思ったのだが、今なら理由がわかる。かれらが面白いと思ったのはSFではなく、フレドリック・ブラウンだったのだ。そんな当たり前のことに気がついてからは、SFファンを増やすという無駄な努力はやめた、フレドリック・ブラウンという素晴らしい作家を紹介できただけで十分ではないか。SFであろうとなかろうと、フレドリック・ブラウンを読まないというのは、あまりにももったいない。そしてフレドリック・ブラウンのファンになって欲しい。それに十分に値する作家なのだ、フレドリック・ブラウンは。

フレドリック・ブラウンSF短編全集❶
星ねずみ

2019年7月12日　初版

著　者　フレドリック・ブラウン
訳　者　安原和見

発行者　長谷川晋一
発行所　株式会社東京創元社
〒162-0814　東京都新宿区新小川町1-5
電　話　03-3268-8231(代)
URL　http://www.tsogen.co.jp

装　画　丹地陽子
装　幀　岩郷重力+W.I
DTP　キャップス
印　刷　理想社
製　本　加藤製本

乱丁・落丁本はご面倒ですが小社までご送付下さい。
送料小社負担にてお取替えいたします。

Printed in Japan 2019, ISBN978-4-488-01092-8　C0097

生涯に残した全短編を全5巻に集成

The Complete Short Stories: volume 1 ◆ J.G.Ballard

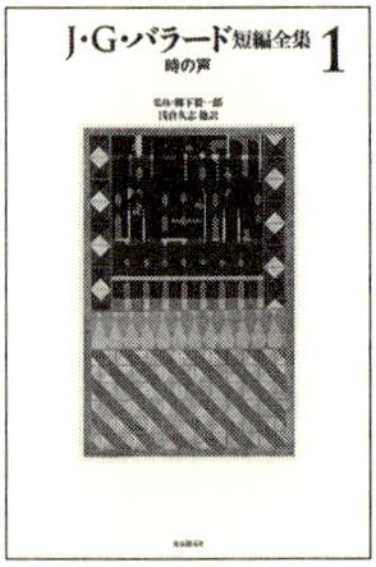

J·G·バラード短編全集1
時の声

J·G·バラード　柳下毅一郎 監修

浅倉久志·伊藤典夫·中村融·増田まもる·
柳下毅一郎·山田和子·山田順子·吉田誠一 訳

四六判上製

◆

《破滅三部作》などの黙示録的長編で
1960年代後半より世界的な広がりを見せた
ニュー・ウェーブ運動を牽引し、
20世紀SFに独自の境地を拓いた、
英国きっての鬼才作家バラード。
その生涯に残した全短編を執筆順に全5巻に集成。
第1巻は代表作「時の声」など15編を収める。

収録作品一覧＝プリマ・ベラドンナ，エスケープメント，
集中都市，ヴィーナスは微笑む，マンホール69，
トラック12，待ち受ける場所，最後の秒読み，音響清掃，
恐怖地帯，時間都市，時の声，ゴダードの最後の世界，
スターズのスタジオ五号，深淵